A.R. TORRE · E.L.A.S ® ESPECIALISTAS LITERÁRIAS NA ANATOMIA DO SUSPENSE

ESPECIALISTAS LITERÁRIAS NA ANATOMIA DO SUSPENSE

CRIME SCENE® FICTION

EVERY LAST SECRET
Text copyright © 2020 by Select Publishing LLC
All rights reserved.

This edition is made possible under a license arrangement originating with Amazon Publishing, HYPERLINK "http://www.apub.com" www.apub.com, in collaboration with Sandra Bruna Agencia Literaria.

Esta é uma obra de ficção. Nomes, personagens, organizações, lugares, eventos e acontecimentos são produtos da imaginação da autora ou usados de forma ficcional. Qualquer semelhança com pessoas reais, vivas ou mortas, ou eventos reais é mera coincidência.

Tradução para a língua portuguesa
© Vinícius Loureiro, 2025

Diretor Editorial
Christiano Menezes

Diretor de Novos Negócios
Chico de Assis

Diretor de Planejamento
Marcel Souto Maior

Diretor Comercial
Gilberto Capelo

Diretora de Estratégia Editorial
Raquel Moritz

Gerente de Marca
Arthur Moraes

Gerente Editorial
Bruno Dorigatti

Editor
Paulo Raviere

Capa e Projeto Gráfico
Retina 78

Coordenador de Diagramação
Sergio Chaves

Designer Assistente
Jefferson Cortinove

Preparação
Catarina Tolentino

Revisão
Fabiano Calixto
Marta Sá

Finalização
Sandro Tagliamento

Marketing Estratégico
Ag. Mandíbula

Impressão e Acabamento
Braspor

DADOS INTERNACIONAIS DE CATALOGAÇÃO NA PUBLICAÇÃO (CIP)
Jéssica de Oliveira Molinari CRB-8/9852

Torre, A. R.
  O último segredo / A. R. Torre ; tradução de Vinicius Loureiro. —
Rio de Janeiro : DarkSide Books, 2025.
  288 p.

  ISBN: 978-65-5598-506-1
  Título original: Every Last Secret

  1. Ficção norte-americana 2. Suspense I. Título II. Loureiro, Vinicius

25-1032   CDD 813

Índice para catálogo sistemático:
1. Ficção norte-americana

[2025]
Todos os direitos desta edição reservados à
DarkSide® Entretenimento LTDA.
Rua General Roca, 935/504 — Tijuca
20521-071 — Rio de Janeiro — RJ — Brasil
www.darksidebooks.com

A.R. TORRE

O
ÚLTIMO
SEGREDO

TRADUÇÃO VINÍCIUS LOUREIRO

E.L.A.S

DARKSIDE

Às esposas

PRÓLOGO
NEENA

Presente

A detetive era alta como um armário e tinha um vão entre os dentes da frente por onde poderia passar um palito. Na noite passada, ela não parecia atraente. Agora, sob a dura luz sobre nossas cabeças, ela parecia ser simplesmente feia.

Ela estava em silêncio, vasculhando a pasta do caso com a velocidade de um girino. Suspirei e levei a frágil xícara espumosa aos lábios, empurrando o café amargo goela abaixo e me perguntando onde estava meu advogado. Estava tudo bem, por enquanto. Descobriria o máximo que pudesse, contornaria as armadilhas óbvias e ficaria de boca fechada. Ficar de boca fechada é uma habilidade que aperfeiçoei há muito tempo. São os fofoqueiros que se metem em encrencas. Os convencidos. Gente como Cat Winthorpe, que era incapaz de apenas ter a vida perfeita. Ela precisava jogar na sua cara seus comentários banais, exibindo sua riqueza. É por isso que ela precisava ser punida. Você não pode me culpar pelo que aconteceu. Eu estava apenas colocando-a em seu lugar.

"Eu ouvi a ligação que você fez para o 911." A detetive me analisava. "Interessante. Em certo ponto, você bocejou."

Eu me ajeitei no meu assento, e as algemas tilintaram. Revirando meu pulso, tentei encontrar uma posição mais confortável. Estava torcendo para que o telefone não tivesse captado aquele bocejo. Foi um daqueles inescapáveis suspiros que surgem bem no meio de uma frase.

"Você compreende o estrago provocado por um tiro na boca?" Ela virou uma fotografia brilhante e a empurrou para a frente com um gesto lento e calculado. "A bala passa por um enorme número de vasos sanguíneos antes de perfurar o cérebro e sair pela parte de trás do crânio."

Eu me inclinei e olhei para a foto sem comentar, sem me surpreender ao ver um grande orifício no topo da cabeça por onde a bala havia saído. Era desagradável, mas eu já tinha visto coisas piores. Um rosto inchado, os lábios entreabertos enquanto as feições se dilatavam até se tornarem irreconhecíveis. O olhar assustado no rosto de um homem que você um dia amou, pouco antes de sua morte. O som de suas súplicas ainda ecoando nos cantos escuros da minha mente.

Larguei o café barato. "Você tem uma pergunta ou esse é apenas seu momento de exposição?"

A mulher parou; vi a aliança simples de ouro estática em sua mão esquerda enquanto ela analisava meu rosto.

"Sra. Ryder, você não parece entender a gravidade desta situação. Você é suspeita de tentativa de assassinato.", ela disse.

Eu entendia a gravidade da situação *dela*. Aquela aliança barata? Aqueles bolsões sob os olhos dela? Ela escolheu o caminho errado. Se tivesse usado aparelho nos dentes e adotado uma rotina rigorosa de exercícios e dieta, ela poderia ter feito algo com sua vida. Ter sido alguém. Se colocar em posição de aproveitar as coisas boas da vida. Eu me concentrei em seu rosto. "*Dra*. Ryder", eu a corrigi.

Ela sorriu, mas havia algo naquele gesto que me provocou arrepios. Olhei para o espelho largo e observei meu reflexo, verificando se tudo estava no lugar.

Meu cabelo, recém-cortado e tingido.

Minha pele, brilhante e suave com o Botox, apesar da iluminação horrível daquele lugar.

Meu corpo, esbelto e magro por baixo da roupa de ginástica de grife.

Meu anel de casamento, ainda no lugar, o imenso diamante brilhava na minha mão como um holofote.

Eu havia pagado o preço para chegar ao topo deste mundo, e ninguém poderia me derrubar agora. Não com a montanha de mentiras que trabalhei tanto para construir.

"Você se mudou para Palo Alto há dois anos, correto?" Diante da minha concordância silenciosa, ela pigarreou. "Então, vamos começar por aqui."

PARTE 1

MAIO
Quatro meses antes

CAPÍTULO 1

CAT

Na primeira semana de maio, fizemos uma festa. Não foi a nossa maior festa. Não havia trapezistas pendurados nas vigas do salão principal. Não contratamos manobristas, nem montamos tendas. Era uma festa discreta, um evento beneficente para as artes cênicas locais, que também serviria como uma festa de despedida para os pássaros.

Era assim que os chamava: pássaros. Todos os verões, como aves migratórias, os membros da nossa comunidade se espalhavam pelo Sul para aplicar protetor solar como turistas em navios de cruzeiro chiques e ilhas particulares. Depois de apenas um mês, todas me deixariam para trás — aquele grupo de mulheres frequentemente reunidas ao meu redor, preocupadas demais com filhos e experiências culturais para aguentar "outro verão frígido" em Atherton.

"Quando você tiver filhos, vai entender", Perla uma vez sussurrou para mim, batendo sua mão como um metrônomo em meu ombro. "Sua vida passa a girar em torno deles, e eles apenas querem estar em trajes de banho, como crianças normais."

Quando você tiver filhos. Uma coisa tão cruel para se dizer a uma mulher com problemas de fertilidade. Além disso, era pura besteira. Nenhuma criança em Atherton queria ser normal. As crianças em Atherton queriam fazer vídeos no Instagram saltando de iates em locais marcáveis, como as ilhas gregas. Nossas piscinas aquecidas e a melancolia gelada de San Francisco não impressionavam seus colegas de classe quando desciam de sedãs com motorista e voltavam para a Escola Menlo no outono.

Sorri para Perla e me perguntei se ela sabia que seu filho de dezessete anos estava transando com nossa empregada. "Eu sei", eu disse. "Quando tivermos filhos, talvez nos juntemos a você."

William e eu estaríamos "sofrendo" durante o verão frio com nossos pisos de cerâmica aquecida, nossas saunas internas e externas, nossas banheiras de hidromassagem e seis lareiras. Estaríamos lutando contra a melancolia com passeios até Beverly Hills e fins de semana em nossa casa no Havaí. E, sendo honesta, era bom ter uma pausa dos meus amigos e de sua coleção de crianças sempre presentes.

"Estou dizendo", Johanna murmurou, olhando para um garçom que passava com um olhar nostálgico. "Porto Rico é onde vamos comprar em seguida. Uma alíquota de quatro por cento? Pense em quanto poderíamos economizar."

"Você já esteve em Porto Rico?", eu perguntei, seguindo com os olhos o caminho do meu marido enquanto ele avançava pelo *hall* de entrada, com a cabeça inclinada em direção ao homem mais velho a seu lado. "Considerando que é uma ilha, as vistas são péssimas. Se vou me mudar para tão longe, preciso de uma praia e uma vista."

Ela deu de ombros. "Poderíamos comprar uma ilha com a economia de um ano de impostos. Vale a pena lidar com uma vista inferior. Além disso, pense no impacto cultural em Stewie e Jane. Eles poderiam aprender o idioma. Interagir com os moradores locais. Ver como as famílias pobres vivem."

Jane ganhou silicone em seu aniversário de dezesseis anos. Na última vez que a vi, ela estava afundada sob o peso de uma dúzia de sacolas de compras com um celular preso à orelha, subindo no banco do passageiro de um carro exótico. Fazia mais de um ano que eu não via Stewie, mas tinha ouvido falar de sua expulsão de Menlo e rumores de uma clínica de reabilitação exclusiva que Johanna estava anunciando como um intercâmbio no exterior.

"Esqueça Porto Rico", Mallory entrou na conversa; um de seus brincos de lustre de diamante estava preso em seu cabelo. "A casa ao nosso lado, em Cabo, está à venda. Uma de vocês precisa comprar." Seu queixo estava inclinado para mim, na minha direção, e ela ergueu sua sobrancelha delicada e escura. "Cat? Vamos lá. Um verão longe daqui faria bem a você."

Houve um murmúrio geral de concordância entre as mulheres, e eu ri, estendendo a mão com cuidado e desembaraçando seu brinco. "Não vai acontecer. Eu amo minha pele pálida. Além disso, William não pode ficar longe do escritório por uma semana, muito menos por três meses."

Kelly passou o braço ao redor do meu pescoço. "Vocês estão se esquecendo... Cat tem sangue de esquimó. De qualquer forma, dá para culpá-la? William a está mantendo aquecida."

A conversa se voltou para meu marido, suas vozes foram se acalmando enquanto elas criticavam sua ética de trabalho e gemiam por causa de sua boa aparência.

Inclinei minha cabeça sobre o ombro de Kelly e suspirei. "Você sabe que é a única de quem sentirei falta", eu sussurrei, e era verdade. Kelly — embora tivesse os +2 filhos necessários que Atherton admirava — era a única que demonstrava alguma sensibilidade em relação aos meus problemas de fertilidade. Como um bônus, ela foi a única esposa a me receber em Atherton sem fazer um julgamento esnobe. Foi uma gentileza da qual eu jamais me esqueci.

"Aposto que você fala isso para todas as garotas", disse ela com o canto da boca vermelho brilhante.

Eu sorri e me endireitei, participando sem entusiasmo da conversa enquanto observava a festa. Era a mistura normal de rostos familiares no topo de vestidos reluzentes, os smokings masculinos igualmente misturados com as cores. Embora não conhecesse pessoalmente todos os convidados, aquela era uma cidade pequena, e nós mulheres havíamos formado nosso círculo exclusivo, que se ramificava, centrado no clube de campo de Menlo.

Um garçom se curvou para entregar uma bebida, e eu observei um guardanapo com monograma esvoaçar de sua bandeja para o chão de madeira escura. Pedindo licença ao grupo, eu me movi em direção ao item caído, verificando os detalhes à medida que avançava. *Buffet* de caviar, abastecido. A banda estava na metade do repertório, o blues suave harmonizando com o tilintar de taças de champanhe e as risadas. Fiquei satisfeita ao perceber que o salão não estava lotado, vi os hóspedes uniformemente dispersos entre os espaços internos e externos da nossa casa.

"Cat!" Uma mulher mais velha de corpo escultural se aproximou, seu vestido dourado roçava o piso enquanto ela estendia as duas mãos e agarrava meus ombros em um gesto feroz. "Nunca tive a chance de agradecer a doação que você fez para nossa nova clínica de reabilitação."

Sorri para Madeline Sharp, uma das maiores doadoras do evento desta noite e presidente de uma instituição de caridade de Nova York para usuários de drogas. "Transmitirei os agradecimentos a William. Foi obra dele, não minha", eu disse.

"Ah!" Ela me censurou. "Todos nós sabemos quem realmente está segurando as rédeas, querida. Os homens não saberiam dizer para onde foram seus sapatos se não estivéssemos presentes, apontando para seus pés."

Eu ri, pois aquele exemplo era incompatível com meu marido, altamente capaz, que liderou operações secretas no Afeganistão, administrou sua empresa com eficiência implacável e andaria descalço por despeito, em vez de receber instruções relacionadas aos seus sapatos. Ainda assim, ela estava certa a respeito das rédeas do dinheiro. William *não* estava ciente da doação de seis dígitos. Embora meu marido tivesse muitas distrações em seu caminho, nosso dinheiro — e como eu o gastava — não era uma delas.

"Você tem que visitar a clínica assim que estiver pronta", ela me pediu. "Vamos para lá no verão. Estará pronta no outono!"

Outro pássaro, este voando para o leste. Senti uma pontada da melancolia pré-verão, nossa vida plena sempre meio solitária quando nossa valiosa cidade se esvaziava. Com a mesma rapidez, me lembrei dos aspectos positivos. Paz e tranquilidade. Um tempo para William e eu nos concentrarmos em nosso casamento e reforçarmos nosso laço. Sempre saíamos mais fortes de cada verão. Mais próximos.

Somos uma equipe, ele me disse uma vez. *O verão é a nossa temporada.*

"Talvez possamos estar na inauguração."

"Com certeza, vocês devem ir. Agora, tenho que encontrar meu marido." Madeline se inclinou e deu um beijinho na minha bochecha. Eu sorri e a abracei; então, a observei sair.

"Bolinho de siri, sra. Winthorpe?"

Olhei para a direita e acenei com a cabeça para o garçom, pegando uma obra em miniatura da bandeja de prata e levando a pequena pilha à língua. Despedacei as delicadas camadas de siri e massa na minha boca, sentindo o molho cítrico combinando bem com os sabores, e observei um casal que entrava pela abertura arqueada da varanda leste.

À primeira vista, os dois se encaixavam bem. Uma loira atraente, acompanhada de um marido careca e atarracado. Trinta e tantos anos, embora a loira se esforçasse para esconder a quarta década. Enquanto os observava abrir caminho em meio à multidão, os pequenos detalhes emergiam. O vestido dela, um modelo ordinário que poderia ser encontrado na seção de ofertas, se uma mulher aspirante garimpasse com vontade suficiente. O relógio barato dele, a pulseira de borracha saindo das mangas de um smoking que parecia alugado. Volto minha atenção para ela, observando enquanto passava pelo meu grupo, seus olhos vasculhando o ambiente, seu marido seguindo de um jeito obediente atrás.

Eu me movi na multidão, mantendo a mulher na minha mira, repassando na cabeça os indivíduos presentes que eu havia convidado. Todos na lista exclusiva eram doadores reconhecidos ou membros do conselho da Fundação Winthorpe. Parei ao lado de um dos mordomos e acenei com sutileza para o casal, que havia parado ao lado de nosso Picasso e estava admirando a pintura. "Franklin, quem é aquele casal perto da escada? A mulher de vestido azul?"

Ele assentiu com um sorriso agradável, seus olhos nunca escapavam para a área, seu profissionalismo era impecável. "Esses são Matthew e Neena Ryder, sra. Winthorpe."

Cerrei os olhos. "Eles não estavam na lista."

"Acredito que sejam convidados de seu marido."

Bem, *isso* era interessante. Assenti com um sorriso de agradecimento. "Maravilhoso. Obrigada pela informação."

"Por nada, sra. Winthorpe. O prazer é meu. Gostaria de uma taça de champanhe? Ou talvez algo da adega?"

"Não." Eu me afastei, ansiosa para encontrar William.

"O sr. Winthorpe está na varanda."

Parei e encontrei seu olhar. "Obrigada, Franklin." Fiz uma anotação mental para lhe oferecer uma gorjeta adequada.

Eu estava a alguns passos da varanda quando senti a mão de alguém envolvendo a minha cintura, me puxando para trás. Eu me virei e me desmanchei ao lado de William.

"Ei", ele disse com uma voz suave e um sorriso esticando seus lábios enquanto olhava para mim.

Devastadoramente bonito. Foi assim que minha mãe o descreveu pela primeira vez, e era propício. Mantive aquele homem ali por um momento, examinando seu forte arranjo de feições; então, pressionei meus lábios contra os dele, apreciando a maneira protetora que sua mão apertava a pequena parte nua das minhas costas.

"O leilão silencioso está indo bem." Ele acenou com a cabeça para a varanda, onde longas mesas de vidro exibiam duas dúzias de itens diferentes. Enquanto eu observava, uma mulher com um vestido de contas e um enorme anel de esmeralda se inclinou e pegou uma caneta. Eu tinha passado o último mês solicitando itens para o leilão que variavam de um refúgio em um spa no Alasca a uma taxa de admissão no clube de campo de Menlo.

"Franklin disse que você acrescentou um casal à lista de convidados." Passei a mão por seus cabelos curtos e escuros, em seguida, puxando suavemente um tufo espesso.

Ele assentiu. "Nossa nova contratação na empresa. Dra. Ryder e seu marido."

Que incrivelmente sexista da minha parte presumir que a dra. Ryder era um homem. Recordei da menção de William a um novo funcionário, algum tipo de coach motivacional para sua equipe. Estávamos jantando, e eu me distraí com um gosto estranho no patê e mal prestei atenção em sua menção entusiástica ao médico que ele acreditava que resolveria o problema moral na Winthorpe Technologies.

O *dinheiro* resolveria o problema moral. A equipe havia dedicado quatro anos a um novo dispositivo médico que poderia substituir marca-passos, passar por detectores de metais e reduzir reações alérgicas, infecções e complicações cirúrgicas pela metade. As estruturas de participação nos lucros e bônus da equipe estavam vinculadas ao lançamento bem-sucedido do produto, que já se arrastava há 18 meses em relação às expectativas. Todos estavam cansados e frustrados. Perdemos nosso melhor técnico no mês anterior, e havia um sentimento geral de conflito entre os funcionários.

William era hiperinteligente, decidido e charmoso. Ele também era viciado em trabalho e valorizava mais o dinheiro do que o pessoal, exigindo perfeccionismo sem desculpas. Liderar uma equipe nunca foi seu forte, e eu temia que a equipe da Winthorpe Tech estivesse perto de se amotinar.

"Aqui está ela. Neena", ele disse calorosamente e, observando aquele sorriso, você nunca imaginaria que ele havia mantido a equipe trabalhando no Natal ou cortado os bônus como punição por um julgamento fracassado da FDA.* "Esta é minha esposa, Catherine."

"Cat", eu disse, estendendo minha mão. Seu aperto de mão poderia ter quebrado um ovo, e eu lutei contra um reflexo e recuei sentindo um arrepio.

"Matt Ryder." O marido sorria enquanto apertava minha mão. "Bela casa que vocês têm. Essa coisa sobreviveria a um terremoto, se necessário."

"Espero que não seja necessário." Eu ri e não deixei de notar a maneira como o braço dela se enrolava num gesto protetor no braço dele. Um gesto espirituoso, considerando o quanto meu marido ofuscava o olhar dela. "Agradeço a presença. A festa é em prol de uma grande causa."

"É para o Centro de Artes Cênicas, certo?", o homem perguntou, suas sobrancelhas claras se unindo em sinal de atenção. No lado direito de seu paletó, havia uma mancha dourada pálida. Chardonnay? Tequila?

Observei a camisa de William e não fiquei surpresa ao ver que estava impecável; meu marido sempre estava pronto tanto para uma sessão de fotos quanto para uma festa. "Isso mesmo. Vocês estão familiarizados com Atherton? O centro fica na Middlefield Road."

"Estamos nos familiarizando um pouco mais com o lugar. Na verdade, alugamos a casa aqui ao lado!" A mulher deu um sorriso estranhamente branco.

---

* A Food and Drug Administration (FDA) é uma agência federal do Departamento de Saúde e Serviços Humanos dos EUA. [NE]

Eu travei, surpresa com a resposta. "Você quer dizer *exatamente* ao lado? A antiga casa dos Baker?" *Casa* era um bom termo para aquilo. Era o assunto mais comentado no bairro, uma execução hipotecária que havia se arrastado pelos tribunais nos últimos cinco anos. Se algum dia fosse colocada à venda, eu tinha planos de derrubar toda a estrutura e substituir por uma expansão para a nossa área da piscina e dos jardins.

"Sim." O sorriso da dra. Neena Ryder ficou ainda mais largo. "Matt conseguiu um arranjo com o banco. Ele trabalha com desenvolvimento imobiliário."

"Demolição", corrigiu o marido com um sorriso autodepreciativo que enrugou os cantos de seus olhos. Imediatamente, me enterneci com ele.

"Então, vocês vão demolir a casa?"

"Ah, não." Ele sacudiu a cabeça rapidamente. "Não podemos nos dar ao luxo de reconstruir, não de acordo com os padrões do bairro. Vamos reformar e, depois, decidir o que fazer."

Gastar um mísero dólar naquela porcaria seria um desperdício. A casa precisava ser demolida, a piscina deveria ser arrancada e uma nova fundação teria de ser construída. Eu sorri. "Bem, se quiserem ganhar um dinheirinho rápido, podemos tirar de suas mãos. Estou de olho naquele terreno há anos. Eu adoraria expandir nosso deque da piscina até a borda da vista."

"Agradeço a oferta", disse ele, passando a mão pelos cabelos esparsos que coroavam sua cabeça. "Mas Neena e eu estamos bem instalados na casa, sobretudo por causa da proximidade de Atherton com seu novo trabalho."

"Não consigo expressar o quanto estou *animada* por trabalhar com a equipe da Winthorpe Tech." Neena olhou para William, e eu não pude deixar de observar a apreciação demorada em seus olhos. Então, mais uma vez, concluí que não havia uma única mulher na cidade que não tivesse dado uma segunda olhada no meu marido em um momento ou outro. Sua aparência e seu charme eram uma atração. Os cifrões que continuavam se multiplicando ao lado de seu nome compunham outro atrativo.

"E qual é exatamente seu cargo?" Olhei para William, tentando me lembrar de como ele se referiu à contratação. Algo excêntrico.

"Eu sou a diretora de motivação", respondeu Neena.

"Nunca tinha ouvido falar disso antes." Mantive meu tom suave, sem querer agitar seu ânimo. "É na esfera de coaching pessoal?"

Seus lábios se estreitaram, um ajuste quase imperceptível que esticava a pele ao redor de sua boca. "Não é exatamente coaching. Sou responsável por manter elevadas a energia e a motivação da equipe. Vou trabalhar com os funcionários para ajudá-los a alcançar seus objetivos, superar obstáculos e eliminar problemas no local de trabalho que possam prejudicar a produtividade. É incrível como pequenas mudanças e transformações na vida de uma pessoa podem levar a grandes resultados."

"A dra. Ryder é altamente recomendada, veio das Indústrias Plymouth. Tivemos a sorte de roubá-la." William ergueu o copo na direção dela e depois deu um gole em sua bebida.

"E você deveria ter visto o bônus de despedida dela!", disse o marido com entusiasmo, virando a cabeça para seguir um prato de croquetes de siri que passava. "Com licença", disse ele rapidamente, correndo atrás do garçom, nos deixando a sós com sua esposa.

Um bônus de despedida? Será que isso realmente existe? Observei enquanto Matt corria em meio à multidão, chamando o garçom que estava com os croquetes de siri. "Você é doutora em quê?"

"Saúde mental e estudos psicológicos. Sou doutora, mesmo, não médica." Ela assinalou a designação encolhendo os ombros, o vinho estava quase escorrendo sobre a borda da taça e sobre o tapete branco de pele de carneiro — uma peça dos anos 1940 que havíamos comprado na Nova Zelândia.

"Bem, é muito bom ter você na equipe." Eu sorri, e os olhos dela se estreitaram.

"Você trabalha para a empresa, Cat?" Ela olhou para William. "Pensei que você ficasse em casa, cuidando da... ah... fundação? É assim que se chama?"

Eu ri e pensei que, se ela olhasse para o meu marido daquele jeito mais uma vez, eu iria cravar meu garfo em sua veia jugular. "Você está certa", eu admiti, meio tímida. "Eu não trabalho para a empresa, mas possuo metade das ações preferenciais da Winthorpe Technologies, assim como William. Então, estou fortemente investida em seu sucesso e em nossos funcionários." *Funcionários como você.* Cerrei as sobrancelhas em uma expressão de arrependimento. "William, parece que os Decater estão indo embora.

Prometi à mulher que o apresentaria. Você se importaria se eu te roubasse um pouco?" Eu me voltei para Neena sem esperar a resposta de William. "Foi um prazer conhecer você e Matt. Boa sorte com a casa ao lado."

"Vejo você na segunda-feira", William interrompeu, erguendo o copo em um gesto de despedida. "Diga ao seu marido que foi um prazer."

O olhar dela disparou de William para mim, e eu quase pude ver as engrenagens girando atrás de seus olhos azuis. Ela deu um passo para trás e fez um breve aceno. "Obrigada mais uma vez por nos convidar."

Dei um beijo possessivo na bochecha de William enquanto nos afastávamos, com meu braço entrelaçado no dele. Passamos por Matt, que estava correndo de volta em direção à Neena com uma bebida fresca na mão. Ele retribuiu com um sorriu animado, e eu me esforcei para conectar seu comportamento amigável com a frieza dela.

"É impressão minha", disse William cautelosamente, "ou isso pareceu meio territorial? Achei que expor suas posses das ações foi um pouco agressivo."

"Foi *um pouquinho* territorial, mesmo", eu admiti, parando ao longo do corrimão, fora da cobertura da varanda, sob o céu noturno brilhante. Diante de nós, as piscinas e os jardins iluminados se estendiam como uma reluzente variedade de joias. "Eu não gosto dela."

Ele grunhiu, me puxando para mais perto dele. "Não diga isso. Estou me afogando agora em meio a médicos e engenheiros rabugentos. Preciso de alguém para cuidar deles, ou vou enlouquecer e demitir todo mundo."

"Ok, *não* faça isso", eu o instruí com firmeza; então, sorri diante do olhar piedoso que ele me lançou. "Vou tentar gostar dela, ok? Serei mais gentil."

"Use aquele sorriso de rainha do baile", ele pediu, baixando a voz. "Só que sem veneno desta vez."

"Ah." Fiz uma careta para ele. "Nem brinque com isso."

Passei anos fugindo do boato da Mission Valley High de que eu havia misturado laxantes nas bebidas das minhas concorrentes no baile de formatura. O boato chegou aos ouvidos de William na reunião de dez anos do ensino médio, saindo da boca bêbada de Dana Rodriguez, uma das candidatas tomadas pela diarreia, que havia atingido o auge no ensino médio e agora cortava cupons de supermercado quando não estava dirigindo com três crianças em uma minivan Chrysler. Eu ri e abracei Dana, esperando que William se esquecesse daquilo e desconsiderasse os rumores. Ele não se esqueceu, e Dana pagou por sua língua grande com um incêndio elétrico acidental provocado por ela mesma, seguido por um pertinente *Ótimo vê-la outra vez, espero que tudo esteja bem*, em papel timbrado da Winthorpe.

"Eu realmente preciso falar com os Decater, ou isso foi apenas uma manobra para escapar da conversa?" Ele colocou o copo sobre o largo corrimão de pedra, e eu observei enquanto o ar noturno despenteava seu cabelo grisalho.

"Foi uma manobra, mas vamos fazer isso de qualquer jeito, pelo bem das aparências." Tentei voltar para a festa, mas sua mão envolveu meu pulso, me puxando em sua direção.

"Fique aqui fora mais um pouco." Ele segurou meu rosto com as mãos e olhou para mim, observando minhas feições. "Estou com a mulher mais bonita do mundo. Deixe-me apreciá-la por um instante."

Olhei em seus olhos e sorri. "Ficarei aqui o tempo que você quiser. Na verdade..." Abaixei a voz e olhei de novo para a festa. "Vamos cair fora daqui. Se nos apressarmos, podemos chegar à lanchonete em Stanford que tem a torta de maçã crocante que você gosta. E se você tiver sorte..." Mordi meu lábio inferior. "Vou deixar você sentir meu corpo no carro."

Ele riu com aquele brilho de *bad boy* aceso em seus olhos. "E quanto a todos os convidados?"

"Os mordomos vão cuidar deles. E Andi pode conduzir o leilão silencioso." Dei um passo em direção à parte escura da varanda, onde os degraus levavam aos jardins. "Vamos...", eu o provoquei. "Eu sei onde eles guardam as chaves da Ferrari."

Ele me alcançou pouco antes de descer as escadas e me puxou contra seu peito, me beijando intensamente. Afundei em seu gesto, com a minha mão segurando a frente de seu smoking enquanto eu roubava um beijo mais profundo.

Há homens que você possui.

Há homens que você pega emprestado.

E também há homens que você conquista.

Eu jamais deixaria alguém tirá-lo de mim.

CAPÍTULO 2
NEENA

Existe uma ou outra palavra para descrever mulheres como Cat Winthorpe. Eu estava em pé em nosso banheiro e olhei para o espelho enquanto pegava um frasco de hidratante da caixa de papelão ao lado da pia. Meus pés de galinha estavam se aprofundando, apesar das garantias do meu cirurgião. Virei a cabeça para um lado e examinei as linhas em meu pescoço, sentindo-me grata quando a pele se acomodou de forma suave e natural contra minha garganta. Sem papada. Sem esticar. Pensei no pescoço de Cat Winthorpe, no delicado corte de seu queixo, em sua pele perfeita. Ela deveria ter no máximo 35 anos. Trinta e cinco, e provavelmente ainda pediam sua identidade no supermercado. Não que Cat Winthorpe fosse ao supermercado.

"Que noite." Matt estava atrás de mim e se atrapalhava com a gravata-borboleta em seu smoking. Seu paletó e o colete haviam sido abandonados na porta, os itens já estavam pendurados em suas bolsas de aluguel. "Lugar interessante, hein?" Ele soltou um suspiro que emanava o cheiro de álcool, e eu me encolhi com a lembrança visceral que isso trazia do meu pai. As mãos pegajosas de Matt apalparam minha cintura, e eu me afastei.

"Cuidado com essa gravata-borboleta", eu disse bruscamente. "Você já derramou algo na camisa." Poderiam nos multar por causa daquela mancha, provavelmente não devolveriam o depósito de aluguel. Ao contrário dele, eu fui cuidadosa. Meu vestido de grife ainda estava com as etiquetas. Eu poderia devolver na manhã seguinte e ter um reembolso total.

Eu tinha visto a maneira como os olhos de Cat Winthorpe perscrutaram o vestido, analisando e comparando com os outros. Eu havia planejado tudo com antecedência para garantir que a marca fosse apropriada, a faixa de preço, exorbitante o suficiente. Esta noite precisava ser tranquila, e foi.

"Eu não consigo entender essa merda de..." Ele tentou olhar para o nó na gravata, depois, se desviou um pouco do esforço.

"Vem aqui", eu disse, suavizando. "Deixa comigo." Eu me virei para ele, sem ignorar a atração de seus olhos pelo meu decote, o sutiã oferecia meus seios animados e perfeitos, um aprimoramento recente, cortesia do meu último chefe. Fiquei surpresa ao ver os seios pequenos de Cat — um descuido preguiçoso na categoria de manutenção. Em alguns anos, ela provavelmente ignoraria as pequenas bolsas que apareceriam sob seus olhos. As rugas profundas ao longo de sua testa. A flacidez de sua pele sob aqueles braços mal definidos.

Com certeza, seu marido observou meus seios. O olhar dele se demorou, mesmo quando sua mão se enrolava ao redor da cintura dela.

Os olhos de Matt estavam vidrados, e ele vasculhou com a mão mole o topo do meu decote, seu dedo grosso de salsicha mergulhou entre meus seios como se ele estivesse verificando o óleo de um carro. Rapidamente, desfiz sua gravata e a removi, abrindo os botões da camisa com rápida eficiência.

Estendi a mão para trás e desabotoei a alça do sutiã, deixando meus novos seios se soltarem livres diante dele. Desviando minha cabeça para longe de seu cheiro forte de Bourbon, torci sua faixa na cintura e desabotoei a fivela barata. Sua respiração se apressava enquanto ele segurava e massageava meus generosos seios tamanho D. Seu toque era rudimentar, mas aceitável.

"Hoje?", ele ofegou esperançoso.

Considerei o pedido. Fazia semanas desde a última vez que fizemos sexo; o rápido evento havia ocorrido logo depois que Matt, do nada, fez uma oferta pela casa de Atherton. É verdade que era uma casa horrível. Feia e com uma planta irregular que estava muito fora de moda, mas, ainda assim, para meu marido mesquinho, foi um passo enorme e inesperado na direção certa para nossa ascensão social e minha felicidade.

"Sim." Eu me aproximei, como se estivesse desfrutando de seu toque. Matt tinha sido uma decepção sexual desde o início, e isso exigia que eu cuidasse das minhas próprias necessidades. Mais recentemente, fiz isso com o caso explosivo, mas de curta duração, com Ned Plymouth. Eu tinha grandes esperanças para essa combinação, e franzi a testa quando coloquei a faixa no balcão, pensando no potencial perdido com meu ex-chefe.

Matt grunhiu. Agora, ele estava chupando meus mamilos com beijos molhados, ruidosos e frenéticos. Desabotoei as calças dele e abri o zíper. "Vamos para a cama." Injetei um pouco de ânimo na minha voz, como se estivesse desejosa, e não apenas louca para acabar logo com aquilo.

Nas minhas costas, com ele sobre mim, pensei em William Winthorpe. Havia algo misterioso e delicioso nele, uma tentação que senti desde que ele se apresentou quando me entrevistou. *William*. Havia uma tração em sua voz, um encurtamento da distância entre nós. *É um prazer conhecê-la*. Brusco e sexual. Ele era um pedaço ambulante de masculinidade e muito mais atraente do que qualquer um dos meus casos anteriores.

William era, entre os homens ricos e bem-sucedidos do Vale do Silício, o melhor. Alto padrão. O tipo de homem do qual eu deveria ter corrido atrás se não tivesse me amarrado a Matt logo após o ensino médio. Naquela época, eu estava tão desesperada para escapar do meu pai que não reconhecia meu verdadeiro potencial. Eu pensei que estava ganhando na loteria. Uma vida com Matt parecia tão decadente no início... Um novo Mustang conversível. Nossa própria casa, oferecida por seus pais como nosso presente de casamento. Um cartão de crédito com meu nome na frente e um limite de três mil dólares, a fatura paga a cada mês, sem perguntas.

Eu precisava de segurança e atenção, e ele me deu as duas coisas. No entanto, à medida que subíamos no topo do mundo, percebi lentamente tudo que eu não tinha. Para ser franca, o sonho que meu marido havia realizado não era bom o suficiente. Minhas necessidades aumentaram, e eu estava começando a ficar desesperada por conta da vida que eu não tinha.

"Está quase lá?" Matt ofegou, e eu gemi de maneira apropriada, envolvendo minhas pernas em volta de sua cintura e pensando no calor provocado pelo olhar de William Winthorpe.

CAPÍTULO 3
CAT

Oito dias após a festa, nossos novos vizinhos fecharam a casa dos Baker. Eu estava em nossa varanda da frente com uma taça de Chardonnay, observando enquanto uma van de limpeza percorria sua longa entrada, passando sobre as rachaduras. Em qualquer outro bairro, haveria grama até os joelhos recobrindo o grande quintal, ervas daninhas ocupando os canteiros de flores abandonados, trepadeiras avançando pela alvenaria. No entanto, não pagamos catorze milhões de dólares para viver ao lado de uma pocilga. Passei os últimos seis anos pagando a manutenção semanal do gramado da casa abandonada. Pedi a Ted que trocasse as lâmpadas do portão da frente quando elas queimaram. Andava ao redor do terreno no final das minhas caminhadas matinais e ficava de olho nos buracos de roedores e na água parada onde os mosquitos se reproduziam.

Sem que meu marido soubesse, eu também passava muito tempo dentro da casa. Costumava ser interessante. Quatro anos atrás, antes de a equipe da Receita Federal aparecer e recolher tudo, era uma casa cheia de memórias e segredos. Uma vida repentinamente abandonada. Gavetas de cômodas ainda abertas, um conjunto de camisolas quase caindo para fora. A porta do cofre aberta, a combinação anotada em um post-it na parede interna, as prateleiras quase vazias, um álbum de fotos socado num canto. Os Baker haviam fugido no meio da noite, sua Mercedes ainda estava parada na garagem, seus celulares foram deixados sobre o balcão da cozinha. O boato na vizinhança era de sonegação fiscal, embora eu tenha encontrado o motivo mais provável por trás de fronhas bem dobradas no armário de linho de Claudia Baker.

Cocaína. Cinco pacotes embrulhados que pesavam dois quilos cada, de acordo com a balança do banheiro. Encontrei outros dez em um armário alto em sua cozinha, atrás de caixas de cereais. Encontrei outro pacote rasgado em seu escritório, duas linhas estendidas na capa de uma revista *Rolling Stone*.

Durante meses depois do sumiço dos Baker, eu me esgueirava por entre a fileira de arbustos que separava nossos terrenos e perambulava pela casa. Levava um molho de chaves que encontrei em sua gaveta de tralhas e pulava a janela que havia usado a princípio, indo e vindo conforme minha vontade. Passava as tardes na grande poltrona de couro atrás da mesa de John Baker, folheando seus arquivos. Vasculhei extratos bancários e de cartão de crédito, fascinada pelo vislumbre pessoal de sua vida. Em pé no banheiro de Claudia, diante de seu espelho grande e amplo, eu aplicava cuidadosamente seu batom e suas sombras.

Ela tinha sido uma dona de casa interessante. Nas gavetas de seu armário principal, encontrei mordaças e vendas, algemas de pelos e brinquedos em formato fálico. Passei uma tarde vasculhando sua lingerie e suas fantasias atrevidas. Peguei para mim uma estola de visom e uma *clutch* da Vuitton, junto a vários itens de joias abandonadas. Passei uma manhã deitada na cama deles, vestida com as roupas dela, ouvindo a playlist deles estalando pelos alto-falantes. E um dia, apenas algumas semanas antes de a Receita chegar e levar tudo, encontrei o segundo cofre.

Este não tinha fechadura. Era de um material à prova de chamas em um compartimento escondido no chão, debaixo do falso tapete persa em seu quarto principal. Eu estava de bruços, buscando algo sob a cama, quando meu joelho bateu contra uma saliência no tapete. Me afastei da cama e puxei o tapete, emocionada ao descobrir o alçapão. A excitação fazia meu corpo zumbir, meus dedos escorregaram no puxador, foi necessário dar três puxões para abrir a porta. Dentro, a cavidade de ferro continha uma variedade de invólucros de dinheiro vazios e uma coleção de pornografia explícita. Eu havia examinado a estrutura do compartimento secreto e considerei instalar um recurso semelhante em nossa casa. Poderia ser um bom lugar para esconder os trinta quilos de cocaína que agora estavam guardados em nosso sótão, os pacotes largados atrás de três fileiras de decorações de Natal, em uma caixa etiquetada como Casa de Bonecas. Afinal, há coisas das quais você nunca sabe que pode precisar. Minha mãe me ensinou isso. Claro, ela estava se referindo a uma bolsa térmica disponível em uma venda de quintal a dois quarteirões de nossa casa, mas eu levei o conselho a sério em mais de um sentido, o que veio a calhar em vários momentos.

Agora, tomo um gole de suco gelado e me pergunto como apenas uma van de limpeza poderia enfrentar as camadas de poeira e sujeira dentro daquela casa. Levaria semanas. Não que eu me importasse com um atraso antes que Matt e Neena Ryder se mudassem. Eu não tinha me animado com a ideia de uma nova mulher vindo para a Winthorpe Tech e para a nossa rua. Sobretudo *essa* mulher.

Eu me acomodei em uma das espreguiçadeiras da varanda tentando identificar a causa de minha apreensão. Ela não seria a primeira mulher atraente nos corredores elegantes da Winthorpe Tech. William havia contratado mais de uma dúzia de médicas e engenheiras, buscando o melhor dos melhores, independentemente de seu gênero ou de sua aparência. Em geral, quanto mais brilhante a mente, menos atraente a aparência, mas de vez em quando havia um unicórnio como Allyson Cho, nossa pesquisadora-chefe, incrivelmente bonita. Ou Nicole Finnegan, nossa potência de relações públicas. Nicole e Allyson eram indiscutivelmente mais atraentes do que essa loira diretora de motivação — e que título estúpido era esse! Então, por que meus ânimos estavam alterados?

Havia mais movimentação no portão da frente, então, eu me sentei, surpresa ao ver uma caminhonete em movimento tentar fazer a curva apertada através do portão dos Baker. A menos que o veículo em movimento contivesse uma pilha de produtos de limpeza, ele estava perdendo seu tempo. O caminhão parou e deu ré, e um sinal sonoro ecoou sobre o gramado estéril. No bolso do meu cardigã, meu telefone tocou.

"Você está vendo isso?" A voz de Kelly sibilou pelo receptor, e eu sorri, certa de que ela estava observando de sua varanda alta, onde poderia escutar o que dissessem na altura do portão dos Baker.

"Acho que não vai conseguir fazer a curva", comentei.

"Achei que você tivesse dito que o lugar estava em ruínas. Como eles poderiam já estar trazendo os móveis?" Houve um ruído de vento contra seu fone. "Ai, meu Deus, Cat. Tem um caminhão de mudanças descendo a Greenoaks. Devíamos chamar a segurança. Dizer a eles para não deixarem mais ninguém entrar. Eles vão entupir a rua inteira."

Eu não respondi; fiquei observando enquanto as rodas dianteiras da caminhonete quase acertaram a fonte do querubim.

"Isso é um desastre", Kelly prosseguiu. "E se ainda estiverem bloqueando a estrada na hora da saída da igreja? Paul ainda não saiu para pegar as crianças. Paul!" O vento diminuiu enquanto ela entrava em sua casa procurando o rapaz que cuidava de seus filhos. "Paul!"

"William está me ligando", eu menti. "Deixe-me ver o que ele quer."

"Tudo bem. Mas o tênis continua marcado para amanhã de manhã, certo? Nove horas?"

"Vou estar lá." Encerrei a ligação e estremeci quando a lateral do contêiner de transporte raspou ao longo do portão e depois foi se soltando conforme o caminhão descia pela estrada. O Sol se movia por trás de uma nuvem, e eu senti um arrepio com a queda repentina de temperatura. Envolvendo a caxemira com mais força, decidi abandonar aquela vista e entrar.

Encontrei William falando ao telefone na cozinha e interrompi sua ligação por um instante suficiente para roubar um beijo. Abri a geladeira e retirei de lá um pacote de bifes embrulhados, erguendo para que ele pudesse ver a escrita do açougueiro na frente. Ele assentiu, e eu coloquei o pacote sobre o balcão.

"Olha, se você precisar de uma pausa, venha aqui. Você pode auditar nossos livros."

Desamarrei o nó do pacote e tirei os filés, me sintonizando à conversa.

"Traga ela com você. Podem ficar na casa de hóspedes. Além disso, Cat não vê Beth desde o verão passado. Elas vão gostar de passar um tempo juntas."

As pistas se alinharam. Beth. Uma pausa. Tinha que ser Mac. Deslizei o prato em direção ao meu marido, peguei uma espátula da prateleira e a coloquei ao lado da porcelana azul.

"Não é caridade", William rosnou. "Você é meu irmão. Eu poderia contar com você. Preciso de alguém em quem possa confiar com esses números."

Alguém em quem pudesse confiar. Eu não tinha certeza de que Mac cumpriria esses requisitos. Afastei-me de William e voltei para a geladeira, abrindo as duas portas do freezer e olhando para o seu interior. A menos que tivéssemos planos específicos, o *chef* tinha os fins de semana de folga, então, olhei através da prateleira de saladas rotuladas. Peguei um recipiente com abacate e salada fresca.

Na última década, perdi a conta das coisas que fizemos pelo irmão de William. Era como dar sobras a um cachorro de rua — a meia costela de cordeiro não resolvia seus problemas, mas ainda lhe dava a sensação de que você estava fazendo algo para ajudar.

Eu não sabia se o tínhamos ajudado de fato. Era difícil ajudar um alcoólatra que não queria parar de beber. Pagamos seis períodos de reabilitação. Fizemos sua mudança três vezes. Pagamos uma dívida de jogo com alguns sujeitos podres de Vegas. Mexemos os pauzinhos para conseguir empregos em que ele não ia trabalhar porque ficava bêbado. E agora William queria trazê-lo para a Winthorpe Tech? Era uma ideia terrível, mas eu adorava a dedicação implacável que ele tinha com Mac e estava desesperada para aumentar sua família limitada e incluir nossos próprios filhos.

William foi para a varanda e eu abri uma cerveja, certa de que ele precisaria de uma bebida depois que terminasse de falar com Mac.

O sinal sonoro da ré de um caminhão soou levemente, e eu fui até a pia e olhei pela janela.

"Mac está em crise." William atravessou a abertura, arregaçando as mangas da camisa até os cotovelos. "Não quer sair de casa. Está bêbado."

"Meu Deus." Rasguei o saco da salada e dividi uniformemente o conteúdo em dois pratos. "Ele já foi demitido?"

Ele fez uma careta. "Estava com receio de falar sobre isso. Você pode ligar para o banco e pedir que façam um depósito em sua conta? E verifique com o senhorio deles..."

"O aluguel está pago até o ano que vem", eu o interrompi. "Fiz isso alguns meses atrás." Deslizei a cerveja na direção dele.

"Ótimo." Ele engoliu metade em um longo gole. "Ele não quer vir aqui."

Lutei para disfarçar o alívio em minha expressão.

"Vou falar com Beth e ver se encontramos um bom dia para fazer uma visita de carro. Eu adoraria ver o bebê", eu disse.

"Sim, eu gostaria que você pudesse dar uma olhada nele." Ele avançou e me deu um beijo.

Tentei me mostrar desapontada com a recusa dele em vir, mas Mac sempre foi um hóspede imprevisível. Uma vez, cheguei em casa e o encontrei em nosso quarto principal, nu e de bruços na cama, com vômito sobre o edredom caro.

O bipe soou de novo e William olhou na direção do barulho. "Eles já estão se mudando para a casa ao lado?", ele perguntou.

"Sim." Tirei dois conjuntos de talheres da gaveta e empilhei cada um sobre cada prato. "Eu não consigo acreditar que eles estão trazendo móveis com a casa nessa condição."

"Não é inabitável. Foi negligenciada." Ele abriu um sorriso, e eu percebi que talvez a conversa com Mac não arruinasse seu dia. "Não me diga que já se esqueceu daquele apartamento minúsculo de onde a tirei. O registro do chuveiro estava preso com um elástico."

Peguei os dois pratos e dei a volta na ilha de mármore. "Você me *tirou*? Eu era universitária, uma estagiária não remunerada. Estava indo muito bem com empréstimos estudantis e *fast food*. Você tem sorte de eu ter desistido de tudo isso para morar com você."

"Ah, claro." Ele bloqueou meu caminho, pegando os pratos, e se inclinou para a frente, pedindo um beijo. "Você foi um anjo por sacrificar tudo isso só por mim."

"Melhor assim." Aceitei o beijo dele. "E, olha, meu pequeno apartamento tinha seu charme."

"Bem, em comparação com aquilo, eles estão se mudando para um palácio." Ele se virou. "Vamos comer lá fora ou aqui dentro?"

"Lá fora."

Voltei para a janela da cozinha e pude ver Neena, parada na garagem de bermuda e camisa de manga comprida, direcionando o tráfego. Deixei meus olhos vagarem sobre o exterior de tijolos da casa, as amplas varandas e lareiras duplas. William tinha razão — não era inabitável, apenas estava velha e suja. Quinze anos atrás, eu a consideraria um castelo, mas uma década como a sra. Winthorpe havia me tornado esnobe, alguém que agora pensava em toalhas aquecidas e lençóis passados como uma necessidade.

Neena gritou algo para o motorista, e eu pensei no dia em que me mudei para esta casa. O anel de casamento ainda estava surpreendentemente pesado no meu dedo. Todos os meus pertences ocupavam uma porção ridiculamente pequena do enorme armário. Eu me abaixei para erguer uma caixa de itens pessoais do porta-malas do meu Maserati novinho em folha quando William me parou com um leve aceno de cabeça. "Está vendo isso?" Ele pegou minha mão, posicionando o diamante entre nós. "Isso significa que você não carrega suas próprias coisas. Você é a sra. Winthorpe agora, e todos se curvam diante de você e atendem aos seus pedidos."

"Até mesmo você?" Eu dissera com malícia, embora a emoção do poder tomasse vertiginosamente meu corpo.

Ele riu, mas nunca respondeu a essa pergunta. Eu não me importava. Eu tinha entrado nesta casa e devorado cada centímetro de sua opulência. Me acomodei, imediata e confortavelmente, no meu trono e nunca mais levantei uma caixa.

Por sua vez, Neena cambaleou na parte de trás da caminhonete, com os braços envoltos em uma pesada caixa de papelão. Ela se agachou, colocando a caixa com cuidado no chão, e depois se levantou e limpou as palmas das mãos. Virando para o lado, ela examinou nossa casa. A essa distância, através dos jardins bem cuidados e por trás de uma fileira de ciprestes italianos, eu me sentia protegida, mesmo enquanto seu olhar se demorava a nos observar. Eu não a culpo. Havia uma razão pela qual os carros se alinhavam na rua para ver nossas decorações de Natal e a *Architectural Digest* havia se dedicado a publicar uma matéria importante sobre a nossa casa. Era digna de se olhar. Digna de se admirar. Observei enquanto seu olhar catalogava a estrutura de pedra, as linhas modernas, o telhado de cobre e as grades de vidro.

William se colocou ao meu lado, seguindo minha linha de visão. "Devemos ir até lá? Dar-lhes as boas-vindas ao bairro?"

"Ainda não." Eu a observei, esperando que ela se virasse, mas ela se manteve no lugar, com seu olhar fixo em nossa casa. "Ela está apenas olhando para cá."

Ele deu de ombros e começou a lavar as mãos.

"É meio assustador."

"É uma casa grande, amor. Tem muito o que olhar."

"Como ela se saiu esta semana? A equipe gosta dela?"

Ele franziu a testa. "Não tenho certeza. Ela ainda não conheceu todos eles. Recebi alguns comentários hostis e alguns de apoio. Alguns acham que ela é um pouco entusiasmada demais." Usando a parte de trás do pulso, ele fechou a torneira.

Eu sorri. "Vou adivinhar... Harris?" O cientista nigeriano era o tipo que fechava a cara quando palavras como *trabalho em equipe* ou *coesão* eram usadas. Suas avaliações anuais sempre obtiveram as pontuações mais baixas de outros membros da equipe em habilidades de comunicação, mas as mais altas em aptidão.

"Uhum. Acho que suas palavras foram 'Não precisamos dessas coisas de riponga para salvar vidas!'. Com o que...", ele pegou uma toalha de mão da prateleira, "eu concordo. Eu disse a Neena para ficar longe dele."

Neena. Não mais dra. Ryder. Observei isso, depois descartei, ciente de que todos na Winthorpe usavam o primeiro nome. Até mesmo a equipe de zeladoria se referia a William pelo nome.

Ele jogou a toalha ao lado da pia. "Vamos. Os bifes estão quase prontos."

Permaneci ali por mais um tempo, esperando até que ela se afastasse da nossa casa e voltasse para a casa dela. Seu marido apareceu na porta da garagem aberta, e ela apontou para a caixa. Dobrei a toalha de mão em três partes e a coloquei de volta em sua posição. Tirei uma Pellegrino do refrigerador e olhei pela janela. Ela se foi, engolida pela casa. Em uma janela do segundo andar, observei uma empregada borrifar limpador no vidro e passar um pano na superfície.

Não entendia como alguém poderia se mudar para uma casa suja. Era como pular as páginas em branco de um caderno e começar sua história em uma página que já estava meio cheia. Era um carma ruim.

CAPÍTULO 4

NEENA

Eu estava numa escada ao lado da parede do nosso quarto, com um lápis na mão, quando a energia acabou, um evento abrupto pontuado por um trovão que sacudiu a casa.

"Neena?" A voz de Matt vinha da escuridão, em algum lugar à minha direita. "Você está bem?"

"Estou na escada", sibilei. "Você pode me ajudar a descer?" A escuridão era desorientadora, e eu me agarrei ao degrau mais alto, controlando meu pânico.

"Só um segundo..." A lanterna do celular de Matt se acendeu, inundando o interior da sala e me cegando enquanto ele se aproximava. Arrisquei uma descida, percorrendo um degrau antes que a luz oscilasse, sacudindo descontrolada, até que ele tropeçou em algo. Ele resmungou e eu parei, com meu pé no ar.

"Você está bem?", perguntei.

"Sim." Ele grunhiu e a lanterna voltou a se concentrar em mim. "Aqui. Vou te ajudar a descer."

Trabalhamos em silêncio, e minha tensão diminuiu quando recuperei meu equilíbrio. Descendo as escadas, olhamos para a caixa de fusíveis, sem saber o que fazer, mas discutimos nossas opções. Do lado de fora, pesadas gotas de chuva salpicavam o telhado e escorriam ruidosamente pelas calhas sujas.

"Deve ser a tempestade. Provavelmente, explodiu um transformador. Aposto que toda a vizinhança está no escuro." Matt fechou a porta da caixa de fusíveis e a trancou.

Sacudi minha cabeça. "Eu vi as luzes na casa ao lado quando descemos as escadas."

"Com certeza, eles têm um gerador." Ele passou por mim e foi para a sala de jantar. Olhando através das vidraças da janela, ele deu um salto quando um raio iluminou o céu. "Eu acho melhor esperarmos, a menos que você queira dirigir por aí e verificar quais áreas têm energia. Tenho um pequeno gerador na loja. Pode nos ajudar a passar a noite, se não se importar de sentir um pouco de calor."

Eu me mantive perto dele, sentindo-me desconfortável na casa escura. "Eu poderia ir para a casa ao lado e falar com William. E Cat." Não pretendia separar seus nomes, mas aconteceu, a lacuna pendente na frase como uma vírgula fora do lugar.

"O quê?" Matt apertou um botão na lateral do relógio, acendendo o mostrador digital. "São quase nove horas."

"Ninguém dorme tão cedo assim. Podemos perguntar a eles quanto tempo essas interrupções normalmente duram ou, se formos apenas nós, se há um eletricista que eles recomendem." Eu me animei com a ideia. Passei a maior parte do dia me perguntando se deveria ir até lá para dizer oi — e fiquei um pouco surpresa por eles não terem aparecido. Não era uma cortesia comum dar as boas-vindas a alguém novo na vizinhança? Ou talvez esse tipo de coisa fosse feita apenas em nosso antigo bairro, onde as casas não tinham portões privados, funcionários uniformizados nem policiais que patrulhavam as ruas a cavalo.

"Não sei", Matt disse lentamente, e era por isso que ele nunca chegava a lugar algum. Como eu havia dito à médica asiática da Winthorpe, Allyson Cho, você precisa agir de forma decidida e assumir as consequências. Agarre a vida pelas bolas. Meu marido gostava de fazer cócegas nelas com uma pena e depois se afastar.

Redirecionei meu caminho e andei até a porta dos fundos, com minha decisão tomada. Isso foi uma bênção, na verdade. A desculpa perfeita para dar as caras. Talvez Cat estivesse de pijama, sem maquiagem, e eu poderia substituir minhas imagens perfeitas dela no Instagram por algo mais acessível. Pensei em William e me perguntei como ele estaria. Eu o tinha visto apenas de smoking — na festa — e de terno no escritório. Ele estaria de shorts de ginástica e camiseta? Jeans e polo? Roupa íntima e sem camisa?

Abri o portão da garagem, com meus tênis fazendo a transição do piso de madeira para o tapete de boas-vindas esponjoso, e ouvi Matt me seguir até o interior úmido, com seu celular empunhado como uma espada, o feixe da lanterna passando por mim e refletindo no capô do meu carro.

Não era uma surpresa. Matt me seguiria em qualquer lugar.

Tocamos a campainha duas vezes antes de Cat atender, com suas bochechas coradas, seus olhos escuros. Eles estavam na cama juntos ou ela estava bêbada, e eu hesitei na varanda da frente, repensando se deveria mesmo ter tocado a campainha deles àquela hora.

"Matt, Neena, ei!" Ela abriu a porta mais um pouco, e o *hall* de três andares se iluminou com a luz. "Está tudo bem?"

"Nossa luz acabou", eu disse, de repente, ciente de que deveria ter feito o que Matt sugeriu e esperado a tempestade passar. Em vez disso, parecíamos pedintes encharcados, implorando sobras e favores. Puxei o topo das minhas *leggings*, me certificando de que a faixa larga estava segurando meu estômago. "Não queríamos incomodá-la, só queríamos saber se está faltando luz em toda a vizinhança ou se é apenas em nossa casa. Claramente, vocês têm luz, mas..."

"Temos um gerador", disse ela rapidamente. "Ligou quase agora." Ela balançou o braço, gesticulando para que entrássemos. "Entrem, antes que peguem um resfriado. William está no chuveiro, mas ele vai sair a qualquer instante."

Fomos parar na cozinha deles, empoleirados em bancos em uma enorme ilha de mármore, com copos alinhados diante de nós enquanto Cat derramava um licor africano em cada um. Eu a observei deslizar o primeiro copo em direção a Matt.

Seu cabelo espesso e escuro estava preso em um coque desalinhado, com mechas soltas. Meu desejo se tornou realidade — ela estava sem maquiagem, com calças de pijama de seda e uma camisa de futebol de manga comprida da Mission Valley High —, mas o efeito foi o oposto do que eu esperava. Talvez fosse o logotipo da escola em seu pequeno peito, mas ela parecia mais jovem e mais bonita ainda. Observei Matt sutilmente para verificar se ele havia notado. Aparentemente, ele não havia percebido, e eu estiquei meu rosto para a frente, desejando que as cicatrizes em meu pescoço não estivessem aparecendo.

"O que houve?" William se aproximou a passos lentos com um sorriso largo, aprofundando minhas inseguranças. Ele usava um jeans e uma camiseta branca apertada no tórax, estava com os pés descalços e ainda úmido por causa do banho. "Estamos comemorando alguma coisa?"

Cat ergueu um copo e o deu a ele. "Estamos comemorando e lamentando. Aos novos vizinhos e às dores de cabeça das tempestades da Califórnia. Saúde."

Fizemos um brinde e, sobre a borda do seu copo, os olhos de William encontraram os meus por um breve instante. Retribuí o olhar e dei um gole na bebida.

Três drinques depois, estávamos descansando ao redor da lareira, Cat e William em um sofá, Matt e eu no outro. Relaxei sobre o couro macio, me acomodando ao lado de Matt, e coloquei os pés descalços sobre o pufe, com cuidado para não derrubar a bandeja espelhada com velas acesas no centro.

"Eu juro, Neena poderia apostar seu dinheiro com Tiger Woods", protestou Matt. "Ela é uma aberração da natureza com um taco na mão. Era o pior lugar onde eu poderia ter tentado impressioná-la."

Sorri com sua lembrança do nosso primeiro encontro. "Você deveria saber, já que meu pai era um superintendente de campos de golfe." Ergui o copo, sentindo que precisava de um gole apenas por ter mencionado meu pai.

"Você cresceu jogando?" William passou a mão sobre o joelho de Cat, seus dedos acariciavam a articulação através do tecido fino.

Afastei os olhos daquele gesto. "Sim. Meu pai queria um filho, então ele me torturou com esse fardo." Eu ri em uma tentativa de esconder a amargura que se infiltrou na resposta. Tortura tinha sido uma descrição adequada. Centenas de horas ao Sol, suor escorrendo pela parte de trás das minhas pernas, o som de sua voz inflamada pela frustração a cada jogada imprecisa. Os gritos eram ruins, mas, quando ele pegava a vara, as coisas ficavam piores. Eu usei jeans durante todo o meu primeiro ano do ensino médio para esconder os hematomas nas minhas panturrilhas. Ainda não conseguia me sentar em uma cadeira dobrável sem pensar nele recostado em uma, com os pés cruzados sobre a grama, a vara balançando no ar em antecipação a minha derrota.

"Ela é realmente ótima", disse Matt com orgulho. "Quase ganhou o estadual em seu último ano."

"Mais uma prova de que minigolfe foi a pior ideia para um primeiro encontro", apontei.

Ele deu de ombros. "Deu certo para mim, no fim das contas."

"Então... vocês são namorados desde o ensino médio", murmurou Cat. "Eu adoro isso."

"Onde vocês se conheceram?" Perguntei, ansiosa para fugir do assunto.

"Eu era estagiária em uma empresa de investimentos que William administrava. Isso foi antes da Winthorpe Tech."

"Ou da Winthorpe Capital", William acrescentou com orgulho. "Ela se apaixonou por mim quando eu era pobre."

"Bem", Cat o repreendeu, "não *exatamente* pobre." Ela riu. "Eu era pobre. Me impressionava com qualquer coisa mais chique do que uma refeição congelada ou um miojo." Ela o beijou na bochecha. William sorriu para ela e, então, olhou para mim.

"Você ainda joga golfe?", ele perguntou.

Lutei contra o desejo de não responder com muita ansiedade. "Com toda a certeza. Uma vez por semana, se puder. Embora eu não tenha encontrado um campo desde que nos mudamos para cá."

"Você deveria ensinar Cat. Eu adoraria poder jogar com ela."

Meu entusiasmo diminuiu com a sugestão.

"Ah, me poupe." Cat descartou a possibilidade antes que eu conseguisse responder. "Eu tentei. Não consigo nem me conectar com a bola. É constrangedor."

Gostei de imaginar uma desajeitada Cat Winthorpe, mas não acreditei.

"Aposto que você não é tão ruim. Talvez só precise de algumas dicas", eu disse.

"Não." Ela pousou o copo no braço plano do sofá e balançou a cabeça. "Honestamente, eu sou terrível. Não tenho paciência nem temperamento para isso."

William sorriu. "É verdade. E não ajuda nada o fato de ela ser competitiva. Uma vez, ela ameaçou se divorciar de mim por causa de um jogo de pebolim."

Ela deu de ombros. "Eu não gosto de perder. Por isso", ela se virou para mim, "não vou tentar jogar golfe. É me preparar para o fracasso."

Sua psicologia era interessante. Ela era excessivamente confiante, mas também vulnerável o suficiente para ser simpática. O que eu ainda desejava descobrir era se sua vulnerabilidade era calculada ou autêntica. De qualquer modo, era irritante. Tudo nela era irritante, embora eu tivesse autoconsciência suficiente para entender que meu ciúme desempenhava um papel na minha irritação.

As luzes se apagaram e, depois, se acenderam outra vez. Cat se endireitou, se afastando do peito de William. "Ah! Isso é a energia elétrica voltando."

"Bem, não demorou tanto." Matt bateu as mãos e se levantou. "Neena! Vamos deixar os dois em paz?"

Ele era educado demais, para o seu próprio bem. Eu o segui relutante, procurando algo, qualquer coisa, para prolongar a conversa. Não me veio nada à cabeça, então, troquei um abraço rígido com Cat na porta.

"Então, jantar na quinta-feira, certo?" Cat manteve a porta aberta, quase nos empurrando por ela.

"Claro." Olhei para William até que chamei sua atenção. "Vejo você na segunda-feira."

Ele assentiu com um sorriso fácil, e eu tentei entender de onde vinha a intensa antipatia de seus funcionários.

• • • •

"Há algo de errado com Cat." Eu passava creme nos olhos enquanto me inclinava sobre o balcão do banheiro principal, lutando para enxergar na penumbra. Olhei para a luminária acima de mim; apenas uma lâmpada das oito estava funcionando.

"Errado?" Matt estava sentado no vaso sanitário, com as calças em volta dos tornozelos, olhando para mim pela porta aberta. "Ela parece legal."

Bufei. "Legal? Matt, você não pode se guiar pelas primeiras impressões. Você não conhece mulheres como ela. Elas não têm nada para fazer o dia inteiro além de causar problemas." Essa era uma das razões pelas quais eu sempre trabalhei. Algumas mulheres gostavam de ficar em casa, mas eu não. Eu precisava de interação. Amizades. Relacionamentos. Minha própria identidade. Caso contrário, não havia margem de segurança. Nenhum plano alternativo. Eu me recusava a ser mantida refém em um casamento sem conhecer e explorar minhas outras opções. Minha mãe me ensinou isso. Ela percebeu que uma vida melhor existia para ela, colocou um plano em prática e depois o concluiu, deixando seu marido alcoólatra e sua filha para trás e dirigindo três estados para viver em uma mansão com um advogado que conheceu por meio de um anúncio. Queria que tivesse me levado, mas ela fez um *upgrade* completo, e agora posta fotos no Facebook com seu novo nome, com sua enteada, férias em Aspen e citações sobre Jesus. Fiz amizade com ela sob uma conta falsa e agora sigo toda a família. Considerei seduzir o marido dela, mas não tive energia nem motivação suficiente. Mantive a possibilidade como um delicioso lanche noturno que um dia poderia consumir.

"Bem, eu gosto deles." Matt cutucou a porta com o dedo do pé, sem esperar uma resposta.

Claro que gostava. Ele gostava de todo mundo, o que era uma das razões pelas quais ele precisava de mim em sua vida — para apontar desvantagens onde elas existiam. Não que os Winthorpe tivessem muitas. Coloquei pasta de dente na minha escova e comecei a escovar os dentes pensando sobre a noite. Passei a maior parte do tempo procurando falhas em Cat, o que foi uma tarefa irritantemente árdua. Francamente, ela era mais bonita do que eu. Mais nova. Mais delicada. Mas meu corpo era melhor que o dela. Ela quase não tinha tônus muscular e provavelmente evitava exercícios com pesos.

Passei minha escova de dentes pela água da torneira e me lembrei do lindo momento daquela semana em que me inclinei para pegar minha bolsa ao sair do escritório de William. Ergui os olhos e flagrei seu olhar no meu traseiro, sua boca se curvando em um sorriso, suas bochechas enrubescendo enquanto ele desviava o olhar. Esta noite, eu dera a ele várias oportunidades de olhar, mas ele permaneceu focado em Cat.

Ouvi a descarga do vaso sanitário, tirei a escova de dentes da boca e me inclinei para a frente, cuspindo na pia.

Cinco minutos depois, me deitei ao lado de Matt e olhei para os tetos caixotados, a luz da televisão tremulando pelos seus detalhes. Um comediante de um programa noturno fez uma piada sobre a família real, e Matt riu.

Morar neste bairro poderia ser fantástico. As mulheres que moravam atrás desses portões festejavam juntas, faziam compras juntas, passavam férias juntas. E as coisas já estavam se encaixando. Eu tinha um emprego em uma das empresas de tecnologia mais promissoras do Vale do Silício. Um escritório adjacente ao de William Winthorpe. Graças à queda de energia, tínhamos acabado de passar duas horas com eles. Tínhamos feito planos para jantar na casa deles na próxima semana. A proximidade que nossas casas proporcionariam e as possíveis interações sociais de Cat poderiam ser as chaves para o reino em que eu merecia viver.

Apesar de tudo, agora, afundando em nossa cama macia, fui tomada pelas discrepâncias entre nós. Cat e eu. William e Matt. Sua linda mansão e nossa horrível execução hipotecária.

Matt tossiu e eu me lembrei de todas as suas boas características. Ele me comprou esta casa. Ele me fez parecer menos perigosa para uma esposa como Cat, que de outra forma poderia me ver como uma ameaça. E se ele conseguisse construir uma amizade com William Winthorpe, haveria muitas outras possibilidades.

Eu me virei para Matt e me aproximei, encaixando meu corpo no dele, meu braço ao redor de seu tórax. Ele deu um tapinha na minha mão, seus olhos já começavam a ceder com o sono, e senti uma onda de profundo afeto pelo homem que me amava tanto.

Eu conseguiria alguém melhor que ele em algum momento, mas ainda não era o momento.

CAPÍTULO 5
CAT

Os vizinhos haviam saído e as pernas de William estavam emaranhadas nas minhas, minha cabeça, no contorno de seu ombro. Passei a mão ao longo de sua barriga, apreciando o calor de sua pele. "O que você achou deles?"

"Eles são legais", disse ele, as palavras prolongadas por um bocejo. "Melhor que os Baker."

Melhor que os Baker. Voltei a repassar os eventos da noite. Minha desconfiança em Neena havia diminuído à medida que a noite passava, com a transição fortemente auxiliada pelo álcool. Sua presença tinha sido divertida, e ela tinha um humor grosseiro que era engraçado, era quase uma vadia, às vezes. Ela foi ficando mais alinhada ao marido conforme a noite avançava, foi ficando mais autoritária a cada gole de bebida. Mas é assim que alguns casais se comunicam. Nem todos eram como nós. Eu me lembrei de que, a cada visita que fazia a meus pais, percebia que seu casamento de quarenta anos não se enfraquecia, apesar de suas constantes brigas.

"É assim que ela é no trabalho? Tímida e sarcástica?" Passei a mão pela parte superior do abdome dele e imitei o beicinho que Neena fizera em vários momentos durante a noite.

Ele riu e passou a mão pelo topo da minha cabeça, alisando os meus cabelos suavemente com seus dedos. "Ela se parece mais com uma líder de torcida rígida e eficiente. Ei, ei, ei, preencha este questionário sobre seus sentimentos, ei, ei, ei."

Suspirei e subi mais pelo peito dele até que nossos rostos estivessem alinhados. "Se bem me lembro, você tem uma queda por líderes de torcida." Passei meus lábios de forma provocadora sobre os seus. "Devo me preocupar?"

Suas mãos se apertaram na minha cintura, e um arrepio de prazer incendiou meu corpo com o brilho de excitação que atingiu seus olhos.

"Você ainda tem aquele uniforme do ensino médio?", ele perguntou.

Beijei sua mandíbula e sussurrei em seu ouvido: "Os pompons também!".

Ele gemeu, e eu senti a prova de sua excitação quente e forte contra meu quadril.

"Nossa... Eu te amo", ele disse.

Recebi seu beijo, sentindo meu coração batendo mais rápido. No calor de suas mãos e em meio à perda de nossas roupas, esqueci tudo sobre nossos novos vizinhos.

Oito horas depois, após um café da manhã tranquilo nos jardins, dirigi até o clube de campo e encontrei Kelly em uma das quadras de tênis. Rolando meu pescoço lentamente para a esquerda, depois para a direita, observei enquanto ela se erguia e entregava um saque que poderia ter decapitado um rato. Saltei direto para a bola, errei por centímetros, então lancei a ela um olhar impressionado.

"Obrigada", ela gritou animada. "Tenho feito aulas extras com Virgil."

"Dá pra notar." Peguei a bola e a atirei sobre a rede em sua direção, depois sinalizei para que ela se aproximasse para praticar batidas curtas. "Como ele é, comparado a Justin?"

"Vinte anos mais velho, trinta quilos mais gordo, mas Josh não reclama tanto, então, vale a pena a falta do colírio." Ela lançou a bola para cima, mas a acertou um segundo antes, fazendo com que viesse lenta sobre a rede em minha direção. Acertei um golpe rápido e direto na bola, a colocando no lado esquerdo de sua quadra. O marido de Kelly era notoriamente ciumento, do tipo que vasculhava o histórico de seu celular e aparecia em nossos encontros de almoços para se certificar de que eram legítimos. Não fiquei surpresa ao saber que ele passou a reclamar de Justin O'Shea, o tenista profissional mais bonito do clube, mas Justin era gay de uma forma quase flamejante. Virgil poderia ser um sapo, e ainda seria um risco maior.

"Como são os novos vizinhos?" Ela secou o suor de sua testa com a faixa branca do pulso.

"Ainda não tenho certeza." Joguei uma bola fresca contra a quadra de barro. "Vamos jantar com eles na quinta-feira. Ela é difícil de decifrar. Um pouco..." Peguei a bola e a segurei por um instante, tentando encontrar a palavra certa. "Reservada. Ela parece estar nos analisando muito de perto. Em nosso breve passeio pela casa, ela parecia catalogar mentalmente nossos pertences, como se estivesse somando os valores em sua cabeça."

"Sem ofensa, mas você é muito analisável." Kelly sorriu, suas sardas pareciam quase invisíveis ao Sol. "Honestamente, eu nem gosto de tênis, só gosto de ver em que carro você vai chegar no clube."

Fiz uma careta e bati a bola na direção dela. Ela rebateu, e seguimos por mais que uma dúzia de vezes antes que ela errasse uma batida. Kelly era boa, mas eu treinei durante seis meses antes de entrar para o clube, tendo aulas particulares diárias em San Francisco e dormindo em acampamentos de uma semana em Stanford. Minha "aptidão natural" precisava parecer espontânea e, desde o primeiro dia em Menlo, eu passava essa impressão. Eu tinha perdido algumas partidas iniciais intencionalmente, corando e gaguejando diante das provocações dos amigos, então, em silêncio e quase de imediato, eu me tornei a jogadora mais forte do clube.

Este era o segredo do sucesso nesta cidade. Apresentar uma imagem de perfeição sem esforço com trabalho duro e implacável nos bastidores. Todos pensavam que eu havia acordado como Cat Winthorpe de um dia para o outro, mas eu lutei com unhas e dentes para subir nesta vida. Ainda era assim.

Fizemos um jogo rápido e, então, fomos pegar nossas bolsas. Kelly se virou para mim, com sua raquete balançando frouxamente em sua mão. "Incomoda você, a nova vizinha trabalhando para William?"

"Não." Abaixei, pegando uma bola e deixando as outras para a equipe de coleta. Enquanto eu observava, eles correram para a quadra, com as cestas nas mãos, em seus uniformes brancos, se apressando para pegar as bolas amarelas brilhantes. "Por que me incomodaria?"

"Não sei. Você e ele começaram com um romance no local de trabalho... Ela está no local de trabalho dele agora." Ela deu de ombros. "Há uma razão para eu não deixar Josh contratar nenhuma mulher solteira no escritório."

"Ela não é solteira", eu salientei, me sentando ao lado dela no banco. Abri a lateral da minha bolsa, puxei uma toalha de mão com monograma e enxuguei o suor ao longo da minha testa.

"Ah, verdade. O marido gordinho. Ele trabalha com construção, né?"

"Demolição." O que, da minha perspectiva leiga, parecia ser o mais fácil dos negócios. Destruir as coisas, transportar para longe. Pesquisei a empresa dele e dei uma olhada no site. Parecia uma pequena operação, que não arcava com o estilo de vida de Atherton. O que... daria um espetáculo interessante. Mesmo que eles conseguissem a casa dos Baker por uma pechincha, tentar acompanhar o ritmo desta cidade torraria seu dinheiro com rapidez. E Neena Ryder queria ter esse estilo de vida. Eu tinha visto em seus olhos, ouvido nos comentários improvisados que ela fez na tentativa de se encaixar. Ela queria — a única questão era o que faria para alcançá-lo. Fiz uma anotação mental para verificar com o departamento de Recursos Humanos quanto estávamos pagando a ela.

"Bem, é bom que ela seja casada. Talvez o marido dela e Josh possam se conectar. Ele está sempre reclamando dos engomadinhos com os quais o faço sair." Kelly inclinou a cabeça para trás e esguichou um jato de água saborizada de limão em sua boca. "Não William, é claro."

Eu não respondi, estava bem ciente de que ela não falava do meu marido. Abri o pequeno porta-níqueis que trazia na minha bolsa e coloquei meu anel de casamento de volta no meu dedo.

"Vou planejar alguma coisa", ela continuou, com seus olhos seguindo um garoto musculoso enquanto ele abaixava junto à rede. "Algo para juntar Josh e o marido dela. Talvez uma festa de despedida. Você sabe que partiremos para a Colômbia no dia 8?"

"Eu sei." Puxei o braço dela. "Vamos. Quem perde tem que pagar o café da manhã no clube."

CAPÍTULO 6
NEENA

Aprendi a jogar xadrez em um tabuleiro quebrado no Boys and Girls Club. Meu professor era Scott, um cara três anos mais velho que eu, que olhou pela minha camiseta que cobria meu peito de 13 anos e me convidou para fumar atrás da lixeira enquanto eu esperava que viessem me buscar. Meu pai costumava se atrasar e, uma vez, ao cair da noite naquela vizinhança questionável, dei minha primeira tragada rápida. Na semana seguinte, outra mais alongada. Alguns meses depois, seus dedos estavam dentro da minha calça e meu cigarro aceso caiu no chão enchardcado. Eu o vi queimar sobre uma folha vermelha molhada e me perguntei a que distância meu pai estava.

O xadrez é fácil se você pensar adiante, quanto mais à frente, melhor. Você tem que pesar os pontos fortes que tem. Decidir quais peças podem ser sacrificadas. Escolher quais peças precisam ser protegidas. Mas o segredo, Scott defendia, se estivesse jogando contra qualquer oponente habilidoso, era a farsa. Você tinha que os convencer de que estava seguindo por um caminho — talvez um caminho estúpido, um caminho idiota — enquanto você habilmente traçava seu verdadeiro plano, aquele que os levaria direto ao xeque-mate.

"Neena." William sorriu para mim da porta do meu escritório. "Tem um minuto?"

"É claro." Gesticulei para o assento em frente à minha mesa. Ele ignorou e permaneceu em pé diante de mim, com as mãos nos bolsos das calças, suas pernas ligeiramente abertas, seus ombros para trás. A pose de um homem seguro o suficiente para afastar as armas dos punhos. "Como posso ajudar?"

O sorriso desapareceu de seu rosto com uma facilidade inquietante. "Marilyn acabou de falar com a Courtney no RH. Ela está entrando no aviso prévio de duas semanas."

Franzi a testa, irritada por não ter percebido nenhum sinal no meu encontro inicial com ela. "Isso é interessante." Ele avançou e agarrou o encosto da cadeira em que eu pretendia que ele se sentasse. Seus dedos tamborilaram contra o tecido e ele se inclinou para a frente, colocando o peso sobre ele. Observei suas unhas limpas e cortadas afundarem no estofamento cinza enquanto ele pigarreava, e logo depois falando de forma suave e precisa: "Não é *interessante*!".

Eu me recostei na cadeira e lutei contra o desejo de cruzar os braços de maneira defensiva sobre o peito. No entanto, eu peguei minha caneta prateada ao lado da minha agenda, bati a ponta contra o papel e fiquei em silêncio, encarando seu olhar tranquilo.

"Posso não ter sido claro sobre o motivo por que a contratei, então, deixe-me esclarecer de uma vez. Você foi contratada para que eu soubesse o que Marilyn está pensando *antes* que ela pedisse demissão. Você foi contratada para não ter de lidar com situações *interessantes*. Você foi contratada para espionar e manipular essa equipe, para que construam o melhor sistema de condução médica que qualquer coração já viu, me tornando um bilionário. Você entende a importância desse objetivo?" A última frase saiu espaçada, como se houvesse pontos depois de cada palavra.

"Sim, senhor." Ergui o queixo o suficiente para ele perceber que eu não estava intimidada.

Ele se endireitou e, quando suas mãos soltaram da cadeira, suas marcas permaneceram, como pequenos sulcos de dentes na ponta de uma borracha. "Convença-a a ficar, ou você está demitida. Tem duas semanas."

Ou você está demitida. Duas semanas. Ele segurou a gravata e a alisou diante da camisa. Em outro homem, seria um tique nervoso. Nele, era apenas um retorno de tudo à ordem. Aposto que ele era controlador na cama. Preciso. Autoritário. *Dominante*.

Meus lábios se entreabriram com o pensamento. "Vou convencê-la a ficar."

Ele se virou e saiu do meu escritório, seus ombros largos voltaram à posição natural.

Deixei escapar um lento suspiro, meu coração estava acelerado, e eu me virei para o computador, acessando o software de calendário, localizando a agenda de Marilyn. Então, *aqui* estava o verdadeiro William Winthorpe. Não aquele marido carismático que puxou Cat para seu lado no sofá. Não o cordial homem de negócios que me ofereceu o emprego. Não o intelectual educado a cujos vídeos eu assisti, falando em conferências médicas e eventos corporativos.

O verdadeiro William Winthorpe era um cretino, e eu estava fascinada por ele.

CAPÍTULO 7
CAT

Era interessante ver a dinâmica de outro relacionamento. William e eu estávamos juntos contra tudo. Seus concorrentes. Julgamentos sobre nossa situação sem filhos. Nossas famílias. Tínhamos um vínculo.

Neena e Matt eram o oposto. Uma trava. Se não tivesse visto na visita no dia da falta de luz, a verdade emergiria em nosso primeiro jantar juntos.

"Não coma isso", ela advertiu Matt, batendo em sua mão com a parte superior do garfo. "Não foi alimentado com grama." Relutante, ele largou o espeto de costela Wagyu, o que era uma pena, porque era um dos melhores itens do menu do Protégé.

Ergui uma sobrancelha na direção de William me mostrando interessada no assunto. "Importa se for alimentado com grama?"

"Sim, se você não quiser ter câncer", ela retrucou, com sua voz um pouco elevada para um restaurante intimista. Olhei para a mesa mais próxima e fiquei aliviada por não avistar nenhuma reação do casal de lá. Me inclinando para a frente, roubei o espeto abandonado, que estava absolutamente delicioso, independentemente do histórico alimentar de sua fonte. Ela cerrou os olhos.

"Somos estritamente cetogênicos", ela anunciou, e eu não estava bem informada a respeito daquela dieta, mas ficaria surpresa se o vinho que ela estava bebendo fizesse parte disso. "Matt perdeu seis quilos."

"Uau." Eu balancei a cabeça como se seis quilos fizessem alguma diferença na estrutura atarracada de seu marido. "Matt, isso é ótimo."

Ele assentiu cautelosamente, ela olhou para mim, e eu contive um sorriso pensando na longa lista de coisas que pareciam irritar Neena. Por exemplo, não incluírem o título de doutora antes de seu nome. Nós os apresentamos ao gerente do clube, bem como a alguns amigos nossos, e em ambos os casos ela corrigiu o título na apresentação. Ela também parecia não gostar muito de qualquer coisa que fosse saborosa. E ela era insegura a ponto de ser insuportavelmente possessiva com o seu marido, mas excessivamente amigável com o meu.

Em contraste, Matt era maravilhoso. Gracioso em todas as suas observações sarcásticas. Engraçado e cativante, com um catálogo de histórias que nos fez rir durante toda a refeição. Ele era claramente apaixonado por Neena, apesar de seus comportamentos neuróticos, o que só me fez gostar mais dele. Ele e William se deram bem de cara, conversando sobre política e esportes, seus assuntos preferidos, muitas vezes, deixando Neena e eu com nossas próprias discussões.

Então, ela se inclinou para a frente e tocou meu braço de um modo gentil. "Sabe aquele casal que você nos apresentou? Os Whitlock? Você disse que faz parte de um conselho com eles?"

Assenti. "O leilão de vinhos de caridade. É um evento anual que arrecada dinheiro para instituições de caridade locais e nacionais. É a maior arrecadação de fundos do condado. Ano passado, arrecadou mais de dez milhões de dólares."

"Eu adoraria fazer parte disso." Ela puxou sua cadeira para mais perto da minha.

"Estamos sempre à procura de voluntários." Eu sorri. "Posso te adicionar à lista."

"Sim, claro, claro." Ela dispensou a menção com um movimento do pulso magro. "Mas eu estava pensando mais no conselho. Ajudar na administração do evento."

Eu me segurei para não rir. Ela queria estar no conselho do leilão de vinhos para caridade? Era o evento mais prestigiado da cidade. Passei a última década construindo relações e escalando o complicado labirinto de escadas sociais necessárias para liderar esse conselho. Ergui minha taça de vinho e demorei um pouco para responder.

"As inscrições para o conselho são aceitas em julho." Dei de ombros. "Vou te avisar quando abrirem, e posso te dar uma recomendação."

"Isso seria ótimo." Ela sorriu, e o gesto puxou de forma artificial a pele apertada ao lado da orelha, um sinal revelador de um *lifting* facial — mas não um dos bons. Durante a refeição, fiz um inventário cuidadoso de suas cirurgias. Uma cirurgia no pescoço, com certeza. Outra nos olhos, poderia chutar. Silicone — sem sombra de dúvida. Seus lábios finos seriam o próximo item na agenda do cirurgião, se eu fosse uma mulher de apostas. E era triste. Por baixo de tudo isso, provavelmente havia uma beleza natural.

Por baixo da mesa, a mão de William pousou no meu joelho, e ele me deu um aperto suave. Coloquei minha mão sobre a dele e encontrei seus olhos. Ele sorriu, e eu sabia o que ele estava pensando. Ele queria ficar a sós comigo. Nosso último encontro ali havia se estendido até quase meia-noite, pois tínhamos tomado nosso tempo com o menu de degustação e esvaziado duas garrafas de vinho durante a refeição de cinco pratos. Ele se inclinou para a frente, e eu o encontrei sobre um pedaço de *lagostim* envolto em *kataifi*.

"Você parece boa o suficiente para ser comida", ele sussurrou no meu ouvido.

Dei um beijo em sua bochecha e, depois, me endireitei, sem me surpreender ao encontrar Neena observando, com seu olhar correndo entre William e eu como se estivesse paranoica, achando que estivéssemos falando dela. Eu me virei para Matt. "Como está a casa? Algum problema inesperado?"

"Sem problemas", disse Neena rapidamente. "Está maravilhosa. Na verdade, precisa de pouquíssimo reparo."

"Não é nada comparado à sua casa", Matt começou.

"Mas é ótima." O sorriso de Neena ficou tenso. "Matt, coma o resto do *black cod*."

"Nós sempre amamos aquele terreno", eu disse. "É tão exclusivo. E o bairro é tão seguro."

"Preciso ser honesto." Matt limpou a boca, alheio às farpas que sua esposa lançava sobre ele. "Eu imaginava, por ter ficado vazia por tanto tempo, que estaria depenada. Em geral, você vê que os eletrodomésticos foram roubados, as luminárias foram queimadas, até mesmo a fiação de cobre foi arrancada."

"Aqui não é Bayview", disse Neena bruscamente. "É Atherton. Coisas assim não acontecem com frequência aqui."

"É verdade." William se recostou em seu assento bem no instante em que os sons delicados de uma harpa começaram a tocar ao fundo. "Além disso, todo mundo é muito intrometido. Há uma centena de donas de casa espionando umas às outras através de binóculos cravejados de diamantes. Acrescente a segurança privada, câmeras e o portão de guarda, e ninguém sequer tenta fazer nada. Aquela casa poderia ter ficado de portas abertas nos últimos cinco anos, e ninguém teria tirado nada dela."

Concordei com um aceno de cabeça, pensando na doce ironia de a pulseira de tênis no meu pulso ter vindo da coleção pessoal de Claudia Baker. "É verdade. Honestamente, nem trancamos nossas portas na maior parte do tempo." Dei uma mordida no *poularde*. "Durante o dia, não faz sentido, sobretudo no quintal. Eu prefiro sentir a brisa fresca, especialmente quando os jardins estão florescendo."

William franziu a testa, olhando para mim. "Você deveria manter as portas trancadas."

Ignorei a instrução dele. "Você se concentra na WT, eu cuido da casa." Ele riu, e eu espetei uma fatia de Wagyu e estendi para ele, sorrindo enquanto ele comia do meu garfo.

"Eu sempre tranco a casa", disse Neena com firmeza. "Dizem que qualquer um pode roubar se tiver oportunidades suficientes e ausência de consequências."

"Concordo." William assentiu, e eu não pude deixar de observar a maneira como Neena se empertigou, com orgulho de seu apoio. "É como deixar as chaves em um Lamborghini. Em algum momento, mesmo que não seja para roubar, alguém vai pegar emprestado para um *test drive*."

"Exatamente." Ela ergueu sua taça de vinho quase vazia, e eu me perguntei se ela havia trocado as fechaduras desde que se mudaram. Se haviam trocado, eles teriam se dado ao trabalho de fazer isso com todas as portas? Pensei no meu chaveiro em casa, uma duplicata do que havia devolvido à gaveta de Claudia Baker.

"Neena, como está a Winthorpe Tech?" Sorri para ela. "Todos estão lhe tratando bem?"

Pode ter sido minha imaginação, mas achei que seus ombros tivessem enrijecido com a pergunta. "Está indo bem." Ela colocou a taça sobre a mesa e focou em seu prato; vi sua faca arranhando a porcelana enquanto ela cortava um pedaço de cordeiro. "A equipe tem sido bastante receptiva à minha presença."

William, como esperado, entrou de imediato no modo trabalho. "Algum progresso com Marilyn?"

"Um pouco." Ela espetou um pedaço de carne. "Vou me encontrar outra vez com ela amanhã."

"Marilyn Staubach?" Eu perguntei, confusa ao imaginar o tipo de ajuda de que uma cirurgiã especializada precisaria. "De que tipo de progresso ela precisa?"

"Conto a você mais tarde." William sorriu, mas sua voz parecia rígida e irritada. "Neena tem mais uma semana para trabalhar com ela." Ele olhou por sobre o ombro, chamando a atenção do garçom e fazendo um sinal para que trouxesse a conta.

Levei minha taça de vinho à boca e não ignorei a tensão que dominou o rosto de Neena.

Mais uma semana. Eu conhecia cada tom de voz do meu marido, e aquilo soou como um ultimato.

CAPÍTULO 8
NEENA

Se meu trabalho estivesse apenas nas mãos de Marilyn Staubach, estaria condenado ao fracasso. Analisei a pequena mulher com cautela, procurando alguma pista que pudesse desvendar suas motivações, e me senti grata por ter encontrado uma granada, que agora estava escondida no bolso lateral do meu jaleco.

Ela olhou para mim e abriu a boca, dando um bocejo. Na parte de trás de sua boca, por dentro, vi o brilho prateado de uma obturação.

"Por que você começou a trabalhar para a Winthorpe?"

"Dinheiro", ela disse, seca. "E percebi que já tenho o suficiente." Ela ergueu o pulso escuro e delicado e examinou o mostrador de um relógio de plástico robusto, o mesmo que cogitei comprar para mim — o GPS embutido era um recurso interessante, mas um tanto inútil.

"Bem, os cirurgiões ganham um bom dinheiro." Desenhei um pequeno cifrão no primeiro ponto do meu bloco de notas. "Com certeza, você poderia voltar a trabalhar na área."

Ela me olhou como se eu fosse uma idiota. "Obrigada, Neena. Excelente conselho de carreira."

"A taxa de estresse dos cirurgiões cardíacos é uma das mais altas entre todos os especialistas cirúrgicos", apontei, sentindo minhas bochechas ardendo com seu comentário afiado. *Neena idiota*, meu pai costumava dizer. *Cale a boca, Neena*. Já se passaram vinte anos. Será que, um dia, eu pararia de escutar sua voz? "Você avaliaria seu nível de estresse como maior ou menor durante seu tempo na WT?"

"Parece que todas essas perguntas podem ser respondidas por meio de um questionário de saída." Ela trocou a perna cruzada, e eu observei o quimono azul-claro subir, revelando um tênis branco funcional e meias até o tornozelo. Eu precisava me lembrar de quem ela era. Um cordeiro ou uma coruja, se me guiasse pelos perfis de personalidade de Charles Clarke. Cuidadosa. Exigente. Atenta a números e detalhes. Ela não teria pedido o aviso prévio sem pesquisar outras opções e fazer uma extensa lista de prós e contras.

"Sim, poderiam ser." Ensaiei um sorriso contido. "Mas um questionário de saída não permite negociações."

Ela emitiu uma risada cruel. "Negociar o quê?"

"A aprovação da FDA está para chegar", indiquei. "Você está prestes a abrir mão de um bônus de sete dígitos. Me ajude a entender como pode ser tão terrível ficar aqui por mais três ou quatro meses."

"Você é nova." Ela suspirou. "Você não sabe como é aqui. Os homens são uns babacas. As mulheres são maliciosas, e William..." Ela arqueou uma sobrancelha em minha direção. "Aquele homem se dirige a mim como se eu fosse um pedaço de papel higiênico no chão do terminal do aeroporto de Los Angeles. De fato, ele é um idiota com todos, então, pelo menos, não é uma coisa racial. Mas estou velha demais para isso. Recebo ofertas de sete dígitos na minha cara toda vez em que me viro. Minha vida é muito curta, e meu plano de aposentadoria está bem servido para que eu aceite continuar a trabalhar para William."

Ela tinha razão. Eu era nova, mas duas semanas ali foram suficientes para que eu compreendesse com o que exatamente ela estava lidando. O cavalheiro afável ao lado de Cat era temperamental. Durante as reuniões de equipe daquela manhã, ele tinha destruído todas as emoções calorosas que eu havia nutrido em nossas afirmações meditativas de abertura ao rasgar o relatório de teste mais recente em pedaços e se dirigir ao grupo como "um bando de idiotas bem pagos".

"E se eu mantivesse William longe de você?", eu sugeri. "Você pode faltar às reuniões de equipe. Conclua suas obrigações finais por conta própria. Trabalhe em casa dois dias por semana."

Ela ergueu uma sobrancelha. "Você vai impedir William de falar comigo? Impossível."

Provavelmente, ela estava certa, mas eu prossegui, pronta para usar o fino envelope no bolso da jaqueta, se fosse necessário.

Talvez não fosse preciso. Talvez apenas isso fosse a chave para fazer Marilyn ficar. Eu esperava que sim.

Ela já estava balançando a cabeça, como se pudesse ouvir meu monólogo interior. "Minha decisão está tomada. Vou embora daqui a uma semana. Ele tem sorte de eu estar cumprindo as duas semanas." Ela se levantou. "Preciso voltar ao trabalho."

Coloquei a mão no bolso e peguei o envelope. "Tenho mais uma coisa para discutir."

"Como eu disse, minha decisão está tomada."

"Marilyn." Eu olhei em seus olhos. "Confie em mim, você vai querer ouvir isso."

"Desembucha, Neena."

"Eu sei sobre Jeff." Quatro palavras curtas que tinham um gosto tão bom na minha língua. Eu tinha praticado maneiras diferentes de desferir o golpe e pude ouvir os sinos da vitória em minha resposta, apesar da minha melhor tentativa de evitar.

Ela não se mexeu. Não caiu derrotada nem cambaleou de volta para a cadeira. Ela não piscou, não tremeu nem reagiu de forma alguma. Seu olhar girou em minha direção com o controle lento e cultivado de uma mulher que passou por tudo. "Jeff está morto", ela disse.

Olhei fixamente em seus olhos. "Posso atestar pela minha visita de ontem que não está."

. . .

Quarenta e cinco minutos depois, vi Marilyn revogar sua demissão por e-mail, clicando no botão "enviar" com uma quantidade hostil de desprezo. Eu não me importei. Meu emprego estava salvo, e seus quatro filhos e seu marido continuariam pensando que seu quinto filho havia morrido durante o parto prematuro, e não que estivesse morando em um orfanato, soprando as velas de seu bolo de aniversário de 13 anos sem um único membro da família à vista.

Levei a papelada para William. Entrei silenciosamente no espaço elegante e sofisticado de onde se via uma pequena fresta do oceano. Tudo era de vidro — a porta que empurrei para entrar, as paredes entre nós e o escritório adjacente, as janelas do chão ao teto, que separavam a sala de uma queda de quinze metros. Não haveria rapidinhas na mesa deste escritório, a menos que ele quisesse que toda a equipe assistisse.

Ele olhou para a papelada sem tirar as mãos do teclado do computador e, então, assentiu. "Ótimo. Feche a porta quando sair."

A dispensa teria feito uma mulher normal se irritar, no entanto, eu queria mais. Um psicólogo teria culpado meu pai por essa atração doentia à rejeição, mas eu sabia o que uma passagem para este mundo me custaria. Acordos sujos e dissimulados. Sedução lenta e implacável. Uma contorção perversa que poderia partir minha coluna ao meio, porém, me levaria cada vez mais alto nos degraus da sociedade até que eu estivesse em meu lugar de direito, desprezando mulheres como minha mãe e Cat Winthorpe, no controle completo, como um mestre de marionetes sobre homens como meu pai e William.

Chegaria o momento. Eu já estava mais perto.

CAPÍTULO 9
CAT

William manejava o câmbio do Aston Martin em silêncio, seu cabelo esvoaçava com a brisa enquanto ele fazia a curva que levava ao pequeno restaurante à beira do penhasco. A noite estava silenciosa, o vento, suave.

Eu me virei no banco para encará-lo, admirando seu perfil no crepúsculo, o brilho azul do painel iluminava levemente suas feições marcantes. Eu me apaixonei por esses traços no meu primeiro ano na faculdade enquanto olhava para ele por cima da tela do meu computador do canto da sala dos estagiários. Todos nós estávamos um pouco aterrorizados com ele, suas raras visitas à nossa sala eram pontuadas por vários xingamentos e, na maioria das vezes, pela demissão de quem tivesse estragado tudo. Nossa taxa de rotatividade era insana, e chorar era comum entre os estagiários; todos estavam tensos e temiam o momento em que, com certeza, cometeriam um erro.

Meu próprio passo em falso veio pouco antes do Natal. Nossos colegas tinham voltado para casa, suas contas nas redes sociais estavam repletas de árvores de Natal, patinação no gelo e gemada com conhaque. Um grupo cada vez menor de cinco pessoas ficou para atender ao aumento da carga de trabalho de uma aquisição corporativa que William estava planejando. Passei seis horas em uma planilha e, em algum momento do processo, reordenei uma coluna sem incluir todos os campos — um erro que invalidou completamente todas as outras células da planilha. Quatro horas depois, aliviada por finalmente ter concluído a tarefa, adicionei a planilha à unidade compartilhada sem perceber o erro.

Quando William surgiu em nossa sala, recuperei minha atenção, observando enquanto ele carregava uma folha impressa até a mesa da nossa supervisora e a colocava diante dela, cravando a página com um dedo. Ouvi meu nome e me empertiguei, me preparando enquanto ela apontava para a minha direção. Seu olhar varreu a sala e parou em mim.

Foi nosso primeiro contato visual, e isso me fez sentir fortalecida, portanto, eu me levantei enquanto ele caminhava em minha direção. Seus sapatos caros estalavam no piso de cerâmica, e seus olhos estavam tão escuros quanto seu terno. Ele parou diante da minha mesa e ergueu a planilha. "Suponho que este pedaço de merda inútil veio de você."

Não sei por que eu sorri. Foi algo que debatemos com champanhe em nossa lua de mel e em caminhadas noturnas pela estrada da memória. Eu deveria ter ficado apavorada. Deveria ter gaguejado um pedido de desculpas. No entanto, em vez disso, eu olhei em seus olhos dando um sorriso que ele mais tarde descreveu como extremamente arrogante e *sexy*. Eu sorri e... de forma bastante surpreendente, William Winthorpe, destruidor de empresas e famoso babaca... começou a sorrir de volta para mim.

Fui trabalhar na manhã seguinte e encontrei uma passagem de primeira classe para Banff na gaveta da minha mesa. Perdi minha virgindade com ele em uma cabana na montanha, naquela viagem. Quando voltamos para San Francisco, encaixotei tudo no meu apartamento e me mudei para o elegante condomínio em que William morava, no centro comercial, sem hesitar sequer por um instante.

Ele buzinou para um gambá que passava, me segurando enquanto ele desviava.

"Fiquei sabendo de Marilyn." Capturei um fio de cabelo solto e o coloquei contra o pescoço. "Ela vai ficar em definitivo?"

"Por enquanto." Ele acelerou durante a curva, mantendo seu olhar na estrada. "Neena falou com ela. Colocou juízo em sua cabeça."

Não havia dúvida de que precisávamos de Marilyn. Ela havia passado meses trabalhando em nossos testes para a FDA e desenvolveu uma relação fundamental para os contatos de teste. Sua perda nos atrasaria seis meses, facilmente. "É provável que esteja sendo fortemente recrutada."

Não havia muitos cientistas com seu *pedigree*. Acrescente o fato de que era negra, mulher e que provavelmente estava recebendo uma nova oferta de emprego todos os dias. Era impressionante que Neena tivesse mudado a opinião de Marilyn sem oferecer a ela mais compensações ou vantagens.

"É verdade." Ele olhou para mim. "Neena acha que preciso trabalhar o meu estilo de gestão." Ele não ficou feliz com essa avaliação. Eu podia perceber isso pela maneira como sua segunda mão se juntou à primeira no volante, pela posição de sua boca, pela linha rígida de seu longo corpo enquanto ele se curvava para a frente no assento. Apesar de toda a sua confiança, meu marido também era incrivelmente duro consigo mesmo.

"Não tenho certeza disso", eu disse de forma cautelosa. "Você é um gênio. Sem você, a Winthorpe Tech sequer existiria, nem a Winthorpe Capital para financiá-la."

"Ela disse que a equipe me odeia."

Deixei escapar um longo suspiro. "Uau. Acertando logo com golpes baixos." Ela estava lá havia apenas algumas semanas. Ela não poderia ter pegado leve, em vez de ter atacado? "Odeia? Não. Eles não te *odeiam*."

O restaurante estava logo adiante, então, ele diminuiu a velocidade, parou no acostamento, estacionou o carro e desligou a ignição. Senti uma brisa fresca, e um calafrio passou por mim. "Eu disse a ela que não me importava se me odiavam. Não estou neste negócio para ser amado."

Mas ele se importava. Eu sabia que ele se importava. Apenas não se importava o suficiente para mudar. "Ela tem alguma solução?" Se não tivesse, ele a teria demitido. Você não traz problemas para o meu marido. Você traz um problema e uma solução. Caso contrário, você é inútil.

"Ela quer trabalhar comigo no meu estilo. E no meu...", ele fez uma pausa e cerrou os olhos, tentando encontrar o termo: "desenvolvimento pessoal!".

"Não sei, não!" As palavras escaparam de mim, e ele me olhou surpreso. "Você é William Winthorpe. Você não precisa de uma dona de casa egocêntrica, que saiu de alguma sarjeta de San Francisco, dizendo como deve liderar sua empresa."

Ele riu, segurou minha mão e a apertou. "Você também já falou bastante, Cat, sobre a maneira como lidei com algumas coisas no passado."

"Isso porque, às vezes, você é um idiota." Eu me virei no banco para encará-lo. "E você é contundente. Mas também é o homem mais inteligente, onde quer que esteja. Não quero que você se perca para tentar proteger os sentimentos de alguém. São negócios. São todos adultos. Eles conseguem aguentar." Eu apertei a mão dele. "E não me compare a ela só porque nós duas viemos do nada. Eu te conheço, ela não. Eu construí a Winthorpe ao seu lado. Ela não."

"Ei." Ele se inclinou para a frente e segurou a parte de trás do meu pescoço, senti sua mão sumindo no meu cabelo. "Eu nunca te colocaria em uma categoria junto a ela. Ninguém está à sua altura." Ele me puxou em sua direção, e nossas bocas se encontraram — era um beijo gentil, no início, mas depois se tornou mais intenso. Mais violento. Eu o beijei como se estivesse desesperada, e ele me agarrou como se eu lhe desse forças.

Ele era horrível com todos, mas não comigo. Comigo, era vulnerável e gentil. Generoso e amoroso. Ele arrancava as coisas boas, como pétalas de uma rosa, e as guardava no bolso, então, me banhava com elas à noite. Ninguém mudaria isso nele. Muito menos ela.

"Estou confusa..." Kelly disse lentamente, com suas unhas roxas brilhantes folheando o catálogo de uniformes da escola preparatória de Menlo. Ela parou em um conjunto, e eu balancei a cabeça, negando. "Pensei que você estivesse feliz pelo fato de ela estar lá. Pensei que você tivesse dito que William precisava de alguém para manter os ânimos e melhorar a...", ela ergueu os olhos para o céu, "coesão? Foi isso que você disse?"

"Sim, e *de fato* eu reconheço o valor de colocar curativos em sentimentos feridos e fixar cartazes motivacionais nos banheiros, mas eu não queria que ela ferrasse William." Girei o caderno na minha frente e bati com a mão numa camisa branca com mangas três quartos que a garota da foto vestia. "Esse é fofo."

"Humm." Ela tirou um adesivo dourado e o grudou no item. "Continue olhando. Você não quer que ela ferre com ele ou não quer que ela foda com ele?"

Fiz uma careta. "De preferência, nenhum dos dois. Mas a segunda opção nem é uma possibilidade, ou eu não a deixaria trabalhar lá."

Ela afastou os olhos do catálogo. "Falou como uma mulher que nunca descobriu um caso. Confie em mim, Cat. Sempre existe a possibilidade." Ela afastou algumas páginas, juntando a pilha. "Pense em Corinne Woodsen. O marido dela dormia com aquela mulher porca com a perna de madeira."

"Não era uma perna de madeira. Ela fez uma cirurgia de reconstrução do joelho. A proteção era temporária."

"Bem, não era *sexy*."

"Só porque o marido de Corinne Woodsen não consegue controlar os próprios impulsos não significa que eu precise ficar paranoica com uma nova funcionária trabalhando para William. Ela é casada", eu ressaltei. "Estou dizendo. Está tudo bem."

"Aham." Ela arrastou duas amostras de tecido para o centro da mesa. "Vou escolher esses padrões, mas nas cores da escola."

Revisei as opções e concordei com um aceno de cabeça. "Ficou ótimo."

Ela se sentou ao meu lado e folheou a lista restrita de opções para camisas do uniforme. "Quanto você investigou a vida dela?"

"Neena?" Dei de ombros. "Verifiquei se eles haviam se candidatado ao clube."

"E...?"

"Fizeram o *tour*, mas não apresentaram a candidatura. Suponho que a taxa de admissão os assustou."

"Merda! Isso quase *nos* assustou também." Kelly riu, como se a taxa de admissão de seis dígitos tivesse sido uma preocupação para ela ou Josh. "E onde ela trabalhava antes?"

"Nas Indústrias Plymouth. Aparentemente, eles a amavam lá. Li a carta de recomendação do sr. Plymouth. Era uma lista interminável de coisas boas sobre ela, repetindo o quanto sentiriam sua falta."

"Bem, Josh conhece Ned. Diz que ele é um cara durão, então, ela deve ter algum tipo de habilidade."

"É por isso que a contratamos." Peguei minha bolsa, encerrando mentalmente a conversa. "Olha, eu te amo, mas preciso correr."

"Está bem." Ela me deu um beijo na bochecha e um abraço caloroso. "Partiremos na quinta-feira, então, vamos almoçar antes disso. E espere um minuto." Ela caminhou até a estante, tirou de lá um fichário fino e o colocou sobre o balcão. Folheando as páginas dos cartões de visita, ela fez uma pausa e, em seguida, tirou um cartão branco de seu suporte de plástico. "Aqui."

Examinei as letras douradas no cartão. Tom Beck. Investigador particular. "Esse é o cara que seguiu Josh?"

"Quieta..." Ela deu uma olhada para o corredor, para se certificar de que seus filhos adolescentes não estavam por perto. "Sim. Ele é bom. Muito bom."

"Não vou pedir a ninguém que siga..."

"Não é para William. Deus sabe que aquele homem é apaixonado por você. Mas, se eu fosse você, pediria ao Tom que investigasse Neena. Ela é sua vizinha e sua funcionária. Você deveria descobrir mais sobre quem está entrando na sua vida."

"Não sei..." Enquanto eu hesitava, deixei o cartão cair dentro da minha bolsa.

Ela deu de ombros. "Apenas guarde o nome dele e pense no assunto. E, se você ligar, diga a ele que eu a recomendei. Ele vai cuidar bem de você."

Dei um abraço nela e tentei descartar a ideia de contratar um detetive particular para investigar a mais nova funcionária de William. Ele ficaria furioso, se descobrisse. O RH já deveria ter feito uma verificação de antecedentes criminais e um teste de uso de drogas. William me acusaria de paranoia e bisbilhotice.

Era uma ideia maluca. No entanto, pensando bem, que mal poderia fazer? E como ele poderia descobrir?

CAPÍTULO 10
NEENA

Com o telefone pressionado no ouvido, contornei a extremidade do lago e olhei para o prédio da Winthorpe, o reflexo da água e do céu brilhava em sua fachada de vidro. O primeiro andar era do varejo, o segundo, da Winthorpe Capital. A Tech ocupava o terceiro e o quarto andares, e o topo estava em obras — havia rumores de que seria a futura casa da Winthorpe Development.

Matt estava no terceiro minuto de uma longa e demorada história sobre realocações de tanques de propano. Eu o interrompi quando entrei na seção norte da trilha, e a vista da Winthorpe desapareceu por trás da fileira de ciprestes. "Preciso correr. Eu te ligo em algumas horas. Eu te amo."

Ele retribuiu a expressão do sentimento, e eu encerrei a ligação, guardando o celular na lateral da minha bolsa.

Eu amava Matt. Independentemente do rumo que nosso casamento e relacionamento tomassem, eu sempre o amaria — além do fato de ele ser dolorosamente apaixonado por mim, havia outros motivos. Eu poderia transar com William Winthorpe sobre a mesa de Matt, e ele ainda me aceitaria de volta. Imploraria para que eu não fosse embora. Traria flores e acreditaria que as mereci.

Com esse tipo de lealdade e segurança inabaláveis, por que eu não me desviaria?

Meu primeiro caso foi tão inocente. Luxúria mais oportunidade é igual a sexo. Foi rápido, sujo e inútil; a excitação desapareceu assim que o homem voltou para sua namorada de 22 anos.

O seguinte durou mais tempo. Uma série de reuniões ao meio-dia, meu prazer aumentando à medida que o caso se aprofundava. Quando terminou, voltei imediatamente para a caçada, viciada no risco e no perigo.

O irmão mais novo e mais bonito de Matt veio a seguir, e a proximidade elevou minha excitação para novos níveis. Depois da nossa primeira vez juntos, ele chorou, consternado com o que havia feito — e eu nunca me senti tão empoderada. Afinal, que melhor massagem para o ego do que saber que um homem arriscou seu relacionamento mais fundamental para estar com você?

Observei William Winthorpe virar a curva da trilha, com a cabeça baixa, aparentemente reflexivo. Ele era um homem de hábitos, por isso, eu apertei meu passo, pois queria cruzar seu caminho antes que ele passasse pelo centro de serviços, que abrigava, entre outras coisas, um restaurante.

William era um homem que tinha tudo a perder. A esposa perfeita. A vida perfeita. A reputação da comunidade, de seus negócios e de sua fundação de caridade. Ele arriscaria alguma coisa por mim?

Mark tinha sido uma alegoria. Ned Plymouth, um prêmio de um milhão de dólares. Um caso com William Winthorpe, no entanto, ofuscaria os dois de forma disparatada. Só de pensar nisso, minhas coxas se apertaram, minha respiração ficou ofegante, e eu lutei para andar devagar, de forma espontânea, enquanto a distância entre nós diminuía.

"Neena." Ele parou de repente. "O que você está fazendo por aqui?"

"Precisava espairecer as ideias." Olhei ao redor, satisfeita ao ver que a trilha estava vazia. "O ar fresco ajuda."

Ele riu. "Verdade."

Acenei com a cabeça em direção ao elegante edifício de vidro ao nosso lado, uma versão menor da torre da Winthorpe, onde havia um pequeno bistrô. "Na verdade, estava pensando em parar para comer alguma coisa. Você já almoçou?" Eu sabia que não. Sua agenda, como tudo em sua vida, era precisa.

Uma longa caminhada às onze e meia, seguida do almoço. Reuniões à tarde, depois, para casa às sete. Tique. Toque. Todo dia. Será que a monotonia já estava acabando com ele?

"Ainda não." Ele olhou para o prédio, hesitante.

"Eles fazem um queijo quente sensacional", eu disse. "Você tem que experimentar." Dei alguns passos para trás, de costas, em direção à entrada e lancei a ele um sorriso provocante. "Vamos..."

"Queijo quente?" Ele cerrou os olhos, me encarando. "Achei que você não consumisse carboidrato."

"Gosto de jogar sujo de vez em quando." Pisquei para ele e pude ver o momento em que sua determinação oscilou. O lado divertido sempre os afetava. Sombria e tentadora era intrigante, mas leve e feliz, combinado com adrenalina, era o coquetel forte que alimentava as más decisões. Uma combinação inesperada dos dois, e ele estaria nu na minha cama em menos de um mês.

Ele olhou para o relógio, e eu me virei, subindo o declive em direção ao prédio, meu melhor trunfo sendo exibido com perfeição sobre saltos de sete centímetros. "Vamos!" Eu gritei, sem dar a ele a chance de recusar.

Quando alcancei a maçaneta da porta, ele estava lá, com a mão nas minhas costas, me conduzindo para dentro com os gestos de um verdadeiro cavalheiro. Mordi o interior da minha bochecha e tentei conter meu sorriso.

Uma vez, meu pai realizou uma competição de bebidas comigo. O drinque se chamava Morte à Tarde. Conseguir sair do bar era o prêmio. A vitória seria alcançada por quem continuasse a beber até que o outro desmaiasse ou vomitasse. Eu tinha 13 anos, e o barman gostava dos meus peitos. Ele disse isso ao meu pai durante a nossa terceira rodada, e uma vigorosa apalpada pagou a rodada seguinte. Vomitei dez minutos depois, com meu cabelo sendo segurado pelo mesmo barman, enquanto suas mãos apertavam meus peitos minúsculos como se os estivesse bombeando para extrair leite.

Os implantes de silicone foram uma das primeiras coisas que Matt pagou, meu segundo aumento e acréscimo de tamanho foram na conta de Ned. Eu tinha perdido toda a sensibilidade em meus mamilos por causa das cirurgias, mas ainda conseguia me lembrar do aperto áspero das mãos daquele barman.

"Você gostaria de se sentar no bar?" William seguiu meu olhar, que estava preso ao balcão do bar, pois as memórias do concurso de bebidas ainda eram vívidas em minha mente.

"Ah, não." Afastei meu olhar do espaço escuro e rapidamente acenei com a cabeça para uma mesa perto da janela. "Que tal aquela mesa?"

"Por mim, tudo bem", ele respondeu.

Nos acomodamos em meio a um silêncio constrangedor. Então, forcei uma reação autodepreciativa. "Desculpe-me. Estou nervosa."

"Nervosa?" Ele riu. A tensão rígida foi abandonando sua postura, e ele alisou a frente da gravata. "Por quê?"

"Não sei. Você é muito poderoso. E, francamente, brilhante. Não percebi o quanto até ter a chance de ver você em ação, no escritório." Segurei a ponta do meu cardápio e então corei. "É intimidador."

"Já tivemos outros encontros antes. Você nunca pareceu intimidada na ocasião."

"Bem, não sei." Eu ri. "É diferente fora do escritório. Sem paredes de vidro para se esconder."

Ele sorriu. "As paredes de vidro foram ideia de Cat, na verdade. Ela gostava da sensação de abertura que elas criavam."

"A sensação de abertura?" Eu estremeci. "Não tenho certeza de que é assim que os funcionários as veem."

Ele ergueu a sobrancelha, confuso.

"Não há nenhuma privacidade. É como estar sob um microscópio."

"Eles te disseram isso?"

"Sim", eu menti. "Vários funcionários mencionaram isso. Tenho certeza de que Cat teve boas intenções, mas é difícil desenvolver um sentimento de intimidade e confiança quando todos podem ver o que você está fazendo, o tempo todo." Eu olhei em seus olhos. "Às vezes, você não tem vontade de... sei lá... relaxar em seu escritório? Tirar os sapatos? Afrouxar a gravata?" Deixei minha voz ficar rouca, e ele quebrou o contato visual; seu foco foi se deslocando para o cardápio enquanto sua mandíbula se contraía.

O garçom se aproximou, e eu me reacomodei no meu assento, deixando William se recompor enquanto fazíamos nossos pedidos.

• • •

Ele gostou do queijo quente. Era perceptível pela maneira como relaxou em seu assento, com um sorriso se alargando em seu lindo rosto enquanto pedia uma cerveja. O brilho do Sol atravessava a janela, iluminando nossa mesa, e eu senti, pela primeira vez desde que nos mudamos para a casa de Atherton, que havia possibilidades mais profundas. Ele poderia se apaixonar por mim. Isso poderia ser mais do que um simples jogo. Isso poderia se tornar real. Este poderia ser o meu futuro, aquele com o qual sempre sonhei.

Por um instante, me deixei afundar no cenário potencial.

Férias no Taiti.

Casas de lazer em Aspen.

Empregados em tempo integral, dedicados a afofar meus travesseiros e buscar meu café.

"Estou feliz por termos vindo aqui. Você tinha razão. O queijo quente..." Ele assentiu em aprovação, e eu me segurei para não limpar uma migalha da borda de sua boca. "Estava incrível. Honestamente, acho que fazia uma década que eu não comia queijo quente, talvez mais."

Eu me estiquei, ajeitando meus seios enquanto passava a mão por minha barriga chapada. "Eu sei. É a manteiga que eles usam. É letal." O pão amanteigado seria uma das razões pelas quais eu vomitaria assim que voltasse para a Winthorpe Tech. O número de calorias naquele sanduíche levaria três horas de cárdio intenso para queimar. Mas, por enquanto, eu interpretava a mulher descolada e despreocupada, sorrindo alegremente para ele sobre minha própria garrafa de cerveja, como se mil e duzentas calorias não fossem motivos justificáveis para pânico. "Algum dia, terei que fazer minhas rabanadas para você. É difícil dizer que se compara a isso, mas..." Inclinei a cabeça. "Meio que é."

"Bem..." O telefone dele tocou, ele olhou para a tela e resmungou. "Tenho que atender esta ligação. Aqui." Se colocando em pé, ele pegou a carteira depressa, tirou algum dinheiro e o colocou sobre a mesa. "Nos vemos no escritório."

"Claro, eu…" Interrompi a frase enquanto ele saía por entre as mesas, com o telefone no ouvido, sua voz estava baixa demais para que eu pudesse ouvir. Era a Cat? A irritação fez meu corpo arder, e eu senti muito pela interrupção abrupta de nossa refeição, da primeira conversa que tivemos a oportunidade de ter.

Eu me levantei e fui ao banheiro, o queijo quente já estava subindo aos trancos pela minha garganta.

Não importava. Eu tinha tempo suficiente.

CAPÍTULO 11
NEENA

Todas as esposas naquele bairro eram iguais. Todas eram garotas mimadas que cresceram com o dinheiro do papai, depois se casaram com os amigos do papai e, então, começaram a parir futuros herdeiros como um dispensador de balas que não pode ser fechado. Ricas por toda a vida, mas nada, nada espetaculares.

Eu merecia tudo isso muito mais do que qualquer uma delas. Dei um passo para dentro da varanda dos fundos da casa dos Vanguard e senti o perfume de zimbro e grama recém-cortada, analisando o quintal em busca de um vislumbre de William e Cat. Eu estava chegando perto. Dois anos atrás, teríamos passado a tarde de sábado sentados na frente da televisão, mas agora estávamos na festa de despedida de Josh e Kelly Vanguard, o convite tinha sido tão espontaneamente oferecido quanto um doce em uma festa de crianças. Mais uma prova de que a proximidade é metade da batalha neste mundo. Dei uma cotovelada no abdome de Matt quando ele tentou pegar um mini-cupcake de uma das mesas. Ele encolheu a mão.

"Nada de açúcar", eu sibilei. "E aquele ali é Josh Vanguard." Acenei com a cabeça em direção ao empreiteiro, que estava falando com o marido de Perla Osterman. "Vá se apresentar."

Ele foi, limpando a mão na coxa, me enojando com a marca que sua mão suada deixou. Ele hesitou ao redor dos dois homens, com o polegar batendo na lateral da calça de maneira nervosa, e eu lutei contra o desejo de o empurrar para o meio deles. Embora houvesse muitas coisas que eu adorasse em meu marido, eu estava consciente de que ele tinha uma timidez social considerável. Embora eu tivesse me debruçado sobre as contas de mídia social e as listas de membros do clube Menlo, me familiarizando com os principais rostos de Atherton, ele havia se arrastado até mesmo para comparecer a esta festa.

Josh Vanguard percebeu que ele o estava rodeando e recuou, abrindo a conversa, e estendeu a mão, se apresentando. Suspirei de alívio quando Matt deu um passo à frente e sorriu, com suas mãos se unindo. Eu o instruí a respeito dos projetos atuais de Josh e falei sobre a possibilidade de uma *joint-venture* entre ele e William. Se a Winthorpe Development saísse do papel, eles precisariam de trabalho e um alvará. Haveria um fluxo contínuo de cifrões que poderia seguir na direção de Matt — em nossa direção.

Um menino de calção de banho azul passou correndo por mim e se lançou na piscina, com os pés erguidos, os braços esticados. Um futuro CEO ou membro de conselho. Ele seria um estudante de Stanford, teria acesso a um fundo de investimentos aos 25 anos e provavelmente se casaria com uma das pirralhas desta festa. Herdaria um estilo de vida com acesso a tudo, sem jamais entender o que era o verdadeiro sacrifício.

"Você é a Neena, certo?"

Eu me virei e me deparei com uma esposa vestida toda de branco, com um lenço vermelho amarrado ao redor do pescoço. Seu cabelo tinha um corte *pixie*, adorado por mulheres que estavam à beira do lesbianismo ou haviam desistido de agradar seus maridos. Coloquei meu sorriso no lugar. "Sim. Dra. Neena Ryder. E você, quem é?"

"Cynthia Cole. Moramos no final da rua, na Greenoaks. Cat me disse que você está na velha casa dos Baker."

Não tinha certeza de que ela queria dizer velha em termos de idade ou que se referia ao estado da casa, então, meu sorriso esmoreceu. "Isso mesmo."

"Bem, espero que você entre no clube. Adoraríamos ter você e Mike como membros."

"Matt", eu a corrigi. "E estamos negociando com o clube agora."

"Ah, ótimo!" Ela se curvou, e eu observei enquanto seu mojito se inclinava para um lado, derramando um pouco pela borda. "Você sabe, é difícil se conectar com as pessoas de outra forma. Nos mudamos para o bairro há apenas alguns anos, e não vou mentir, era um pouco frio no início. Eu disse a Bradley... aquele é meu marido, Bradley Cole." Ela apontou para um homem que estava próximo às portas dos fundos. "Disse a ele que gostaria de me mudar, encontrar outro bairro, e ele disse 'Cyn-thi-ah, apenas entre no clube!'." Ela ergueu as mãos e encolheu os ombros. "E ele estava certo!"

"Isso é maravilhoso." Concordei com a cabeça, sem saber para onde esse discurso sobre vendas estava indo, mas com total certeza de que não seria capaz de convencer meu marido mesquinho a gastar os duzentos e cinquenta mil dólares com a taxa de admissão. Comprar a casa já estava acima de seu poder aquisitivo, e ele eliminava minhas ideias de reformas no momento em que eram trazidas à tona.

"Seja como for", ela deu um tapinha no meu braço, "se você precisar de uma xícara de açúcar ou de qualquer outra coisa, é só me ligar. Mandarei um dos funcionários levar um pacote até você."

Hesitei, sem saber se era uma piada, mas, quando ela riu, eu me juntei, me sentindo uma caricatura. Vislumbrei William entrando na casa e parei. "Cynthia, com licença. Acabei de ver alguém para quem preciso dizer oi."

"Claro, claro." Ela ergueu o mojito, e havia uma pontada de aborrecimento em seu tom, como se eu tivesse me adiantado com minha saída. "Vá em frente."

Andei pela casa ignorando os grupos de conversas que contornava. William não estava no saguão da frente, então, passando por onde guardavam os casacos, abri a pesada porta da frente e espiei lá fora.

Estava pacífico e silencioso e, em meio ao canto dos pássaros, ouvi o som abafado de uma discussão. Saí e fechei a porta, bloqueando o som da festa.

"Você precisa ir embora. Você está envergonhando a mim e a si mesmo." A voz profunda de William se propagava, e eu desci as escadas da frente da casa com cuidado, mantendo meus passos suaves. Parei à sombra da varanda, surpresa ao ver William frente a frente com Harris Adisa, sua mão agarrando a camisa de colarinho azul do cientista. Eles eram quase idênticos em altura, embora William fosse tonificado e atlético, seus bíceps fossem desenvolvidos e seus ombros, fortes. Harris cedeu diante dele, com seu sorriso escapando quando ele tropeçou para o lado, dizendo algo muito baixo, que eu não consegui ouvir.

William sacudiu a cabeça, e Harris empurrou seu peito. Alguns homens apareceram e os separaram, e então William olhou por cima do ombro em direção ao manobrista e, depois, virou em minha direção. Recuei, me escondendo atrás do pilar, e prendi a respiração, esperando que ele não tivesse me visto.

"Entre no carro. O motorista vai te levar para casa."

Eu me escondi ainda mais nas sombras, tentando ter outro vislumbre dos homens, e quase caí, com minha sandália novinha em folha virando na beira dos degraus. Agarrei a coluna para me estabilizar e olhei para cima, meu olhar se conectou com o de William. *Merda*. Ele agarrou o ombro de Harris e o apertou; depois, o empurrou para a porta aberta do sedã.

Eu me virei de repente, desejando ficar longe de sua conversa particular e voltar para a festa. Embora nosso almoço com queijo quente no início daquela semana certamente tivesse melhorado nossa dinâmica, eu ainda estava cautelosa por ter me deparado com William quando ele estava em pé de guerra.

"Neena."

Subi os degraus em direção à porta da frente, desejando que não fosse óbvio que eu tivesse ouvido seu chamado.

"*Neena!*"

Eu parei.

"Venha aqui."

Venha aqui. Ele era um homem de poucas palavras, mas que carregavam o peso de pedras. Eu me virei e refiz meu caminho, descendo os degraus.

O rosto de William estava sombrio. "Você tem o hábito de espionar as pessoas, Neena?"

"Eu não estava... Eu, humm, apenas saí para tomar um ar fresco." Olhei de volta para a casa, vi as portas fechadas, ninguém estava a par da nossa conversa.

O sedã brilhante passou por nós, e eu imaginei Harris nos observando de dentro. Olhei de volta para William, que havia se sentado no capô de um Lamborghini, como se fosse o dono. Minha tensão diminuiu quando ele suspirou, com a cabeça pendendo para trás, seu perfil forte olhando para o céu.

"Harris está um pouco nervoso", disse ele com calma. "Infelizmente, ele escolheu aliviar seu estresse nesta festa."

"Ele parecia bem. Um pouco embriagado, mas...", dei de ombros, "todos lá dentro estão bebendo."

"Não é isso. Ele... ah..." Ele coçou a nuca e, se eu não o conhecesse, acharia que ele estava envergonhado. "Ele está bêbado e dando em cima de qualquer loira à vista. Garçonetes, mulheres casadas..." Seu olhar se fixou em mim. "Potenciais colegas de trabalho."

"Ah." Ponderei a informação, me aquecendo com o olhar protetor em seu rosto. "Pensei que ele fosse casado."

"Vamos, Neena. Você está por aí há tempo suficiente para saber que uma aliança no dedo de um homem não significa muito. Sobretudo, não neste mundo." Ele me observou. "Quero que tenha cuidado ao trabalhar com ele. Evite qualquer reunião individual."

Eu me aproximei, cruzando os braços sobre o tórax, em um gesto que pressionaria meus seios contra a gola baixa do meu vestido. "Tudo bem. Para ser honesta, não nos demos muito bem."

Seus olhos encontraram meu decote aprimorado, e houve um momento em que o poderoso William Winthorpe perdeu sua linha de pensamento. "Bem, eu..."

Esperei, e ele ficou em silêncio, visivelmente lutando para desviar o olhar dos meus seios. Eu ri, e ele estremeceu.

"Sinto muito. A culpa é toda dos mojitos de Kelly. Eles são quase rum puro."

"Sim, percebi, por isso fiquei no vinho. E não se preocupe. Eu me sinto honrada." Fiquei corada e me esforcei para não exibir a vitória em meu rosto, meus batimentos cardíacos foram se acelerando com aquele jogo de gato e rato. "Eles são um pouco, uh, negligenciados, às vezes. A atenção é legal."

Ele não respondeu, mas pude ver o processamento das informações na expressão dele. Seriam armazenadas. Catalogadas. Referenciadas toda vez que ele tivesse um vislumbre do meu decote. Ele começaria a pensar neles em termos de carência. Sensíveis. Desejosos. Estudei perfis de personalidade até saber cada um de cor, e ele não era o tipo de homem que ia atrás de uma vagabunda. Ele iria querer travar uma conquista. Uma dona de casa discreta que não estivesse sexualmente satisfeita. Alguém que o adorasse enquanto mantinha a boca fechada e as pernas abertas — mas apenas para ele, mais ninguém. Se eu decidisse correr esse risco, poderia desempenhar esse papel com o melhor deles.

"Veja." Ele olhou em direção à casa. "Prefiro que você guarde isso para si mesma. Gostaria de manter a reputação da Winthorpe Tech o mais limpa possível durante..."

Coloquei minha mão em seu braço. "Não se preocupe com isso. Sou boa em guardar segredos." Olhei em seus olhos e esperei que ele percebesse a abertura nas palavras.

"É mesmo?" Seu olhar pousou nos meus lábios e, em seguida, retornou aos meus olhos.

Meu estômago apertou de ansiedade. Ele estava tão perto. Peças de xadrez construindo a jogada. Mas eu precisava ser cuidadosa. Muito, muito cuidadosa. "Minha lealdade está com você. Se quiser que algo fique entre nós, assim será."

"Bom saber." Ele se endireitou, e eu recuei antes que ele tivesse qualquer chance.

No meio da varanda, parei, me virando para encará-lo. "Sabe... tenho trabalhado com todos os funcionários da Winthorpe, exceto você."

Uma mecha de cabelo despencou sobre sua testa, uma ruptura no exterior rígido que ele sempre apresentava. "Existe uma razão para isso. Não preciso de ajuda."

"Só pense nisso." Retribuí seu olhar. "Algumas sessões individuais podem nos fazer muito bem."

A porta da frente se abriu atrás de mim e eu me virei, estremecendo quando Cat Winthorpe saiu para a varanda.

"Ah, Neena." Ela se iluminou e me lançou um sorriso ensolarado. "Você viu William? Teddy Formont está procurando ele."

Eu me virei, mas a Lamborghini estava sozinha, seu marido não estava mais lá. Dei de ombros. "Não o vi."

"Droga." Ela se virou. "Vou lá para cima. Se o encontrar, diga a ele para procurar Teddy."

"Com toda a certeza." Sorri enquanto ela se virava, vi seu cabelo escuro balançando enquanto passava pela porta, partindo para encontrar seu marido.

Comparada a mim, ela era sem graça. Um rosto bonito com nada além da fachada. William percebia, assim como eu.

Era por isso que ele estava se aproximando de mim, calculando os riscos, colocando tudo na balança das tentações.

Sua falta de graça seria a razão da minha vitória.

NEENA

Presente

A detetive me observava sobre a borda de seu bloco de notas de capa escura. "Devo dizer que, nos últimos dois anos, você se tornou uma de nossas residentes mais interessantes. Você e seu marido começaram por um apartamento convencional de três quartos em Palo Alto, mas, dezoito meses depois, fizeram um *upgrade* e se mudaram para Atherton. Estou certa?"

Assenti.

"E você trabalha na Winthorpe Tech... quer dizer, trabalhava na Winthorpe Tech."

"Correto." Lutei para evitar que minha boca resmungasse.

"E, antes da Winthorpe, você estava nas Indústrias Plymouth." Ela fez uma pausa, e eu fiquei de boca fechada. "Você começou como assistente executiva de Ned Plymouth, mas foi promovida a...", ela checou suas anotações, "coach da equipe comercial, após alguns meses." Ela pronunciou o cargo como se fosse repulsivo. "Estou certa?"

"Sim." Se ela estava pensando que eu iria explicar os detalhes, estava enganada.

"Você recebeu um aumento quando foi promovida?"

"Sim." Ajeitei a gola da minha camisa, irritada com essa linha de questionamento e bem ciente do que ela estava prestes a insinuar. A promoção foi rápida, meu aumento foi substancial. A detetive Cullen não foi a única pessoa a traçar linhas irregulares entre as ações — ela foi apenas a primeira rude o suficiente para verbalizar.

"Neena, isso vai levar muito mais tempo se você continuar a me dar respostas monossilábicas." A detetive suspirou, como se essa investigação estivesse tomando muito do seu tempo.

Provavelmente, ela tinha uma barra de granola para terminar de comer ou uma esposa lésbica de calça cargo que estava esperando por ela em uma cafeteria, batendo ansiosamente em seu relógio de Mickey Mouse.

"Elabore. Quanto seu salário aumentou quando você foi promovida?"

"Não sei de cabeça." Eu me acomodei no assento duro de plástico. "Diria que minha renda dobrou."

"Quase triplicou", ela refletiu, repassando um documento que parecia minha declaração de imposto de renda. "E você manteve esse nível de salário quando foi para a Winthorpe, correto?"

"É o padrão da indústria para coaches motivacionais. Somos bem pagos porque entregamos resultados."

"Sim, mas receio que não tenha sido a única coisa que você estava entregando." Ela fechou a pasta das minhas finanças. "Por que você saiu das Indústrias Plymouth?"

Relutei com minha resposta, pois não sabia se ela conhecia a história completa ou se estava apenas sondando. "Eu queria trabalhar no setor de tecnologia. Experimentar coisas novas."

"Interessante... porque falamos com Ned Plymouth." Ela cruzou os braços e colocou as pontas ressecadas dos cotovelos em cima dos papéis.

É claro que falaram. Por baixo da mesa, enfiei as pontas do meu tênis no chão.

"Ned disse que você foi demitida."

"Tenho uma carta de recomendação de Ned que elogia meu desempenho profissional." Era uma tentativa débil em uma batalha que já estava perdida, mas eu ainda não havia desistido.

"Ned disse que é mentira. Na verdade, Ned tinha muito a dizer sobre você, dra. Neena Ryder." Ela ergueu uma sobrancelha espessa com uma confiança que eu odiei.

Pois é, aposto que o velho Ned tinha muito a dizer.

PARTE 2

JUNHO
Três meses antes

CAPÍTULO 12

CAT

"Eu só não sei onde eles estão." Neena esticou o pescoço, tentando enxergar além de uma família coberta de protetor solar que havia parado ao lado de nosso guarda-sol.

"Você acha que eles podem se perder?" Chutei a toalha, deixando meus pés pegarem um pouco de Sol. "Relaxa. William tem um sinalizador para mim. Além disso, eles são crescidinhos. Eles podem se virar na piscina." No entanto, se alguma piscina era uma zona de perigo para homens ricos, era a do clube de campo de Menlo. William era facilmente reconhecível, e todos sabiam que ele estava fora dos limites. Matt era um rosto novo, e as abutres solteiras espalhadas por essa piscina não se importariam com o fato de ele ser careca e meio gordinho. O que as espantaria, e o motivo pelo qual Neena não tinha absolutamente nenhuma necessidade de se preocupar, seria a pulseira de convidado que ele usava. Neena exibia a dela com orgulho, sem saber que era uma bandeira vermelha gigante, dizendo "Não Sou Rico Suficiente Para Estar Aqui!".

Ela sacudiu o copo, e eu ouvi o gelo batendo no vidro. Desliguei o som, me concentrando na música que flutuava na brisa fresca. Estendi a mão e aumentei a chama do aquecedor de mesa.

"Ali!" Sua cadeira bateu contra a minha, então, eu abri um olho e a vi na beira da toalha. "Eles estão perto do toalheiro."

"Que bom", murmurei. "Talvez eles peguem outra bebida para você no caminho de volta."

"O que eles estão fazendo?" Ela colocou a mão sobre os olhos, protegendo-os do Sol. "Ai, meu Deus."

O pavor em sua voz era digno de pragas e fome, nada que pudesse estar acontecendo dentro dos portões do clube de campo. Tomei um gole do meu suco de maçã e espinafre considerando as opções de almoço no menu da piscina.

"Eles estão literalmente cercados por mulheres. Cat, *olhe*."

"Verdade?" Fiz uma breve tentativa de olhar onde estavam nossos maridos, depois, ajeitei o travesseiro sob minha cabeça e expirei. William e eu deveríamos ter vindo sozinhos. Eu poderia estar lendo o último *best-seller* em vez de ouvir as divagações inseguras de uma esposa semibêbada que entraria no território do ciúme em três... dois... um...

O silêncio reinou, e eu me senti agradavelmente surpresa por estar errada. Arrisquei olhar para cima. Neena estava em pé como uma vara, olhando para o deque da piscina, seus seios gigantes estavam quase caindo por baixo do seu biquíni vermelho minúsculo. Murmurando baixinho, ela cruzou os braços, tremendo um pouco em seu lugar, longe do aquecedor.

"Relaaaaxa", eu entoei, sentindo que minha paciência estava no fim. Quanto mais tempo eu passava com Neena, mais suas inseguranças começavam a me enlouquecer. Cada movimento dela parecia ser uma tentativa calculada de frustrar um oponente que não existia. Era exaustivo estar perto dela, e eu estava planejando uma retirada lenta da amizade que havia começado de forma descuidada. Nossa primeira atividade solo — um *brunch* no fim de semana anterior — foi um processo doloroso, que me fez lembrar do motivo de eu ter parado de fazer novos amigos. Eu só conseguia ouvir alguém se gabar de si mesmo por pouco tempo antes de ter de ver um lado genuíno. Neena ainda não tinha me mostrado o seu.

"Matt está voltando para cá", ela anunciou. "William ainda está falando com elas." Ela olhou para mim com um olhar de advertência.

"Honestamente, eu não poderia me importar menos." Afofei o travesseiro de sua cadeira, 100% confiante na capacidade de William de impedir os flertes. "Sente-se. Você está me deixando com dor de cabeça."

Ela se afastou da vista e repousou uma mão insegura sobre o abdome definido enquanto se sentava na cadeira. "Não consigo acreditar que você não se preocupa mais com William."

"Ele não vai a lugar algum", falei devagar. "E você também não tem com o que se preocupar." Eu não conseguia entender o motivo, mas Matt a *adorava*. Idolatrava. Mimava. Era fofo, embora fosse um pouco triste. Todo aquele amor, e eu ainda não a tinha visto recompensar ou retribuir qualquer um de seus afetos.

Eu a observei enquanto ela pegava um espelho compacto e aplicava meticulosamente um pouco de hidratante com proteção solar na pele macia sob seus olhos.

"Vocês são casados há quanto tempo? Vinte anos?", eu perguntei.

Ela assentiu, depois, passando o dedo pelos lábios.

"Duas décadas é muito tempo. Ele é claramente apaixonado por você. Então, com o que você está preocupada?" Mantive meu tom de voz brando, na esperança de não a ofender, com interesse genuíno em sua resposta.

"*Não* estou preocupada com Matt. Estava cuidando de você. Você acha que William nunca olhou para outra mulher?" Ela lançou um olhar malicioso em direção a uma loira, mãe de quatro filhos, deitada de bruços a duas cabanas de distância.

Lutei para ignorar a pontada de irritação que corria pela minha espinha. "William é fiel, sempre foi. Você não precisa cuidar do meu marido por mim."

Ela me lançou um olhar penetrante. "Cat, não há nada de errado em ter consciência dos riscos potenciais. Se você der brechas suficientes para o destino, algo acontece. É um fato biológico que..."

Tomei um gole do meu suco e parei de escutar, remoendo o desejo de dizer a ela o que achava de suas opiniões. Com certeza, ela tinha muitas. Acho que era isso que um coach de vida fazia. Era alguém pago para dar opiniões sobre cada parte da sua vida. E, de acordo com os sussurros que ouvi, era isso que ela realmente fazia. Era uma assistente de vida, uma assistente administrativa, que, de alguma forma, havia saltado a cerca para o território corporativo e inflacionado bastante seus preços com a transição e a mudança de título.

Observei Matt se aproximar e me perguntei se ela estava motivando a equipe da Winthorpe Tech assim como estava o motivando. Sem dúvidas, Matt parecia feliz, com os olhos fixos em seus seios fartos enquanto ela contornava a borda de uma espreguiçadeira e subia os degraus para nossa cabana. Nenhum olhar de soslaio para Terri Ingel, que estava nadando lentamente de costas na água aquecida. Nenhum sorriso breve para a salva-vidas de 19 anos.

Ele entrou na cabana, e Neena estalou os dedos, apontando para a cadeira vazia como se desse ordens a um cão.

Ele se sentou.

Olhei para Neena, para ver sua reação, mas sua atenção estava focada na outra margem da piscina. Segui seu olhar e encontrei William, que estava tirando a camiseta, exibindo seu abdome definido enquanto se preparava para mergulhar na piscina.

"Acho que você tem razão", eu disse enquanto colocava minha taça vazia sobre a mesa ao lado. "Não tem sentido dar brechas para o destino. Não se puder eliminar os riscos em potencial."

CAPÍTULO 13

NEENA

Uma semana depois, atravessei os arbustos dos Winthorpe em seu ponto mais baixo, passei pelo canteiro de cascalhos, contornando vasos perfeitos, e logo alcancei a entrada da garagem. Subi rapidamente os degraus laterais, destranquei a porta do pátio, caminhei até o pequeno jardim e passei pelas flores de hibisco e pelo banco. A primeira vez que passei por aquela parte, eu havia queimado por dentro ao ver as aberturas arqueadas, a água que descia em cascata pela parede oposta, o piso de tijolos brancos. Nossa entrada lateral tinha uma porta de tela quebrada e um pote de gerânios que escondia uma chave extra. Eu estava querendo mudar as fechaduras para uma como a de Cat, uma tranca digital com câmera, que permitia uma centena de combinações e podia ser bloqueada e desbloqueada a distância pelo telefone. Era tudo inútil, considerando seus comentários, de que nunca trancava as portas.

Eu havia guardado essa parte para depois. Um dia. Algum dia. Apertei a campainha e bati rápido na janela de vidro da porta. Fiquei esperando e, então, vi o tapete com o monograma "William & Cat", daí, limpei meus sapatos bem em cima do nome de Cat.

Eu estava me aproximando de William e dela, minha paciência já estava quase esfarrapada por conta da coreografia de sapateado que era necessária para organizar encontros casuais. Ainda assim, eu estava chegando lá. Tramei nosso jantar duplo, o dia da piscina no último fim de semana e, ontem, um *brunch* privado apenas com Cat e eu. Tudo tinha corrido bem. Ela riu das minhas piadas, simpatizou com minhas dificuldades do passado e parecia interessada em se tornar minha amiga. Eu tinha grandes planos de usar essa ingenuidade a meu favor.

"Neena?" Cat abriu a porta. "Está tudo bem?"

"Quase." Apertei minhas mãos juntas. "Posso pegar William emprestado bem rápido? Um pássaro entrou na casa."

"Um pássaro?" Cat me lançou um olhar vazio. "Você não pode simplesmente expulsá-lo?"

William apareceu na porta, por trás de Cat. "Bom dia."

Droga! Sua voz era ótima. Rouca. O tipo de voz que poderia estar em anúncios de uísque ou numa equipe exclusiva de telemarketing. Eu sorri para ele e, então, retorci minhas feições em uma carranca preocupada. "Você pode vir bem rápido? Tem um pássaro lá. É assustador."

"É claro." Ele se virou. "Entre. Vou calçar meus sapatos."

Cat deu um passo para trás, abrindo a porta. "William", ela protestou. "Mande um dos empregados. Você tem que fazer aquela ligação."

Espiei atrás dela, surpresa ao ver a cozinha vazia, sem empregados à vista. Talvez dessem folga para todos nos fins de semana. Era tão gentil, a rainha Cat.

"Eu posso ser rápido." William calçou um tênis, puxou os cadarços e os amarrou de imediato. "Onde está o Matt?"

"Em um trabalho." Senti um cheiro no ar. "Algo está queimando?"

"Não", Cat respondeu, ao mesmo tempo que William disse "É torrada!".

"Ele gosta bem tostada", ela explicou; depois, lançou a William um olhar que o desafiou a confirmar.

"É verdade." Ele sorriu e se inclinou, lhe dando um beijo ligeiro na bochecha. "Quanto mais crocante, melhor."

Isso era balela. No nosso jantar em grupo, ele pediu levemente tostada. Eu observei enquanto ele passava manteiga, percebendo como fazia isso com apenas uma mão, o outro braço estava pendurado na cadeira de Cat, seus dedos roçando suavemente ao longo de seus ombros nus.

"Se me der um minuto, posso me vestir." Cat olhou para o pijama de seda, o conjunto de shorts e regata inapropriado para essa conversa, menos adequado ainda para um passeio pela propriedade deles até a nossa. Em contraste, eu estava vestida para treinar com *leggings* justas que elevavam meu traseiro e um top decotado que sempre atraía atenção na academia.

Provavelmente, ela tinha acabado de se levantar. Gastava seu precioso tempo rolando na cama antes de descer as escadas e queimar as torradas do marido empreendedor.

"Tenho que fazer aquela ligação, lembra?" A mão dele desceu pela lateral de seu corpo, e eu observei enquanto ele gentilmente dava um tapinha no traseiro dela; a conexão da palma da mão contra a carne soou alta. Eu fiquei constrangida.

Ela olhou para mim e, então, sorriu para ele.

"Ok, mas seja rápido. Você só tem quinze minutos."

Lutei contra o desejo de enroscar meu braço no braço de William e o arrastar em direção à minha casa.

"Nós vamos ser rápidos", eu prometi.

Recuei em meio aos arbustos com facilidade, a jornada de William parecia um pouco mais difícil, por causa de seu tamanho. Ele afastou os galhos e se soltou, tirando folhas da camiseta e da calça jeans. Eu o esperei, saltando suavemente com as pontas dos meus tênis.

"Que tipo de pássaro é?" Ele caminhava em direção à casa de forma tranquila, mas eu podia sentir sua excitação na inclinação de sua postura. Eu poderia ter esmagado o pássaro contra a parede com uma vassoura, mas aproveitei a oportunidade para pegar William sozinho e elevar sua autoestima.

Era um tordo, mas dei de ombros, fingindo ignorância. "Não sei. É um pássaro pequeno! Tem um bico pontudo. Olhos redondos."

Ele caminhou até a entrada lateral, e eu esperava que não a comparasse com a entrada da casa dele.

"Onde está?", ele perguntou.

Eu o puxei para a direita. "No meu quarto. Vamos pela porta da frente."

Lá dentro, subimos a escada curva em silêncio. No topo, ele olhou para a parede de janelas fechadas. "Como ele entrou?"

"Eu havia deixado as portas da varanda da sala de estar abertas. Ele deve ter entrado por lá e encontrado o caminho para cima."

Puxei as maçanetas das portas duplas, revelando nosso quarto principal em sua condição perfeitamente encenada. Lençóis bagunçados. Meu perfume ainda no ar. Um sutiã rendado pendurado no braço da poltrona. Peguei o sutiã e o puxei como se estivesse envergonhada. "Desculpe. Não tive tempo de arrumar."

"Sem problemas." Ele fechou a porta atrás dele e nossos olhos se encontraram. O tempo parou. Ele pigarreou e desviou o olhar, caminhando lentamente pelo quarto. Suas sobrancelhas se ergueram em sinal de surpresa quando ele avistou o pássaro, empoleirado no topo de um abajur. "Ah. Ele é pequenininho. Parece um tordo."

Dei de ombros, fingindo ignorância. "É esse o nome dele?"

Ele virou as costas para o pássaro e destrancou a fechadura das portas da varanda, abrindo de uma ponta a outra. Ignorando a vista, ele usou o pé para abaixar as travas e fixou as portas no lugar. "Estou surpreso que ele tenha voado até aqui."

Eu não. Eu havia passado vinte minutos o perseguindo escada acima, para dentro daquele quarto.

"Da próxima vez, basta abrir essas portas. Se você tivesse feito isso, ele já teria voado."

Balancei a cabeça, tensa. "É que... os pássaros me dão medo. Tenho visões deles arrancando meus olhos." Estremeci e fui para o canto mais distante do quarto, longe do pássaro. Ele grasnou.

William riu e deu um passo em direção à ave, erguendo os braços e os movimentando para assustar o tordo. Imediatamente, ele voou e saiu pela porta. Problema resolvido.

"Ah." Suspirei. "Certo, isso foi fácil."

Ele saiu para a varanda e soltou a primeira porta, depois, a segunda, fechando ambas.

"Isso foi constrangedor." Puxei as pontas do meu rabo de cavalo, deixando-o mais apertado. "Eu deveria ter feito isso sozinha. É que ele estava lá quando o vi, e..." Apontei para o outro lado do quarto e, então, cobri meu rosto com as mãos, esperando que ele viesse me confortar. "Sinto muito."

Ned Plymouth já teria aberto o zíper das calças. William Winthorpe apenas resmungou. "Sem problemas." Ele tocou meu ombro no caminho para a porta do quarto, que não era o abraço caloroso que eu esperava, mas aparentemente era tudo que eu receberia.

Ele abriu a porta do quarto e olhou para o relógio. "Tenho que fazer aquela ligação."

Lá se foram meus poderes de sedução. Nem um pingo de hesitação em voltar para Cat. Eu o segui enquanto corria escada abaixo. "Agradeço por espantar o pássaro. Eu não conseguiria sair para malhar com ele lá em cima. Estou indo para a academia que abriram na rua Alma. Você já esteve lá?"

Ele fez uma pausa. "Hã... não. Temos uma em casa. Cat tem um amigo treinador que me atende lá."

"Ah." Franzi a testa. É claro. Um treinador particular, e ali estava eu, indo para a academia pública como um saco de lixo. "Cat tem o hábito de correr? Eu tinha uma parceira de corrida em Mountain View, mas, desde que nos mudamos para cá..." Dei de ombros.

"Cat?" Ele riu. "Não, a menos que esteja sendo perseguida por algo."

"Ah." Deixei a isca pendurada e observei para ver se ele mordia.

"Mas eu corro. Descobri que há algumas trilhas no bairro que levam até o cânion. Posso te mostrar algum dia. É um bom e longo caminho, se você tiver fôlego para isso."

Lutei para me manter distante, sentindo meu corpo zumbir quando nossos olhos se encontraram no saguão escuro. "Isso seria ótimo. Fôlego não é um problema. Posso aguentar durante horas."

"Humm." Seu olhar pousou em meus olhos e lentamente desceu pelo meu corpo antes de voltar ao lugar. "Diga a Matt que mandei um oi."

"Pode deixar." Segurei a porta aberta. "E obrigada de novo."

Houve um momento final de contato visual, e então ele se foi.

O primeiro peão foi capturado.

CAPÍTULO 14

CAT

Os dias passavam e meu desconforto com relação a Neena Ryder crescia. Quarta-feira, estava na varanda do andar de cima de nossa casa, observando meu marido e Neena sentados à beira da piscina dela, as cadeiras viradas uma para a outra. Olhei para o relógio, irritada. Ambos deveriam estar no escritório, mas estavam lá como se não fossem a lugar algum.

Para aumentar meu desconforto, observei que William nunca *se sentava com* os funcionários em seu tempo livre. Ele caminhava. Ameaçava. Pairava sobre suas mesas de trabalho. Permanecia em pé, se estivesse em reuniões. Anos atrás, o irmão de William havia apontado que ele só relaxava e baixava a guarda comigo. Ele me chamou de Encantadora de William e, depois, me perguntou se poderíamos lhe emprestar algum dinheiro.

"Sra. Winthorpe?" Eu me virei e me deparei com a mais nova criada parada na porta com o telefone na mão. "Uma ligação para você. Sua irmã."

"Vou precisar retornar mais tarde. Diga a ela que estou em reunião."

A mulher assentiu, e eu me apoiei contra o corrimão, observando enquanto William se inclinava para a frente, com os cotovelos apoiados nos joelhos. Ele estava de costas para mim, e eu fiz uma anotação mental para investir em um par de binóculos.

Neena estava começando a se infiltrar em nossa vida de uma forma que me deixava desconfortável. Tivemos um *brunch* agonizantemente longo, no qual ela fez cara de coitada para mim o tempo todo. Ela estava determinada a ser minha amiga e não via problemas em aparecer sem avisar ou fazer convites na frente de Matt e William, quando eu não tinha oportunidade de dar uma desculpa ou recusar. E, à medida que nossos maridos se aproximavam, ela se aproximava cada vez mais, como uma mosca que não para de zumbir, mas que você não consegue espantar.

Eu me afastei da vista e me forcei a ir para dentro de casa.

Desci as escadas.

Sentei-me na minha poltrona favorita na sala de leitura.

Peguei uma revista e folheei as páginas, lutando para não olhar para o relógio.

Sério, sobre o *que* eles estavam falando? Joguei a revista sobre o pufe e me levantei. Caminhando diante das janelas amplas, amaldiçoei a parede de sebes grossas entre nossas propriedades. A privacidade, embora fosse agradável, estava acabando com minha sanidade.

Fui buscar minha bolsa e, então, abri o zíper lateral e retirei de lá o pequeno cartão branco que Kelly havia me dado. Fui até a mesa e peguei o telefone da base, apertando o número impresso em dourado na frente do cartão.

Kelly estava certa. Neena estava se aproximando demais — tanto no âmbito pessoal quanto no profissional. Era conveniente saber mais a respeito da mulher que parecia estar se movendo sistematicamente para dentro de nossas vidas.

"Sr. Beck?" Fiz uma pausa. "Aqui é Catherine Winthorpe. Gostaria que você investigasse uma pessoa."

"O que foi aquilo?" Fui encontrar William na porta lateral com uma xícara de café na mão, preparada do jeito que ele gostava.

Suas sobrancelhas se ergueram de surpresa enquanto ele pegava a xícara.

"Você terminou a ioga mais cedo?", ele perguntou.

"Eu não fui." Eu o segui até a cozinha, esperando uma explicação.

Parando no balcão, ele puxou o jornal em sua direção e abriu na seção financeira.

"E então?" Pressionei.

"Então, o quê?" Ele olhou para mim.

"O que foi aquilo? Por que você estava lá com ela?"

"Ah, eu estava repassando alguns problemas sobre os membros da equipe. Neena não queria fazer isso no escritório. Público demais."

"Aham." Eu o analisei. "Então, por que você não a encontrou aqui?"

O canto de sua boca se contraiu. "Você está com ciúme?"

Revirei meus olhos. "Estou irritada. Desde quando você fica passeando na casa dos funcionários? É estranho e grosseiro."

"Eu já estava lá, de qualquer forma, conversando com Matt sobre os novos estatutos do bairro que estão propondo. Neena perguntou se tinha um minuto para repassar seu feedback sobre a equipe, e eu disse que sim." Ele torceu uma sobrancelha alegre na minha direção. "Satisfeita?"

"Na verdade, não." Tirei um prato do armário. "Quer um biscoito?"

"Não, estou bem." Ele observou a página do jornal diante dele, com aquela sobrancelha *sexy* afundada em concentração.

"Como estão as coisas com a equipe?"

Ele deu de ombros. "Estão indo bem. Todos parecem mais felizes. Mais relaxados. Estou ouvindo menos reclamações, ou Neena está me isolando delas. De qualquer forma, era disso que eu precisava."

"Era disso que a Winthorpe Tech precisava", eu salientei.

Ele ergueu os olhos do papel. "Sim. Mas também eu. Sinto muito menos estresse e mais confiança na empresa."

Eu não gostava nada daquilo. Neena era *aquilo de que meu marido precisava*? Senti uma pontada desconfortável de ciúme percorrendo meu peito e arranhando meu coração. Lancei a ele um sorriso caloroso. "Bom. Fico feliz em ouvir isso."

Sinto muito menos estresse. Mais confiança.

Era oficial.

A mais nova funcionária da Winthorpe Tech precisava ir embora.

CAPÍTULO 15
NEENA

Fiz o jantar na cozinha dos Winthorpe, grelhando camarão com legumes e preparando arroz de couve-flor. Lá fora, nossos maridos conversavam perto da churrasqueira, a lagosta e a carne já estavam prontas ao lado deles. Olhei à distância, os vislumbrando através das janelas da cozinha espaçosa, sentindo-me satisfeita ao ver sorrisos em ambos os rostos.

"Você não precisava ter cozinhado." Cat estava empoleirada na ponta mais distante do balcão, com uma taça de vinho na mão. "Sério. Relaxa. Eu posso cozinhar os vegetais."

Engoli minha opinião sobre seus talentos culinários e me agachei, abrindo os armários de baixo até encontrar a prateleira organizada que continha suas frigideiras Hestan. Elas pareciam novas, então, virei a primeira para verificar se a etiqueta de preço não estava colada nela ainda.

"É que eu me sinto preguiçosa, sem fazer nada", ela gritou. "Além do mais, é para isso que temos empregados. Deixe que eles façam o trabalho."

Ah, sim, os funcionários dela. Seria impossível aproveitar algum momento a sós com William sem encontrar um de seus lacaios uniformizados. Seria bem difícil conseguir ter um caso com ele, o que era uma pena, porque havia uma onda de energia única quando eu conquistava um marido dentro de sua própria casa. Estar nua na cama de Cat era uma fantasia que eu já estava cultivando. Eu corria minha mão ao longo de sua bancada de mármore branco fazendo um voto silencioso de batizar aquela superfície também.

Olhei por cima do ombro e dei um sorriso amigável. "Você está brincando comigo? Cozinhar nesta cozinha é um sonho. Estou tomando nota para nossa futura reforma."

Ela fez uma careta. "As reformas de cozinha são terríveis. Planejamos a nossa quando estávamos em um cruzeiro. Se puder, esteja longe quando fizer a sua."

Liguei o queimador da frente do fogão e pinguei um fio de azeite na panela. "Devidamente anotado. Supondo que eu consiga tirar férias." Sorri para ela meio tímida.

"Se for depois da aprovação da FDA, tudo bem." Cat se encostou no balcão, suas calças de seda cintilavam à luz do fogão. "William parece satisfeito com seu trabalho junto à equipe. Ele me disse que todos estão trabalhando duro, que o protótipo está prestes a ser aceito."

Mantive minhas feições neutras. "Há muitos problemas para resolver ainda. Não fiz muito mais do que elaborar as perguntas certas. E todos, incluindo William, estão abertos a aceitar as mudanças e o feedback em suas vidas."

"Certo." Ela ajustou o Rolex cravejado de diamantes em seu pulso; então, cruzou os braços. "Embora eu ache que William não precise exatamente de mudanças. Nem de feedback, aliás. Você não imagina que ele atingiu o sucesso pleno sem suas instruções?"

Fiz uma pausa, com a espátula posicionada sobre a frigideira. "É mais do que apenas dar instruções. É colocá-lo em um caminho mais fácil junto à equipe. Fazendo dele um líder melhor." Embora, honestamente, eu ainda não tivesse a chance de trabalhar pessoalmente com ele. Em todas as nossas reuniões, ele criticava visceralmente seus funcionários, enquanto eu oferecia minhas melhores soluções para ter uma melhor abordagem das situações. Fui capaz de planejar nosso almoço improvisado mais uma vez — mas qualquer outro encontro surpresa pareceria suspeito. Ele já estava desconfiado por ter me encontrado de novo na trilha ao redor do lago.

"William tem sido um grande sucesso sem a sua ajuda. Talvez seja hora de você se concentrar mais na equipe e menos nele."

"Você acha que meus métodos não foram eficazes até agora?"

"Acho que seu foco está um pouco desvirtuado." Ela fez a crítica sem atenuar, então, soltei uma gargalhada escandalosa.

"Levaria tempo para eu explicar as especificidades do nosso plano motivacional. Mas...", eu virei e abri a torneira, puxando o bico pesado em direção à tigela de couve-flor, "se você estiver curiosa, pergunte a William."

Eu podia sentir a irritação escorrer por sua pele, mesmo quando seus dentes brancos perfeitos brilharam em um sorriso. "Claro", disse ela suavemente. Ela ergueu a taça e tomou um longo gole de vinho. "Devo dizer... acho estranho, vocês dois ficando tão próximos."

"Próximos?" Franzi a testa, observando enquanto a água revirava os vegetais aglomerados. "Eu não diria que estamos próximos. Na verdade, a maioria de nossas sessões é bem ditatorial... e isso é outra coisa com a qual estou trabalhando junto a ele."

"Aham." Ela não parecia convencida. Dei uma olhada mais longa para ela, observando o contraste de seu cabelo escuro brilhante com seu suéter branco sem mangas. Ela parecia uma modelo, exceto pelo ardor em seu olhar e pela suspeita em sua voz.

Virei o jogo antes que ela ganhasse vantagem. "Você não está com ciúme, está? Porque você não tem..."

"Não." Ela se endireitou e bateu a taça de vinho no balcão com força suficiente para rachar o vidro delicado. "Estou preocupada. Tem muita coisa acontecendo na vida dele agora, e tudo o que precisamos fazer é conduzir todo o time em direção ao gol da FDA."

Isso era interessante. Cat Winthorpe, a mulher mais confiante do mundo, estava insegura. Era uma corrida pelo poder. Ainda que eu não tivesse feito muito progresso em romper com a ética de William Winthorpe, eu tinha aberto uma fenda no mundo de Cat. E essa era uma vitória quase tão doce quanto a outra.

Afastei a torneira da panela, pensando se deveria mencionar a minha candidatura pendente na instituição de caridade dos leilões de vinho. Olhei para Matt e William, confirmando que ainda estavam perto do fogo, com suas cervejas na mão. "Você não tem nada com que se preocupar. William é excelente em multitarefas, e vou auxiliar sua capacidade de lidar com as coisas, não a enfraquecer. Além disso, preciso de um projeto. Não sei se você ficou sabendo, mas eu não fui aceita no conselho da instituição de caridade do leilão de vinhos." Deixei minha voz esmorecer, encharcando cada sílaba de decepção.

Cat se empertigou, e eu quase pude sentir seu pico de consciência. "Os nomeados para o conselho ainda não foram anunciados."

Franzi a testa. "Pensei que as cartas para as entrevistas dos indicados saíssem esta semana." Minha falsa confusão funcionou bem, a pergunta se mostrou perfeitamente inocente por natureza.

"Não." Ela negou com a cabeça. "Vamos nos reunir na quinta-feira para discutir as candidaturas."

"Ah." Meu rosto se iluminou. "Bem, então, falei cedo demais. Estou louca para conseguir um lugar no conselho, embora isso vá arrastar meu tempo e meu foco para longe de William. Não que eu não possa ajudar a equipe", me apressei em acrescentar. "Ouvi falar que o conselho é praticamente um trabalho de meio período."

Ela não respondeu, mas eu tinha certeza de que ela entendia a negociação proposta. Entregue-me o conselho de vinhos, e eu me afasto do seu marido.

Era uma troca justa, embora eu não planejasse cumpri-la. Quanto mais tempo eu passava com William, mais meu interesse por ele aumentava. Enquanto os outros eram conquistas divertidas, ele era algo mais. Fascinante, brilhante, e com uma atração sexual impossível de ignorar.

Ainda assim, se ela me colocasse no conselho de vinhos, minha posição social em Atherton daria um salto gigantesco. Eu seria, pela primeira vez na vida, vista com respeito. Olhada como igual. Pertenceria legitimamente a este mundo cravejado de brilhantes. Por tudo isso, valeria a pena dar um passo para trás na conquista de William. Deixar esse caso amadurecer em um ritmo mais lento. Seguir com o jogo de gato e rato até que ele estivesse implorando o meu toque.

Peguei a faca de aparar e olhei em seus olhos, dando a ela meu próprio sorriso brilhante.

As esposas desta cidade eram todas idênticas. Cat Winthorpe, gostasse ou não, acabaria perdendo este jogo.

CAPÍTULO 16
CAT

O telefone tocou ao lado do prato de William, a tela se acendeu no restaurante escuro. Suspirei, e ele riu, o deslizando para fora da mesa, guardando-o no bolso.

"Você me prometeu. Uma refeição sem falar de trabalho", lembrei a ele.

"Eu sei, eu sei."

O garçom trouxe a garrafa de vinho, mas William dispensou a apresentação.

Coloquei minha mão sobre o copo quando o homem de smoking começou a incliná-lo para a frente. "Para mim, não, obrigada." Depois que ele saiu, inclinei a cabeça, olhando para a garrafa. "Esse é um dos nossos fornecedores para o festival de vinhos. Me diga o que acha."

Ele tomou um longo gole, fez uma pausa e encolheu os ombros. "É. O mesmo gosto de qualquer vinho tinto."

Eu ri de sua incapacidade de distinguir um *merlot* de um *pinot*. "Bem, este fornecedor está fazendo uma doação de seis dígitos, então, finja que é incrível."

Ele deu outro gole. "Sabe de uma coisa? É o melhor que já tomei." Ele largou o copo. "Como está a instituição? Neena disse que se candidatou a um cargo no conselho."

Aposto que sim. "Sim, eu sei que ela se candidatou." Eu me lembrei de nosso jantar com eles na semana anterior, de seu empurrão não tão sutil para que eu fizesse sua candidatura andar. Foi insultante, para não dizer agressivo. Eu não precisava fazer sua agenda ficar mais ocupada para que meu marido passasse menos tempo com ela. Eu poderia fazer isso sozinha. Ele era meu marido. Se não quisesse que ele passasse tempo com ela, ele não passaria.

"E então?" Ele mergulhou um pedaço de pão no molho de creme francês.

Ergui uma sobrancelha, surpresa diante de seu interesse. Ele nunca se importou o suficiente para perguntar sobre a instituição de caridade do leilão de vinho antes. Normalmente, seus olhos se perdiam com a mera menção de seu festival anual, que era sua maior arrecadação de fundos.

"Então...", eu comecei a dizer, cautelosa, "acho que ela não será selecionada."

Ele franziu a testa. "Por que não?"

Dei uma risada que parecia mais uma zombaria.

"Isso importa?", eu perguntei.

"Me esclareça."

"Para começar, ela não é qualificada."

"Qualificada?" Ele fez uma careta, e eu olhei para ele.

"Não ouse."

"Tudo bem." Ele ergueu as mãos. "Mas há uma razão pela qual você está no comando do conselho. Todas aquelas outras mulheres..."

"E os homens também", eu lembrei a ele.

"Eles estão nesse negócio por causa do vinho gratuito e pelas menções nas colunas sociais. Não é exatamente uma equipe de elite a que você tem lá."

"Ah, eles são todos alpinistas sociais alcoólatras?" Eu indaguei. "Você tem razão. Isso combina *exatamente* com Neena."

"Vamos", ele argumentou. "Ela é uma mulher inteligente."

"Pelo que ouvi, ela está a um ano de se tornar secretária", retruquei. "E não sei quanto impacto ela poderia ter na wt, considerando que ela está passando todo o tempo com você." A irritação entrou na conversa, e eu me adiantei para encobrir o comentário. "Neena quer apenas a posição social de estar no conselho, nada mais."

"Ela me falou sobre uma arrecadação de fundos em que trabalhou nas Indústrias Plymouth. Ela tem experiência para isso."

"Sinto muito." Fatiei meu cordeiro com movimentos bruscos. "Eu perdi alguma coisa? Vocês estão conversando sobre a equipe ou sobre assuntos pessoais durante as reuniões?"

"Foi de passagem." Ele fez uma pausa. "Talvez você esteja certa, e ela não seja a pessoa mais indicada para isso."

"Ela não é." Enfiei meu garfo na carne tenra. Um jantar. Eu queria *um* jantar sem ouvir o nome dela. Um jantar em que não tivesse que escutar elogios ou reconhecimentos sobre ela. Era óbvio que ela o havia pressionado para apoiar sua candidatura. Será que ela fazia a mesma coisa na Plymouth? *Tanto faz*.

Levei o pedaço de carne à boca. Ela não entraria no conselho. Já tinha retirado sua candidatura da pilha e a colocado na trituradora de papel com minhas próprias mãos. Se tivesse que ver sua cara presunçosa e pontuda toda vez que chegasse em uma reunião do conselho, eu perfuraria seu corpo até a morte com o saca-rolhas de um dos fornecedores.

Eu me deparei com o olhar preocupado de William, então, exibi meus dentes em um belo sorriso.

CAPÍTULO 17
NEENA

O carro de William roncou na entrada da minha garagem, e eu fiquei satisfeita ao ver que ele havia escolhido um dos carros esportivos exóticos que forravam sua garagem. Era um bom sinal. Os assentos apertados, o rugido do motor entre nossas pernas, a sensação de poder e imprudência que ele tinha ao volante... tudo daria o tom certo.

Tranquei a entrada lateral atrás de mim, apreciando o carro com meu olhar enquanto me aproximava, então, abri a porta. "Uau." Puxei a maçaneta e deslizei meu salto para a parte interna, entrando de uma forma cuidadosa que expôs o máximo possível das minhas pernas.

Ele percebeu. Eu podia sentir seu olhar fixo, vi o aperto de sua mão no câmbio enquanto me observava me acomodando no assento do carona e fechando a porta. Parecia muito íntimo, o barulho do motor silenciando, o ar-condicionado agitando a mistura de aromas masculinos e femininos, o cheiro de sua colônia próxima demais, quase inebriante.

"Você precisa de mais espaço para suas pernas? Esse assento se move mais para trás."

"Ah, sim. Seria ótimo." Procurei do meu lado, olhando para a porta e, depois, tateando ao longo da parte inferior do assento, tentando encontrar os controles.

Ele riu. "Não é... posso?" Ele soltou o cinto de segurança.

"Claro." Eu corei e, depois, enrijeci quando ele estendeu o braço entre as minhas pernas, com a manga de seu terno roçando meus joelhos enquanto ele colocava a mão sob o assento e puxava uma alavanca.

"Empurre para trás com os pés." Suas palavras saíram contra minha coxa esquerda, e eu obedeci, sentindo o assento clicando para trás e me dando mais quinze centímetros de espaço. Ele soltou a alavanca e se endireitou. Era apenas minha imaginação ou seu rosto estava vermelho? "É igual aos carros mais antigos. É engraçado, a gente paga tanto por um carro que espera que tenha assentos elétricos."

Eu sorri. "Gostei dele. Agora..." Olhei para o cinto de segurança, fingindo estar confusa.

"Aqui, deixe-me ajudar." Ele estendeu a mão, puxando o cinto sobre minha cabeça. "Você tem que passar os braços... sim. Desse jeito." Seus olhos encontraram os meus, e foi o mais próximo que já estivemos. Suas mãos roçaram minha blusa enquanto eu ajustava as tiras. Sua boca estava a poucos centímetros da minha, sua respiração, suave e quente contra meus lábios.

"Seu perfume é bom", disse ele calmamente. "Muito bom."

Com outro homem, este seria o meu momento. Eu agarraria a camisa dele. Deixaria meus olhos amolecerem, meus lábios se entreabrirem. Deslizaria minha mão para baixo até agarrar a protuberância em suas calças.

Mas este não era outro homem, era William, e, nesse caso, era ele quem teria de tomar a iniciativa, ou então eu nunca o conquistaria. Olhei para baixo como se estivesse tímida. "Obrigada. E obrigada por me dar uma carona. Não sei o que há de errado com meu carro."

Ele se endireitou e recolocou o próprio cinto. "Vamos para o mesmo lugar. Sem problemas. E, se não tivéssemos essa reunião de equipe, eu daria uma olhada." Ele franziu a testa. "Mas Matt é bom com carros, não é? Não foi ele mesmo quem restaurou aquele Corvette?"

Eca. Aquele Corvette. Eu *odiava* aquele carro estúpido. Uma coisa era dirigi-lo pelo nosso antigo bairro de classe média, mas ele insistiu que saíssemos com ele nos eventos em Atherton também. "Sim, foi ele", eu disse com delicadeza. "Mas eu liguei para a concessionária. Eles vão rebocar o meu carro e o consertar sob a garantia. Você se importa de me levar para o trabalho nos próximos dias? Posso pedir para o Matt me dar uma carona para casa."

Houve o tipo de pausa que um homem faz quando não quer dizer "não", mas não deveria dizer "sim". Ned Plymouth, uma vez, fez uma pausa assim. Não deu certo para ele.

"Nos próximos dias?" Ele parou. Essa hesitação era por causa de Cat, eu sabia. Conseguia ouvir sua voz ao fundo, bufando e reclamando quando liguei pedindo uma carona — em pânico, quase chorosa.

"Eles disseram que meu carro deve ser consertado até quinta--feira... sexta-feira, no máximo." A concessionária, que não tinha pestanejado quando eu disse que enviaria meu carro para fazer uma revisão completa, havia prometido um tempo de retorno de vinte e quatro horas. Retruquei, dizendo para mantê-lo até sexta-feira, uma diretriz que eles aceitaram animados. "Muito obrigada." Suspirei de alívio, adotando a abordagem presunçosa e o desafiando silenciosamente a combatê-la. "Você consegue acreditar nessa onda de calor que tivemos? É incrível!"

Ele fez uma pausa, e eu pude senti-lo ponderando se deveria continuar a conversa ou deixá-la seguir seu curso. "Sim, tem sido bom." Ele se mexeu, colocando seu poderoso carro na segunda enquanto saía da entrada da minha garagem.

Demos a volta na curva, e eu olhei para a propriedade deles, sem surpresa ao ver Cat nos observando da varanda da frente, com os braços cruzados sobre o peito. Foi uma jogada arriscada, a brincadeira da carona. Mas eu precisava de algum tempo com ele longe do escritório. Dentro daquele aquário, sua guarda estava erguida e havia olhos por toda parte. Naquele carro, eu poderia estender o braço e segurar sua mão, e ninguém saberia. Poderíamos nos beijar.

Não que eu já fosse tentar alguma coisa. Ainda era segunda-feira. Tinha uma semana inteira para fazê-lo baixar um pouco a guarda espinhosa. Quem poderia prever como as coisas estariam até sexta-feira?

William passou a terceira, e sua mão roçou meu joelho nu. Não o afastei, e ele manteve a mão sobre o câmbio, nossos corpos conectados pelo contato. Sua respiração era pesada e, contra meu joelho, a borda de seu dedo mindinho se moveu da forma mais leve possível. Cerrei as mãos sobre o colo como se estivesse nervosa e virei a cabeça para olhar pela janela. Eu me afundei no assento, abrindo minhas coxas e esticando minhas pernas, convidando, implorando por mais.

Depois de um tempo, seu dedo se moveu outra vez. Mais demorado agora, ele estava arrastando seu dedo indicador para cima ao longo do meu joelho. O momento havia chegado. William Winthorpe estava me *tocando*. Praticamente me acariciando. Passei mais de sete semanas trabalhando na Winthorpe. Era uma química de crescimento lento. Olhares mais longos. Encontros casuais que eu passara o dia todo engendrando. Tudo valeu a pena por esse momento — a primeira rachadura na fachada de sua monogamia. Depois disso, as coisas seriam fáceis, uma queda de resistência até que ambos nos despíssemos e William caísse totalmente na minha armadilha.

Por dentro, minhas emoções se digladiavam diante das possibilidades que ele tinha. Talvez minhas fantasias com queijo quente fossem possíveis e ele se apaixonasse e me tornasse a próxima sra. Winthorpe.

Talvez isso fosse apenas sexo e compensasse em orgasmos e superioridade emocional sobre Cat, seguido rapidamente para uma chantagem a William e um grande lucro financeiro.

Eu realmente não me importava com o caminho que a armadilha tomaria. Precisava de outro trampolim no mundo, e William me daria um. Com ou sem amor. Com ou sem uma esposa ao seu lado, ou um marido ao meu.

Esta era uma partida de xadrez que decidiria o meu futuro, e — assim como foi com Ned — eu iria ganhar.

CAPÍTULO 18
CAT

Construímos os escritórios da Winthorpe Tech para que se adequasse ao nosso setor. Elegante, caro e altamente funcional. Eu estava entrando pelas portas da frente quando meu celular zumbiu com uma ligação de Tom Beck. Parei em frente à mesa de segurança e me acomodei em um dos assentos do saguão com vista para o lago. Olhando ao redor, me certifiquei de que estava sozinha e atendi a ligação.

Tom Beck falou sem rodeios. "Ned Plymouth ignorou minhas ligações, mas sua nova recepcionista tem sido muito prestativa. Você está em algum lugar onde possa acessar seu e-mail?"

Vasculhei minha bolsa, peguei meu tablet, abri meu e-mail e atualizei a caixa de entrada.

"Você já enviou para mim?"

"Acabei de enviar."

O e-mail apareceu, e eu o abri; então, cliquei no anexo.

"O que é isso?", perguntei.

"É um termo de rescisão de contrato de trabalho."

Fiz uma pausa, me dando conta do título.

"Pensei que Neena tivesse largado aquele emprego para aceitar este", eu disse.

"Parte deste contrato estipula que eles continuarão a manter seu emprego até que ela encontre outro, desde que o faça dentro de seis meses. Mas, durante esse tempo, ela não tem permissão para entrar nas propriedades da empresa ou ter qualquer contato com Ned Plymouth, com qualquer um de seus funcionários ou parceiros, ou com qualquer membro de sua família, inclusive sua esposa."

Meu estômago revirou com uma estranha combinação de pavor sobre o que isso significava para a Winthorpe Tech e de alegria com a descoberta. Rolei a página para baixo. "Então, ela mantém a aparência de uma despedida amigável, e ele recebe... o quê?"

"Além da ausência de contato, ela também assinou um acordo de confidencialidade que a proibia de discutir qualquer coisa que tenha acontecido dentro das propriedades de Plymouth ou com Ned Plymouth."

"Você acha que eles tiveram um caso?" Baixei a voz e olhei por cima do ombro, me certificando de que ninguém estava por perto.

"Definitivamente." Ele fez uma pausa. "Você nunca me disse por que me contratou. Você suspeita que seu marido..."

"Não." Sacudi minha cabeça. "Não." Talvez se eu repetisse mais cinco vezes, eliminaria completamente a possibilidade. "Só quero saber..."

"Cat." A voz de Neena soou pelo saguão de mármore, então, escondi a tela do tablet e me levantei quando ela se aproximou. "O que você está fazendo aqui?"

"Apenas passei para ver William." Afastei o telefone da minha boca e dei a ela meu sorriso mais caloroso. "Temos planos para o jantar, então, pensei em poupá-lo da viagem para casa e encontrá-lo aqui."

Seus olhos se endureceram, mesmo quando ela estendeu os braços e me agarrou em um abraço. "Ah!" Ela se afastou, avistando o telefone no meu ouvido. "Não percebi que você estava ao telefone."

Levantei um dedo, pedindo que ela me desse um momento. "Tom, eu tenho que correr."

Neena observou enquanto eu me despedia; então, coloquei meu celular e o tablet de volta na minha bolsa.

"Sinto muito. Você não precisava desligar o telefone." Ela inclinou a cabeça para mim e notei suas extensões de cabelo. Ficou bom, seu cabelo fino agora parecia uma juba grossa de ondas loiras platinadas.

"Sem problemas." Fechei a bolsa. "Como está o carro? Você sabe, minha BMW era igualzinha. Problemas constantes. Posso ligar para Bill Hopkins, se quiser. Ele é dono da concessionária. Pode dar prioridade para seu carro."

"Ah, não." Ela dispensou a oferta, mas notei a maneira como sua pele corou, seus olhos se esticaram de uma forma nervosa para um lado. "Eles já estão trabalhando nele. Deve levar mais um dia ou dois."

"Ótimo." Eu olhei em seus olhos. "Tenho certeza de que é inusitado pedir carona para William."

Seu olhar não oscilou e, se ela estava fazendo algo dissimulado, estava escondendo bem.

"Ele tem sido muito gentil. Mas, honestamente, se você tiver algum problema com isso, eu posso pegar um táxi."

"Ou peça a Matt para levá-la", eu sugeri.

"Claro, embora ele normalmente saia às sete."

Eu já estava entediada com a conversa, bem ciente dos horários conflitantes dos Ryder. William e eu já havíamos discutido os detalhes minuciosos da agenda de Neena *versus* a de Matt durante nossa briga, quando eu o proibi de levá-la ao trabalho todos os dias e ele ignorou categoricamente meus sentimentos em favor de não a incomodar.

Amigas — se esse era o caminho que Neena estava tentando seguir comigo — não se aproximavam dos maridos das outras amigas. Especialmente novas amigas. Era preciso conquistar esse nível de conforto, e eu estava ficando cada vez mais desconfiada da mais nova esposa do nosso bairro, sobretudo depois de falar com Tom.

"Aliás..." Toquei seu braço. "Sinto muito que você não tenha conseguido a vaga para o conselho de vinhos. Cheguei a fazer uma campanha por você, mas os outros membros não achavam que você era a pessoa certa."

"Mesmo?" Seus olhos perderam o brilho e seu sorriso despencou por um instante, antes que ela rapidamente o elevasse de volta. "Bem, não tem nada de mais. Me dê mais tempo para eu me concentrar no trabalho. William..."

"Sabe... eu não entendi uma coisa", continuei, deixando minha voz se arrastar. "Quero dizer... e toda a sua experiência na Plymouth? Sinceramente, acho que sua demissão foi uma questão de ciúme."

Ela não queria morder a isca. Eu podia ver o balanço hesitante de seu corpo enquanto mastigava o petisco. "Como assim?"

Eu me inclinei para a frente e baixei minha voz. "Algumas das mulheres do conselho... elas mencionaram alguns rumores que ouviram. É tudo ciúme, como eu disse. Quero dizer, você indo atrás de homens casados, sabe?" Soltei uma risada incrédula que quase soou genuína. "Isso é ridículo! Eu disse isso a elas." Dei um tapinha em seu braço. "Não se preocupe. Estou cuidando de você. Eu sei o quanto você ama Matt e sei como é esta cidade. Rumores como esse..." Eu estremeci. "Podem destruir a reputação de alguém."

Não houve tal conversa. No entanto, entre todas as minhas mentiras, havia uma crucial — um boato como esse poderia absolutamente matar o futuro de Neena Ryder em Atherton. Mirei seus olhos, confiante de que ela era inteligente o bastante para entender a ameaça. "Agora, tenho que encontrar William. Você sabe onde ele está?"

"Não." Ela puxou o topo do vestido de uma forma intencional. "Eu não o vi."

Ah. Por que eu não acreditei nisso? "Bem, foi bom te ver. Vamos almoçar algum dia?" Estendi um braço e apertei seu peito generoso contra o meu, dando-lhe um abraço de despedida. Inalei o cheiro de seus novos cachos loiros falsos, procurando o aroma da colônia de William nos fios.

Ela se afastou bruscamente antes que eu tivesse a chance de terminar. "Eu adoraria", ela disse. "Semana que vem?"

"A qualquer hora", murmurei. "Estou sempre por perto."

Ela deu um passo para trás e um aceno constrangido. "Bem, até mais."

Fiquei no mesmo lugar e observei seus saltos muito altos atravessarem o saguão. Ela hesitou na frente do elevador; depois, entrou no banheiro feminino. Eu a deixei escapar e, então, voltei para o meu assento.

Eu estava me aproximando dela, e William não era o cão tarado de 60 anos que Ned Plymouth era, segundo os rumores. Éramos uma equipe, William e eu. Éramos uma equipe, o verão era a nossa *maldita* temporada, e uma loira sociopata com dificuldades de estabelecer limites não ia destruir minha casa.

NEENA

Presente

"Chantagem, dra. Ryder, é um crime. Está ciente disso?"

"Não estava chantageando ninguém." Tomei um gole do café e me esforcei para engolir o líquido com gosto de queimado.

"De acordo com Ned Plymouth, você estava. Esta é uma cópia do cheque que Ned deu a você, e aqui estão as transcrições das mensagens de texto que comprovam suas alegações." A detetive Cullen deslizou as páginas na minha direção, reorganizando-as como se fossem jogos americanos sobre uma mesa. Satisfeita com a disposição, ela as recolheu com suas unhas roídas.

Aquelas malditas mensagens. Pedi a Ned várias vezes que apagasse todas as evidências, foi um conselho que ele obviamente ignorou. Será que ele também havia guardado as fotos que enviei a ele em que eu estava nua? As mensagens lascivas detalhando minhas supostas fantasias? Folheei aquelas páginas, meio que esperando as encontrar.

Mas, não, aquelas provas eram todas relacionadas à minha saída. A mensagem na qual me chamava de psicótica. A outra em que eu disse a ele que cortaria sua garganta durante o sono. Minha exigência para que reescrevesse minha carta de recomendação e a melhorasse.

A mulher tocou em uma mensagem de texto. "Devo lhe dizer, Neena, que eu creio que um júri acharia isso muito interessante. Esses textos dão uma impressão diferente do seu exterior polido."

Bem, Ned conseguia arrastar uma garota para um território violento. Gostaria de ver essa mulher fingir excitação com o corpo flácido de Ned em cima dela, o suor dele escorrendo pelo rosto dela, a cara feia sorrindo para ela. Foi exaustivo... todos os meus gemidos e elogios... Era um desgaste que requeria uma compensação, e o estúpido do Ned pensou que um novo salário e uma bolsa da Hermès seriam suficientes.

Ele nunca planejou deixar a esposa. Foi o que ele me disse, com sua voz desdenhosa, sua atenção de volta ao computador, nosso encontro já havia terminado em sua mente. Mas eu não seduzi Ned Plymouth para obter mais seis dígitos por ano, e ser uma amante de longo prazo nunca fez parte desse plano. Eu merecia mais, e o cheque de sete dígitos que ele me deu na demissão provou isso.

"E então tem isso." Ela reorganizou sua coleção de fotos até que o cheque com o rabisco raivoso de Ned olhou para mim.

Ah. Lá estava. Um milhão de dólares. Eu poderia ter conseguido mais? Provavelmente. Dez anos atrás, eu teria pegado e fugido. Deixaria Matt e usaria esse dinheiro para começar uma nova vida com um marido rico. Dez anos atrás, um milhão de dólares teria sido tudo de que eu precisava. Agora, não era o suficiente. William Winthorpe teria me dado mais. William Winthorpe teria me feito rainha de Atherton ou pagado dez vezes esse valor para me fazer ir embora.

William Winthorpe tinha sido o alvo certo, abordado em uma execução bem-sucedida, mas eu havia feito a terrível suposição de que eu era a pessoa mais inteligente neste jogo.

PARTE 3

JULHO
Dois meses antes

CAPÍTULO 19
CAT

Eu estava sentada em uma das quatro cadeiras Adirondack bem no meio do imenso quintal na frente de nossa casa. Havia lanternas azuis penduradas entre as árvores, que se estendiam do lugar em que nós estávamos até o portão. Repousei meus pés sobre um fardo de feno enquanto eu observava William e Matt subindo numa escada para posicionar, do outro lado da rua, uma placa gigante onde estava escrito FELIZ QUATRO DE JULHO. À direita, no gramado ajardinado, os empregados preparavam as bandejas de aperitivos e o palco, enquanto as equipes de som e vídeo instalavam a fiação para os alto-falantes e a iluminação. Desde a época em que o clube passou a cobrir o *brunch*, nossa casa sempre organizava a festa noturna, para assistirmos aos fogos de artifício de Atherton.

"Sra. Winthorpe." Um paisagista se aproximou, com cordões de madeira pendurados nos ombros e nas mãos. "Nós gostaríamos de montar a fogueira, se não for incomodar."

"Está brincando?" Acenei com a cabeça para o recinto de pedra diante de mim. "Por favor. Estou ansiosa por um pouco de calor."

Ouvi cascalhos sendo pisoteados pelo caminho quando Neena se aproximou, com uma garrafa e duas taças na mão. "Devo admitir que, com certeza, vocês levam suas festas a um nível totalmente elevado. Você está fazendo nossa bandeira da varanda da frente parecer realmente patética agora."

Dispensei o elogio. "Você deveria ver nossa decoração de Halloween. E o Natal. Mas não se preocupe, nós lhe daremos o Dia de Ação de Graças."

"Nossa, obrigada." Ela se sentou ao meu lado, me passando uma taça e se ocupando com a rolha do vinho. "O que você faz em grandes feriados como este? Eu sei que você não gosta muito de cozinhar."

Era um soco em mim, mas não o primeiro. Escutei vários comentários agradáveis, todos projetados para ressaltar minhas habilidades culinárias rudimentares. Ignorei e estendi meu copo, segurando firme enquanto ela servia o vinho tinto. "Sempre vamos à casa do Havaí no Dia de Ação de Graças."

Ela ficou tensa. "Ah. Não sabia que vocês tinham uma casa no Havaí. Estou surpresa que vocês não passem seus verões por lá."

"Você vê como é para William? É difícil para ele fugir por qualquer período de tempo. Nós escapamos para lá quando é possível. Iremos para lá no meu aniversário, daqui a duas semanas." Quase acrescentei uma observação sobre precisar de algum tempo a sós com meu marido, mas engoli a tentação.

"Uau." Ela serviu seu próprio copo, sendo generosa com a porção. "Vocês vivem o melhor da vida. Eu nunca poderia deixar o trabalho dessa forma. Nunca se sabe quando alguém da equipe pode precisar de mim. Além disso, a carga de trabalho de Matt é insana o ano todo."

Lutei contra o desejo de revirar os olhos. Ela não parecia muito preocupada com sua equipe quando estava lutando por um lugar no conselho de vinhos. E a carga de trabalho do Matt? Eu poderia acertar meu relógio pela sua chegada à garagem no fim do dia.

"Então, ficarão apenas vocês dois no Havaí?" Ela cruzou as pernas e eu notei seu novo Uggs, um tom mais escuro que o meu.

"Uhum." Tomei um gole de vinho. A essa altura, William se sentiria obrigado a convidá-los. As inquisições de Neena sobre nossas atividades eram geralmente seguidas por um silêncio feroz, que ele acabava preenchendo com um convite para que eles participassem. Que se danasse. Esta era minha chance de passar um tempo muito necessário com meu marido. Ela poderia pegar seus silêncios desconfortáveis e se empanturrar até vomitar.

"Sra. Winthorpe." Outro homem chegou, carregando mais lenha nas mãos, e eu sorri em resposta à sua saudação. Os dois homens começaram a empilhar a lenha para a fogueira, criando uma pirâmide intrincada de toras.

"Nunca estive lá. Você vai pegar um avião?"

"Sim." Ignorei a evidente deixa para um convite e observei William martelar a ponta da placa no lugar. Meu Deus, ele era um homem muito *sexy*. Inteligente *e* forte. Em sua camiseta e com seus jeans desbotados, ele parecia ter saído de um anúncio da Hugo Boss. Do outro lado da rua, Matt espantava uma mosca.

Um fósforo foi atirado no centro das toras e um graveto começou a queimar, então, ouvimos um estalo do fogo. Conforme as chamas começaram a lamber a madeira, ela olhou para mim e perguntou: "Em geral, quantos vizinhos participam disso?".

Apoiei minhas botas na beira do fosso, ansiando pelo calor do fogo. "Em torno de cem. Temos estações de observação instaladas nas varandas superiores, mas a maioria das famílias prefere o gramado. Eles vão chegar por volta das seis, e o show é às nove."

Ela examinou as churrasqueiras, que ficavam à esquerda da garagem, logo após a área de estacionamento de carrinhos de golfe. Os fornecedores assavam carne desde a manhã, e o cheiro que saía de suas chaminés era de dar água na boca. "Vocês têm comida suficiente?"

"Ah, sim. Fazemos isso há oito anos. É um dos nossos eventos favoritos. Você deveria ver todas as crianças que aparecem." Minha voz estremeceu, minha compostura oscilou, e eu tirei um pouco de cinzas da calça jeans, esperando que ela não tivesse percebido o deslize.

Ela percebeu, sua pergunta seguinte foi hesitante, enquanto ela estendia a garrafa de vinho, como se quisesse me consolar. "Vocês já pensaram em ter filhos?"

Peguei o *merlot* e completei meu copo. "Claro, às vezes." O tempo todo, especialmente em uma noite como esta. Os eventos familiares eram uma bênção e uma maldição. Um lembrete do que não tínhamos, ao lado da alegria que as crianças podem trazer. Tínhamos a casa perfeita para crianças. Eu poderia dar festas na piscina no meio do inverno na gruta do porão. Noites de filmes na sala grande de cinema. Observações de estrelas nas varandas imensas. Tomei um gole bem grande de vinho. "E vocês?"

Ela não vacilou. "Claro, desde o início. Mas Matt teve câncer de próstata logo depois que saiu da faculdade, o que eliminou essa possibilidade para nós."

"Sinto muito", eu disse. "Vocês poderiam adotar", eu sugeri, soando exatamente como todos os pais intrometidos e insistentes que eu odiava.

"Não queríamos. Honestamente, estamos felizes sem crianças." Ela me observou, e foi isso. Minha vez. Ela tinha sido aberta comigo e esperava que eu fosse do mesmo jeito com ela. "E vocês?"

Claro que éramos felizes. Não precisávamos de crianças para sermos felizes. Mas William queria filhos. Eu queria filhos. E, enquanto ele construía nossa vida financeira, eu sentia que deveria construí-la com bebês — era um trabalho no qual eu estava falhando miseravelmente. "Não estamos interessados em engravidar agora." A mentira caiu tão suave quanto o vinho. "Como vocês, gostamos da nossa vida como ela é. Crianças..." Senti uma reação surgir nas bordas da minha boca e esperei que não parecesse tristeza. "As crianças mudariam tudo em nossa vida."

Mudariam tudo. Dentro do meu peito, meu coração se partiu com as palavras, como se todas as fantasias que eu tivesse cultivado na minha vida me atacassem com suas forças. William, girando nossa garotinha no ar. Um menino com seus olhos cheios de alma e meu sorriso torto, correndo pelo deque e pulando com alegria na piscina. Manhãs de domingo, todos nós juntos na cama... depois, panquecas com gotas de chocolate.

"Então, você não *quer* ter filhos." Ela inclinou a cabeça, como se estivesse considerando o conceito. "Não tem nada a ver com..."

"Não." Não tinha nada a ver com meus ovários escarificados, com sua superfície cheia de cistos, sua recepção ao esperma... que palavra o médico usou? Hostilidade? Não tinha nada a ver com cirurgias fracassadas ou tratamentos hormonais, com minha porcentagem de concepção apenas alta o suficiente para manter as conversas sobre adoção fora da discussão. Eu sabia o que William queria — um bebê com seu sangue. Uma barriga de aluguel era a opção seguinte, mas eu adiava esse passo o máximo que podia, esperando desesperadamente que meu corpo me desse essa única chance. Eu queria que ele me visse grávida. Acariciasse minha barriga inchada. Segurasse minha mão durante o parto. Eu queria ser mãe, e ter outra mulher dando à luz meu filho parecia uma equação mal resolvida para nossa futura família.

"Humm." Isso foi tudo o que ela disse. *Humm.* Como se soubesse a verdade. Como se enxergasse a minha fraqueza.

Observei William descer a escada, lutando contra a paranoia crescente de que ele havia contado a ela algo sobre mim.

"Sinto muito." Pedi desculpas pela quinta vez e franzi a testa, com a mão no estômago. "Preciso me deitar. Mas, falando sério, obrigada por toda a ajuda de vocês esta noite."

"Foi divertido." Neena deu um passo à frente e passou os braços em volta de mim, me dando um abraço. Retribuí o aperto e me movi em direção ao Matt.

"Espero que esteja se sentindo melhor", ele disse de um modo meio seco, me dando um abraço lateral estranho e, depois, recuando rápido.

"Tem certeza de que não podemos mandar algumas dessas sobras de carne para casa com vocês?" William perguntou.

"Bem..." Neena olhou para a mesa do *buffet,* que ainda estava cheia de comida.

"Ele está brincando." Entrei antes que ela tivesse a chance de aceitar a oferta de William e alongar esta noite por mais meia hora. "Nós doamos para o abrigo dos sem-teto. A equipe já está empacotando para entrega."

"Só não coma mais nada", ela advertiu. "Senão, essa dor de estômago pode piorar."

"Obrigada." Eu me apoiei sobre o peito de William. "Boa noite para vocês."

Houve outra rodada de despedidas e cumprimentos, e eu lutei contra o desejo de bater a porta atrás deles, esperando até que estivessem em seu novo carrinho de golfe e na metade da entrada da garagem antes de fechar a porta. Eu olhei para William. "Você tem que convidá-los para tudo?"

Ele franziu a testa. "Foi você quem pediu para eles virem. Você se lembra? Quando estávamos no Morton's."

"Convidei toda a vizinhança. E, honestamente, eu teria ignorado o convite deles se Neena não tivesse pintado um pedido em seus seios com molho de carne."

Ele suspirou, ligou o alarme e foi para a cozinha.

"E eu pensei que eles apareceriam às seis, como o restante dos convidados do bairro. Eles estão aqui desde a *uma* da tarde." Dei uma olhada no relógio. "São quase onze. Por que diabos você os convidaria para assistir a filmes conosco?"

"Nós sempre assistimos *Tubarão* no Quatro de Julho."

"Sim. Quando os convidados vão embora às dez. Não depois de sentar e discutir a porcaria da economia canadense por noventa minutos. Além disso, nós sempre assistimos *Tubarão*. Não você, eu, Neena e Matt. Juro por Deus, precisamos desistir dessa amizade. Eles estão obcecados por nós."

William abriu a porta da adega, entrou e pegou uma garrafa.

"Não entendo como você não está cansado deles", eu disse.

"Matt é um cara legal. Ele não é como os outros idiotas deste bairro. Se tiver que ouvir mais uma discussão sobre as perspectivas de eleição do conselho de revisão de arquitetura, vou me enforcar. Além disso, eu trabalho com Neena."

Suspirei. "Sim, eu também tenho funcionários. E sabe de uma coisa? Não vou sair com as empregadas nos fins de semana. Há uma razão pela qual você deveria separar negócios e lazer."

Ele empurrou a garrafa de volta no lugar e puxou outra.

"O que você tem contra ela?", ele perguntou. "As coisas estão melhorando na wt. Eu já te disse isso. Gostaria que você torcesse para que desse certo."

Franzi a testa. "Estou *sempre* torcendo pelas empresas. Mas, mesmo que a equipe esteja progredindo com ela, isso não significa que Neena e Matt tenham que puxar nosso saco todos os dias da semana. Sinto que nunca mais ficarei sozinha com você." Ajustei o termostato no porão, aumentando em um grau. "E você percebeu que os Plymouth não vieram?"

"Quem?"

"Ned e Judy Plymouth, das Indústrias Plymouth."

Ele largou a garrafa de vinho e olhou em minha direção. "Por que eles viriam?"

116

"Eu os convidei. Parei Judy no clube na semana passada e a convidei pessoalmente." E, sem querer ser arrogante, mas um convite pessoal de Cat Winthorpe era equiparável a uma indicação ao Oscar. Passei dez anos construindo essa influência, e a mulher de rosto pálido corou na hora, segurando meu braço com suas garras de unhas vermelhas, e me *garantiu* que eles viriam. Eu não tinha mencionado Neena, e estava quase tonta com a ideia de ver a reação dela e de Ned quando um encontrasse o outro. A imaginação disso superou qualquer aborrecimento com a presença dela, e eu fiquei colada a seu lado, pronta para assistir à interação entre eles. Minha excitação se transformou lentamente em decepção quando percebi que os Plymouth não iriam aparecer. Judy estava praticamente empolgada para vir, então, Ned deve ter sido a pedra no sapato. Talvez ele tenha descoberto que contratamos Neena e estivesse preocupado com sua presença.

"Eu não entendo o que os Plymouth têm a ver com a nossa festa." William se afastou da prateleira e se dirigiu à porta. "Mas, olha, eu sinto muito por tê-los convidado para assistir *Tubarão* conosco. Você ainda está a fim?"

Eu ri, apagando a luz. "Sempre."

"Então, vamos te deixar molhada de medo."

Eu o parei antes da entrada da sala de cinema, o envolvendo em um abraço. Ele não resistiu ao gesto nem me perguntou mais nada. Ele passou os braços ao redor de mim, como se fosse um cobertor de segurança, e deu à sua esposa insegura o longo momento de que precisava.

Na tela, os créditos finais de *Tubarão* subiram. Eu estava deitada contra o peito de William, com um cobertor de caxemira sobre nossos corpos, tentando afastar Neena da minha mente.

Ele passou os dedos pelo topo da minha cabeça. "Quer assistir outro filme?"

Mudei para uma posição mais confortável e me lembrei da maneira como ela o abraçou, o agarrando por um instante a mais do que o necessário. "Claro. Qual?"

Ele ergueu o controle remoto, percorrendo nossa lista de filmes de Quatro de Julho.

Observei os nomes familiares passarem.

"*Independence Day*", eu disse em um murmúrio.

Ele clicou no link, e eu me virei para ele, sentindo-me incapaz de conter uma última pergunta sobre Neena que estava me incomodando.

"Você contou a ela sobre meus cistos?"

Ele não disse nada, mas eu podia sentir os músculos de seu peito se contraírem embaixo de mim.

Eu me ajeitei para ter uma melhor visão de seu rosto.

"Você contou", eu o acusei.

"Não contei a ela por que não tivemos filhos, apenas disse que estamos tentando."

"Ah, certo. Então, você não mencionou que o problema sou eu, e não você?"

Seu silêncio respondeu à pergunta. Eu me apoiei em seu colo e me virei para encontrar seu olhar. "Isso é algo muito pessoal, William. Deveria ter ficado entre *nós*."

"Não foi minha intenção, apenas saiu. Nós dois estamos lidando com isso. Ela com Matt, eu com..."

"Ai, meu Deus, pare." Senti que as lágrimas viriam a qualquer momento. "Você não pode..." A imagem deles juntos, reclamando de seus cônjuges inférteis. Falando sobre as oportunidades perdidas e os filhos que desejavam ter. Dois indivíduos férteis, ambos casados com terríveis exemplares de cônjuges. Será que haviam considerado a opção fácil, aquela que estaria indicada tão claramente diante deles?

O constrangimento inundou meu corpo. "Esta noite, Neena me perguntou por que não tivemos filhos. Fiquei sentada mentindo para ela, e ela sabia disso. Você imagina como eu me senti idiota? Sabendo que ela acha que isso é algum segredo que vocês dois compartilham?" Eu o empurrei, e ele me agarrou pelo braço.

"Quando o assunto surgiu?", eu continuei. "Como surgiu? Porque, com certeza, não tem nada a ver com a Winthorpe Tech."

"Eu não me lembro." Ele me olhou com uma cara feia. "Apenas aconteceu. De passagem. Sinto muito."

"Quando?" Permaneci imóvel, teimosamente obcecada com a pergunta. "Não me diga que não se lembra, porque você se lembra de tudo." Ele era uma enciclopédia de conversas e detalhes, insignificantes e importantes. Ele seria um demônio se fosse chamado para testemunhar e um terror absoluto para se ter uma discussão.

Ele engoliu em seco, e eu observei seu pomo de Adão oscilar com o movimento. "No almoço, uns quinze dias atrás."

"Você não me disse que foi almoçar com ela." Eu soltei meu braço de sua mão.

Ele contorceu o rosto. "Nós não almoçamos juntos... Eu estava almoçando, ela parou na mesa, e acabamos comendo juntos."

Parecia mentira, mas eu estava emotiva demais para decifrar os detalhes.

"E...?"

"E ela perguntou por que não tivemos filhos. As pessoas perguntam isso, Cat. É uma pergunta normal. Não me diga que você não compreende."

As pessoas perguntam. Quantas pessoas perguntaram isso a ele? Quantas vezes ele revelou os detalhes da minha luta contra a infertilidade?

Eu me virei e, quando percebi que ele ia me seguir, parei e levantei a mão. "Me deixe em paz. Apenas... me deixe em paz."

Caminhei em silêncio por aquela casa imensa, sentindo meus passos se acelerando enquanto minhas emoções feridas explodiam. Eu o ouvi chamando meu nome, seus passos soando pelas escadas, depois, pelo corredor. Me agachei ao lado do único lugar onde ele não me encontraria. Entrei no elevador de comida, segurei minhas pernas sobre a superfície de madeira polida e fechei a pesada porta isolante. Recostando na parede, respirei fundo e desatei a chorar.

CAPÍTULO 20
NEENA

"Você vai sair para correr?" Cat me encarou como se eu tivesse acabado de anunciar meus planos de me juntar ao circo. Atrás dela, o calor da casa emanava pelas amplas portas da frente, fazendo cócegas na minha pele.

Dei a ela meu melhor sorriso. "William se ofereceu para me mostrar as trilhas do bairro. Tentei encontrá-las por conta própria, mas não consegui."

"Sério? As placas são bem óbvias." Ela cruzou os braços sobre o peito.

"Está se sentindo melhor? Eu andei pensando, sabe, que talvez tenha sido aquela salada de batata do Quatro de Julho que te deixou enjoada. Você não vomitou, não é?"

A expressão de Cat foi tomada por um olhar de irritação, um olhar que desfigurava seus belos traços e os transformava em uma cara de bruxa velha.

"Não acho que tenha sido a salada de batata", ela disse.

William apareceu ao lado dela com uma camisa de manga comprida aconchegada em seu peito forte e um boné de beisebol que escondia seu cabelo escuro. Em calças de ginástica e Nikes, ele parecia bom o suficiente para ser comido.

"Pronta?", ele perguntou.

"Pronta." Acenei a ele, animada. "Voltaremos em uma hora."

"Eu..." Ela tentou fazer alguma objeção. "Will, você precisa de uma garrafa de água ou..."

"Eu vou ficar bem." Ele deu um beijo rápido na sua boca e passou pela porta, erguendo o queixo em minha direção. "Bom dia."

"Bom dia." Virei de costas para ela e desci correndo os degraus. Alcancei o pátio e saltei para cima e para baixo no lugar, aquecendo meus músculos. "Você quer ir na frente?", perguntei.

Ele acenou com a cabeça em direção à estrada principal. "Claro. Vamos pegar a trilha em Britnon. É um circuito de seis quilômetros, se estiver tudo bem para você."

Dei um sorriso arrogante e olhei para ele com uma expressão de zombaria.

"Apenas tente me acompanhar", ele arrematou.

Comecei a descer a estradinha. William corria com facilidade ao meu lado, seus passos eram quase duas vezes maiores que os meus. Não importava. Meu armário tinha uma pilha de camisetas de maratona em uma dúzia de cores diferentes. Quando o observei saindo em corridas matinais, comecei a percorrer quilômetros na esteira, aumentando a velocidade e a distância até voltar ao modo de corrida. E... era simples assim, outro ponto na coluna "Neena é melhor que Cat".

Soltei uma baforada de ar, me lembrando de que eu deveria ser paciente com William. Embora nosso progresso tenha sido lento, eu estava começando a acelerar. Nosso contato havia passado de profissional para pessoal, minhas mensagens de texto eram respondidas com velocidade crescente, nossa coleção de piadas internas foi aumentando, minhas sugestões de almoço não encontravam mais tanta relutância; ao contrário, eram aceitas de imediato. Ele não recuava mais com meu toque casual, estava perdendo a rigidez e a cautela que normalmente demonstrava com os funcionários da Winthorpe Tech.

Contornamos a curva, quase até chegar ao portão dele, e eu olhei para a topo dos galhos das árvores e inalei o ar fresco da manhã, me dando um tapinha nas costas mentalmente. Esta corrida já era uma vitória. Eu tinha sido cuidadosa com Cat até agora, mas aquele lampejo de insegurança em seu rosto quando ele se juntou a mim na corrida... aquilo tinha sido inesperadamente agradável. Será que ela já havia começado a importuná-lo por minha causa?

Tudo o que eu precisava fazer era permanecer inocente aos olhos dele. Manter a minha sanidade diante da loucura dela. A diversão tranquila em contraste com sua paranoia neurótica. Um refúgio seguro para seus pensamentos e receios. Um sistema de apoio que o faria se sentir valorizado e protegido. Eu seria uma versão melhor *dela*, mergulhada na luz tentadora do fruto proibido.

"Por que você está sorrindo?" Ele roçou o braço dele no meu quando passamos pelos portões abertos e seguimos para a rua.

"Não é nada." Olhei para o chão, de repente, ciente de como minhas bochechas estavam esticadas com o sorriso. "Estava apenas pensando nos membros da equipe. Eu tive algum avanço com eles recentemente."

"Sério?"

Seu foco era uma das coisas que eu estava começando a amar nele. Era como se ele parasse tudo em sua vida e voltasse toda a sua atenção para mim. Senti isso quando ele me entrevistou pela primeira vez, e saboreei de novo enquanto as pedrinhas eram esmagadas sob nossos tênis de corrida, observando sua cabeça se virando para mim.

"Sim." Continuei minha história fictícia e esperava que ele observasse os paralelos. "No início, eles me mantinham distante, mas agora começaram a permitir que eu me aproxime." Subimos a colina, tomando a beira da estrada, protegidos do vento pelo muro de pedra de uma propriedade. Ao contornarmos a curva, a vista de Palo Alto surgiu em meio à névoa da manhã.

Paramos no parque e nos alongamos, meus músculos agora estavam quentes e flexíveis. Apoiei um pé no topo de um banco e me estiquei de volta no outro, fazendo um alongamento extenso que ele não pôde deixar de notar. Então, me virei para ele rapidamente e flagrei um instante antes que seus olhos se afastassem. Será que ele estava imaginando o que mais minhas pernas flexíveis poderiam fazer?

Estiquei meus tendões e minhas coxas; depois, acenei com a cabeça para a pequena área gramada sob as árvores. "Você pode alongar minhas costas?", perguntei.

Eu me deitei sobre a grama bem cuidada e ergui uma perna. Ele se acomodou acima de mim, com os joelhos no chão, o ombro rente ao meu tornozelo. Quando ele se inclinou para a frente, minha perna se moveu sem esforço, meus anos de dança na adolescência ainda estavam me abençoando com a capacidade de fazer um espacate ou uma abertura. Suas sobrancelhas se ergueram, e eu interpretei isso como admiração, então, ele empurrou minha perna para mais longe, seu corpo foi se aproximando do meu. Ele estava tão perto que eu pude sentir o calor de seu corpo, e eu estava adorando o aperto de sua mão na minha coxa, o calor de cada dedo.

O risco da cena me atingiu com uma intensidade deliciosa. Imaginei o conversível de Cat fazendo a curva ao longo da estrada, as luzes de freio brilhando quando ela visse seu marido em cima de mim, com os olhos dele sobre os meus, sua pélvis pressionada contra a minha coxa. Eu olhei para ele, e aquele sorriso maravilhoso invadiu o seu rosto, seus olhos foram se enrugando nas bordas, seu...

"Está pronta para a próxima etapa?"

Confirmei, e ele se apoiou nos calcanhares, colocando uma perna para baixo e levantando a outra. Ele voltou para a posição, e eu tentei decifrar meu caminho através de seu pensamento. Ele estava em guarda? Não parecia estar. Mas estava nervoso... sim. Ainda estava um pouco nervoso. Meio desconfiado. Eu me lembrei de seu dedo roçando meu joelho na Ferrari. Aquele lindo momento de contato que nunca havia sido recriado. Isso, pelo menos, foi um movimento na direção certa. Toque. Proximidade. Ele devia estar esticando as amarras de seu autocontrole.

Ele era mais difícil de decifrar do que eu esperava, mas essa lealdade era uma das coisas mais atraentes nele. Quanto mais ele estabelecia limites ou se mantinha sob controle, eu o desejava mais. Eu o apreciava mais. Cat se apegou a ele, mas ela deveria se sentir grata. Ela estava começando a irritá-lo por causa de nossa amizade crescente, enquanto a mulher inteligente interpretava a esposa solidária e amorosa.

Mas era isso que tornava esse jogo tão divertido de jogar. Eu tinha as cartas. Eu conhecia as mãos. E ela... ela nem conhecia o jogo.

Ele grunhiu um pouco, aplicando mais pressão, meu pé foi passando por cima da minha cabeça, e eu fechei os olhos em êxtase com o som.

CAPÍTULO 21

CAT

O relatório completo de Tom Beck sobre Neena tinha trinta e duas páginas. Eu me acomodei na ponta do nosso sofá, com um cappuccino na mão, e virei a folha de rosto em relevo.

As primeiras páginas eram tristes, mas não surpreendentes.

Ela tinha sido pobre, ainda mais do que eu. Uma beldade de uma cidade pequena, cuja mãe fugiu quando ela tinha 10 anos, e seu pai seguiu o exemplo sete anos depois. Ela conquistou a simpatia de todos na cidade enquanto usava a coroa de... Apertei os olhos para uma foto granulada de uma jovem Neena com uma coroa e uma faixa, a legenda do jornal estava quase ilegível. A Rainha dos Morangos. Incrível. Não é de surpreender que ela tenha omitido isso em sua candidatura para o conselho da instituição de caridade de vinhos. Aparentemente, ela havia morado com os tios até a formatura e, depois, se casou com Matthew Ryder.

Daquele ponto em diante, as coisas ficavam entediantes. Folheei rápido as páginas de escrituras, os extratos de cartões de crédito e as pontuações dos cartões. Tudo na média. A seção de histórico médico foi onde as coisas ficaram interessantes.

Eu sabia que ela havia feito algumas operações, mas ainda assim fiquei de boca aberta diante de sua lista de cirurgias. Braquioplastia. Enxerto nos glúteos. Lipo no abdome. Aumento de seios. Um segundo aumento de seios. Implantes na bochecha. Elevação de sobrancelhas. Cirurgia nas pálpebras. Implante de queixo. Remodelação da orelha. Rinoplastia. Remoção de gordura do pescoço. Lábios e vaginoplastia.

Ela era o monstro de Frankenstein, e eu folheei rapidamente o resto do relatório esperando encontrar uma foto anterior da loirinha. Não havia mais nenhuma foto dela além daquela no recorte de jornal, então, voltei para a seção de histórico médico do relatório.

Abaixo da lista de cirurgias estéticas, havia uma seção nomeada como "Outras Cirurgias". Passei o dedo por uma apendicectomia, uma remoção dos dentes do siso, uma fratura de braço, uma torção de tornozelo — minha unha parou no último item e eu examinei os detalhes, me concentrando na data.

Oito anos atrás. Um aborto.

Passaram-se três dias, e tudo em que eu conseguia pensar era no bebê abortado de Neena. Todas aquelas perguntas invasivas quando ela sabia que eu estava lutando por conta da minha infertilidade. Oito anos atrás, ela estava grávida. Grávida! Grávida, mas desistiu. Será que a história dela sobre o câncer de próstata de Matt era verdadeira? Caso fosse, isso apenas reafirmava minha crença de que ela era uma trapaceira. Tirei o pote de salada de macarrão com lagosta da geladeira e abri a tampa do que seria o nosso almoço. O telefone de William tocou, e eu empurrei minha cabeça para o lado a tempo de vê-lo silenciar a notificação, voltando sua atenção para a papelada diante dele. O telefone tocou de novo, e eu atravessei a ilha da cozinha e o agarrei, sem me surpreender ao ver o nome dela na tela. Duas novas mensagens.

Trouxe algumas das minhas bombas de massa de biscoito para o escritório.
Está com fome?

Ainda está de pé nossa reunião às três?

Reprimi o desejo de perguntar por que Neena estava mandando mensagens para ele. Eles tinham um cronograma de reuniões vigente. Segundas, quartas e sextas às três. Não havia necessidade de confirmar.

Não havia necessidade de fofoquinhas por mensagem todas as horas do dia. Ele estava ficando cada vez mais confortável com ela, e meus nervos estavam se desgastando a cada toque de seu telefone.

Sua invasão em nossa vida passou por qualquer limite de normas sociais. Matt e Neena pareciam estar em todos os lugares que estávamos, o tempo todo.

Você tem um camarote no estádio dos 49ers? Nós amaaamos futebol americano.

Ah, que engraçado encontrar você no mercado. Junte-se a nós para o almoço!

Desculpe aparecer, mas acidentalmente compramos um vinho extra que é o seu favorito!

Estamos comendo uma porcaria saudável e desagradável no jantar. Por que vocês não vêm e também fingem gostar?

Ok, essa última mensagem não tinha sido literal, mas eu li nas entrelinhas. Adicione as novas corridas quinzenais de Neena e William, e eu não podia me virar sem ver seu rosto ridículo. E agora, que ele estava em casa para o almoço, ela ainda estava nos interrompendo. Coloquei o telefone dele no silencioso e o joguei de volta no balcão. "Estou exausta dela. Juro por Deus! Eu só queria passar um dia sem ver o rosto dela e sem ouvir sua risada ridícula."

"Quem?" William virou para a próxima página, repassando com sua caneta as linhas de um contrato.

"Neena", eu retruquei.

"Quando você se tornou tão cruel?"

"O que disse?"

"Não há nada de errado com a risada dela. Nem com suas roupas, nem com qualquer outra coisa da qual você sinta necessidade de reclamar." Ele rabiscou sua assinatura sobre o bloco na parte inferior da página e pontilhou os *is* em seu nome com um pouco mais de intensidade do que o necessário.

Eu me virei, puxando os pratos do armário e os jogando sobre o balcão.

"Então, você a está defendendo, agora?"

"Eu só não entendo por que você é tão hostil com ela. Ela está fazendo o melhor que pode. Ela não é como você, Cat. Ela não tem tudo na vida."

Emiti um som abafado. "Adoraria saber o *que* isso significa."

Ele abandonou o contrato e se levantou, contornando a borda do balcão. Encostado no mármore, ele tentou me afastar da comida e me puxar para perto dele. "Significa que você é linda."

Eu resisti, em pé diante dele, com os braços cruzados.

"E ela não é... Você não precisa trabalhar, mas ela precisa. Você é a rainha deste círculo social, mas ela está excluída dele. Deve ser difícil, para ela, tentar competir com você, conosco e com o nosso mundo." Ele diminuiu o espaço entre nós, me abraçando, apesar de eu continuar com os meus braços cruzados; o posicionamento estranho de nossos corpos foi quebrando minha compostura severa enquanto ele tentava baixar meus braços.

Um sorriso rompeu em meu rosto, e ele aproveitou a trégua e me deu dois beijos, um em cada bochecha.

Forcei uma carranca de volta ao lugar e me afastei dele, com minha mente revirando o relatório de Tom Beck e me perguntando o quanto eu deveria compartilhar do seu conteúdo. "Me elogiar não desculpa o fato de ela não ter limites. Vir aqui e pedir para você tirar um pássaro da casa dela? Ela não sabe como espantar um bicho?"

"Ela estava petrificada de medo, Cat. Quando entramos no recinto em que ele estava, ela ficou tremendo."

Eu bufei. "Ah, por favor. E pedir carona para o trabalho? Ela poderia ter pegado um carro reserva. Eu liguei para a concessionária. Eles têm vários carros lá. Ela teve que especificamente recusar um carro. Por que ela fez isso?" Dei um tapa na minha testa. "Ah, verdade. Porque ela quer passar um tempo com você. Ela é *uma cobra*, William. Uma *cobra*!" Inspirei bruscamente, sem entender por que eu estava gritando, de repente. Voltei para o nosso almoço e marquei os itens de menu necessários, depois, peguei um abacate da tigela.

"Cat."

Eu o ignorei enquanto puxava uma faca do cepo e cortava a fruta ao meio na tábua de pedra. Ela havia engravidado. Ela não tinha percebido que bênção era aquela? Ela poderia ter um filho de 8 anos agora, mas não teve. Ela o jogou fora, e eu não conseguia sequer chegar ao ponto de ter um aborto espontâneo. Senti um soluço subindo pela minha garganta e o engoli, piscando com força para conter as lágrimas.

"Por favor, pegue leve com ela", ele pediu.

Juntei os pedaços do abacate e passei a ponta da faca no sentido vertical, fatiando a polpa. Respirei rápido e, então, falei: "Não quero que você saia para correr com ela outra vez!".

Ele deu uma risada incrédula. "Nossa... Você está tão insegura assim com a situação? Você quer que eu a demita também? É isso que você quer? Vamos precisar nos mudar para outra casa?"

Peguei uns pedaços de pimenta e passei a faca com vigor contra suas listras, seus cubos verdes e vermelhos voaram ao longo da tábua de corte.

Aquela piranha loira tinha me colocado contra a parede, e eu odiava aquilo.

CAPÍTULO 22
CAT

"Bom dia, sra. Winthorpe."

"Bom dia." Sorri para o *chef* e me servi de uma xícara de café. "Vou caminhar pelos jardins. Se William descer para o café da manhã antes de eu voltar, por favor, avise-o."

"Certamente." Philip assentiu. Peguei minha caneca e saí pela porta dos fundos, inspirando o ar daquela manhã fresca. As hortênsias estavam em plena floração, então, reservei um instante para apreciar os canteiros coloridos contrastando com as rosas e o gramado. Os jardins se estendiam entre nossa casa e a piscina, depois, voltavam para a entrada do pomar nos fundos do nosso terreno. Passei anos cultivando a combinação perfeita de macieiras e limoeiros, ornados por arbustos de especiarias e morangos.

As sebes que criavam uma privacidade entre nós e os Ryder terminavam na borda de nossa casa; a parte de trás da casa deles ficava exposta se você penetrasse mais fundo em nossos jardins. Passei por um canteiro de rosas brancas e ergui os olhos. Avistei Matt na varanda superior, com seu café na mão.

Ele se apoiava no corrimão e, mesmo a distância, pude ver alguns pelos escuros em seu peito, saindo do topo de seu robe branco.

"Bom dia!", ele gritou.

"Bom dia." Eu me aproximei e levantei a mão, o cumprimentando. "Está bem quente aqui fora!"

Os dias anteriores tinham sido horríveis, o ar estivera denso de tanta umidade, o céu estivera escuro e cinzento.

Ele riu. "Não sei se está quente, mas vou aceitar."

Um silêncio constrangedor surgiu entre nós, a distância era longa demais para que estabelecêssemos uma conversa de verdade. Ainda assim, o esforço tinha de ser feito.

"O piso ficou ótimo", eu disse.

Ele veio para o meu lado da varanda e se inclinou para a frente, cobrindo a orelha em concha. "O quê?"

Contornei um canteiro de lírios e me inclinei contra a cerca baixa de pedras entre nossos quintais. "O piso!" Apontei para os novos tijolos brancos que circulavam a piscina. Seria impossível manter aquela cor limpa. Eu disse isso a Neena, mas ela ignorou meu conselho e escolheu uma cor de ossos, que requeria branqueamento e limpeza por pressão semanalmente. Fiz um sinal com o polegar para cima.

Ele assentiu e, então, se virou, com uma expressão de culpa reluzindo em seu rosto. A porta atrás dele se abriu, e eu vi Neena aparecer, vestindo sua roupa de ginástica obrigatória. Provavelmente, ela já havia percorrido oito quilômetros na esteira e, depois, deveria ter feito polichinelos para queimar as calorias de seu café da manhã.

"Bom dia!", eu gritei, acenando para ela.

Ela se colocou ao lado de Matt e olhou para mim sem retribuir o sorriso. "Oi, Cat." Se virando para o marido, ela disse algo que eu não consegui entender.

Então, ela baixou a cabeça e ele me fez um aceno estranho.

"Até mais", ele gritou de lá.

Eu ergui minha xícara em uma saudação como resposta e, então, fixei meu olhar no rosto de Neena. Ela olhou para mim como se eu tivesse mijado em seu cereal. Mantive minha expressão leve, minha voz ensolarada.

"Dá para acreditar nesse clima?", eu disse num tom de voz alto o suficiente para que ela ouvisse.

Ela cruzou os braços sobre o peito. "É, está bom."

"Matt parece *ótimo*... essa dieta cetogênica é incrível." Pousei meus antebraços sobre a cerca, sentindo um pouco de ar frio entrando pela abertura do meu robe. "Talvez eu devesse colocar William nisso."

Ela piscou para mim, e eu pude ver a luta interior que ela teve com uma resposta. Provavelmente, ela estava em dúvida entre me dizer para tirar os olhos do marido dela e reagir à referência a William.

"Como foi a reunião do festival de vinhos?", ela disse, enfim.

Eu deveria ter ficado surpresa com o fato de ela saber a respeito disso. No entanto, eu não fiquei. Era curioso que ela tivesse perguntado, pois ela havia surgido como um tópico na conversa. Valerie Cortenza havia dito que viu William saindo do Bevy's Sandwiches com Neena na terça-feira anterior. Achei essa informação muito interessante, considerando que eu não estava ciente daquele almoço. Voltei para casa e verifiquei meu calendário. Eu tinha jantado cedo com William naquela noite, e ele não mencionou uma palavra sequer sobre ter almoçado com ela.

"Foi bom. Mais uma vez, sinto *muito* que você não tenha entrado no conselho." Franzi a testa, fingindo estar chateada.

Então, eu empurrei a cerca e bebi um gole do meu café, me certificando de exibir a mão com o diamante, a enorme pedra que era impossível de ser ignorada. *Ele é meu.*

"Tenha um bom dia, Neena."

"Você também."

Ela sorriu, eu sorri, e o frio da manhã não podia nos atingir.

CAPÍTULO 23
CAT

"Não acredito que não estou aí." William pigarreou, sua exaustão era audível até mesmo pelo telefone. "Já estou com saudades."

Eu me estiquei na cama principal em nossa casa havaiana e afastei os lençóis caros. "Eu sei. Como estão as coisas por aí?"

Ele gemeu. "Nem consigo explicar como essa situação está complicada. Estou repassando os números para tentar salvar o negócio, mas não parece bom."

"Sinto muito." Afofei o travesseiro sob minha cabeça. "Devíamos ter cancelado a viagem." Ele estava no telefone desde o instante em que partimos para a ilha. Metade das minhas conversas com ele foram ignoradas, seus dedos tamborilavam no telefone, o som de suas notificações de mensagens estava me deixando louca. Ele havia abandonado dois jantares no meio de nossas entradas, saindo do restaurante para fazer ligações e voltando depois que eu já havia terminado a sobremesa.

"Mesmo os breves momentos valeram a pena. Só que eu devo a você outra viagem depois de demitir todos os membros da minha equipe de aquisições."

Para variar, os problemas não eram com a Winthorpe Tech, mas com a Winthorpe Capital. William estava no meio da aquisição de uma empresa de contabilidade quando um informante na alta administração revelou que metade da documentação da auditoria legal havia sido alterada. Nessa manhã, William havia deixado o jatinho no Havaí e pegou um voo comercial direto, às nove. Ele foi direto do aeroporto para o escritório e se enterrou no trabalho. Eu recebia notícias esporádicas dele ao longo do dia, seu nível de energia ia diminuindo a cada ligação.

Suspirei no receptor. "Eu poderia ter voltado com você. Estaria arrastando você para a cama e o forçaria a dormir algumas horas."

"Por mais tentador que pareça, fico feliz que você esteja aí. Alguém precisa apreciar essa vista."

Olhei para as águas azul-turquesa através das portas francesas abertas, a suave varredura das ondas era quase inaudível.

"Prefiro olhar para outras coisas", eu disse.

"Apenas aproveite os próximos dias. Receba muitas massagens e use o nosso cartão de crédito. Espero que você volte bronzeada, mimada e pronta para me punir por nossas férias frustradas."

"Em que tipo de punição você está pensando?"

Ele gemeu. "Algo depravado. Use aquela renda preta que eu amo tanto."

Eu sorri, rolando de lado e ajeitando o travesseiro de penas sob minha cabeça. "Não coloque ideias na minha mente."

Ele riu e, embora ele estivesse exausto, aquilo era letal para o meu coração. Eu não queria nada mais do que tê-lo ao meu lado, sentir seu corpo quente enrolado no meu.

"Você falou com Matt ou Neena?" Puxei o lençol mais para cima, sobre o meu corpo.

Ele fez uma pausa de que não gostei, houve uma hesitação antes de ele responder: "Não. Por quê?".

"Eu só estava me perguntando se eles sabiam que você estava de volta." Fechei os olhos, tentando afastar minha paranoia. Ele estava no escritório. Não havia um lugar mais seguro para ele estar em uma noite de domingo em termos de mulheres ou tentação. "Você está planejando dormir, em algum momento?"

"Assim que eu descobrir os números reais e falar com a equipe jurídica, vou me deitar por uma hora. Que horas são? Quase onze e meia?"

"Sim." Bocejei. "Estou na cama, agora."

"Na Califórnia, você já é um ano mais velha."

133

"Eca." Eu me encolhi de lado. "Prefiro a minha idade havaiana."

"Feliz aniversário, querida. Me ligue quando acordar. Estarei um pouco mais lúcido de manhã."

"Pode deixar. Eu te amo."

Depois que ele desligou o telefone, fiquei deitada por quase uma hora, sentindo minha mente se deteriorar com a minha idade avançando, seu lado vazio da cama estava gritando comigo. Por que eu permiti que ele voltasse para casa sozinho? Era contra todos os alicerces sobre os quais nosso relacionamento foi construído. Fazíamos tudo juntos, mas eu o deixei me convencer a ficar ali — no meu aniversário, sozinha.

Na manhã seguinte, abri uma garrafa de champanhe gelado e despejei uma quantidade generosa na minha taça de suco de laranja. É engraçado como os aniversários, com o tempo, ficam mais dolorosos.

Primeiro, havia os presentes obrigatórios, que eram uma arte em nossos círculos sociais, cada item cuidadosamente selecionado para enviar a mensagem certa e cada um exigindo um cartão de agradecimento perfeitamente redigido. O mero ato de dar e receber era um campo social minado, no qual eu demorei anos para aprender a navegar corretamente.

Depois, havia as ligações de meus pais, de minhas irmãs, dos meus amigos e de uma dúzia de contatos profissionais e sociais. Todos bem-intencionados, mas indesejáveis, sobretudo em um dia como hoje, quando eu só queria ter William por perto, sorrindo para mim sob o sol havaiano, a mil quilômetros de distância de Neena. Era para ser o nosso momento de nos reconectarmos, de ter quatro dias sem seu sorrisinho presunçoso, seus pratos embrulhados em papel-alumínio no meio do nosso balcão, suas opiniões se esgueirando nas minhas conversas com William. Se eu ouvisse *Neena disse que...* mais uma vez, agarraria minhas orelhas com as mãos e as arrancaria.

Ainda pior do que a menção de William a seu nome, era seu silêncio. Eu podia senti-lo se afastando de mim. Seu telefone se tornou um anexo quase constante, seus e-mails e suas mensagens de texto dominavam nosso tempo juntos. Estávamos juntos havia treze anos, e eu nunca o tinha visto tão distraído. Algo estava errado, e eu comecei a contar os dias para nossa viagem com um plano secreto para nos unir novamente na ilha.

E olha como isso acabou bem. William estava de volta em casa, e eu estava navegando por mensagens de estranhos que me desejavam felicidades pela passagem do meu aniversário no Facebook. Como se envelhecer fosse algo para comemorar no meu mundo. Será que, um dia, eu seria velha demais para William? Eu nunca havia considerado essa possibilidade, sempre tão arrogante na minha visão do nosso casamento. Entretanto, ultimamente, com Neena seguindo meus passos, eu estava questionando tudo. Virei o copo, meu estômago vazio rolou em protesto contra as bolhas. Coloquei o telefone na mesa, olhei para a água e considerei caminhar até a praia e terminar a garrafa de champanhe em uma das redes à beira do mar.

Meu celular tocou, e eu o peguei, vendo o rosto da minha mãe na tela.

"Oi, mãe."

"Feliz aniversário, querida."

Uma onda inesperada de emoção me atingiu. Ao fundo, eu podia ouvir a voz do meu pai e o som do beisebol na televisão. Eu o imaginei em sua poltrona reclinável, com uma manta esticada sobre suas pernas. Eu me sentei na cadeira mais próxima e ouvi minha mãe conversar sobre os eventos do dia, recebendo atualizações sobre a família da minha irmã e seus filhos. Ela perguntou sobre nossa viagem, e eu estendi os dois primeiros dias em quatro, aproveitando o clima e as refeições decadentes de que desfrutamos.

"Passe o telefone para William. Quero dar um oi."

"Ah, mãe, ele está no chuveiro. Direi a ele, quando sair."

A mentira ficou presa na minha garganta, meu orgulho era forte demais para admitir que eu estava passando meu aniversário sozinha.

Me apressei para finalizar a ligação e desliguei, discando imediatamente o número de William. Tocou uma vez e foi para o correio de voz, como se ele estivesse ao telefone. Suspirei e encerrei a ligação sem deixar recado.

Minha mente estava começando a girar de forma sombria, minha solidão nesta casa à beira-mar dava a minhas dúvidas, minhas inseguranças e minha paranoia margem para trabalhar horas extras. O medo crescia. Proliferava. Havia algo de errado entre nós?

Eu já tinha me sentido assim antes. Seis anos atrás, tive uma sensação semelhante. William estava passando mais tempo no escritório, e eu comecei a suspeitar de pequenas mudanças. Havia uma colônia que ele começou a usar com frequência notável. Um novo regime de exercícios que ele estava seguindo. Um entusiasmo pelo escritório que eu nunca tinha visto.

Acessei remotamente seu computador de trabalho um dia e passei horas vasculhando e-mails antes de encontrar o possível culpado. Primeiro, um e-mail entre ele e sua assistente, onde ela o chamava de sr. Presidente. Embora isso fosse um pouco estranho, não era completamente fora do normal. Ele era presidente e sócio-gerente das empresas Winthorpe. Mas, em sua resposta, ele a chamou de sra. Lewinsky.

Eu olhei para aquelas palavras até elas ficarem borradas, sentindo as lágrimas quentes inundando os cantos dos meus olhos, sua presença rapidamente apagada e substituída por algo mais forte.

Imprimi todos os e-mails entre eles desde o início de seu emprego e enlouqueci com um marcador e uma caneta, sublinhando linhas incriminatórias e rabiscando notas com muitos pontos de exclamação. Quando meu marido desinformado chegou em casa, todas as superfícies de seu escritório em casa estavam cobertas de páginas brancas furiosas, e minhas malas estavam arrumadas e ajeitadas ao lado da porta.

Eu tinha me comportado como uma cobra bebê, incapaz de controlar meu veneno e atacando com tudo no primeiro golpe, sem reservas para a morena atarracada que havia passado dos limites com meu marido.

E ela *era* atarracada. Essa era a coisa mais alarmante de todas. Eu passei nosso casamento em alerta máximo para as gatinhas *sexy*, as rainhas glamourosas, as modelos *pinup* disfarçadas de secretárias. Eu conhecia o tipo dele — morenas com belas pernas e corpos esculturais — e havia bloqueado todas as ameaças potenciais com precisão exata. Ele era um homem atraente, que interessava a praticamente todas as mulheres por aí, e eu passei os primeiros anos do nosso casamento jogando *badminton* com beldades até encontrar uma base segura em sua fidelidade. No entanto, quando ele se desviou, foi com a mais comum das mulheres. Brenda Flort. Quarenta e dois anos de idade contra os trinta e cinco anos dele. Ela tinha uma gordurinha ao redor da barriga e usava calças um pouco curtas demais. Usava óculos porque "as lentes de contato faziam seus olhos doerem". Seu cabelo vivia em um coque perpétuo e bagunçado. Ela era uma mulher a quem William nunca deveria ter dado uma segunda olhada, mas ele deu. Ele arriscou nosso casamento em virtude do flerte. Mas eu percebi que, no momento em que ele atravessou essa porta, ele compreendeu o que estava acontecendo.

Não correu nada bem mesmo. Eu esperava um remorso choroso, um estremecimento em sua compostura, e ele me implorando para perdoá-lo, para lhe dar outra chance.

Em vez disso, ele se tornou arrogante, descartando meus e-mails como se não fossem nada. Ele me chamou de louca e acusou conhecidos meus que eram inocentes, os pintando com o mesmo pincel.

Brigamos durante horas, nossas gargantas foram ficando roucas. Eles inventaram apelidos um para o outro depois de uma conversa sobre uma notícia de Monica Lewinsky. *Pronto*. Ela era velha, pelo amor de Deus. Eu achava que ele estava dormindo com ela? Ele não tinha permissão para brincar com sua própria equipe? Eu era tão insegura assim em nosso relacionamento? Ele já havia me dado, em sete anos, algum motivo para duvidar dele?

Desvaneci e comecei a questionar cada palavra que li. Eu me odiei por não ter investigado mais — por não o ter seguido para obter mais provas do que apenas e-mails. Eu estava errada? Teria sido apenas um jogo de palavras inocente?

Fiquei em silêncio, e quando ele me pegou em seus braços, eu permiti. Aceitei suas garantias e engoli minhas preocupações. As malas voltaram para o nosso armário, onde foram desfeitas pelos empregados da casa na manhã seguinte; nossa vida voltou a ser perfeita de novo ao meio-dia.

Eu havia cedido, mas, apesar dos meus comentários despreocupados em relação à Neena, eu nunca mais confiei totalmente nele.

Eu estava perto do mar quando meu telefone tocou. Me afastando da água, vasculhei no bolso do meu roupão e puxei o celular. "Oi, amor."

"Odeio não estar aí para comemorar com você." William soava culpado, e eu abandonei qualquer pensamento de compartilhar minha festa de amargura com ele.

Adotando um tom leve, falei a ele sobre o meu dia, destacando meu almoço, contando a ele como tinha sido o meu café da manhã à beira-mar e que havia encontrado uma concha intacta, meio enterrada na areia.

"Parece que você esteve bebendo."

Olhei para a garrafa de champanhe, quase vazia na minha mão. "Eu estive. Lembra daquela garrafa de Dom que tínhamos guardado para esta noite? E dos morangos cobertos de chocolate?"

"Ah." Ele suspirou. "É verdade. Eu tinha grandes planos de lamber tudo do seu corpo."

"Não me provoque. Temos mais dois dias antes de nos vermos. Já estou planejando atacar você assim que chegar em casa."

Ele ficou em silêncio por um instante. "Estou infeliz sem você. Não quero arruinar toda a sua diversão, mas... preciso de você aqui."

Ele precisava de mim. Era um sentimento demonstrado com frequência entre nós, mas minhas emoções famintas engoliram aquelas palavras como se eu as estivesse ouvindo pela primeira vez. Joguei a garrafa no chão, observando enquanto um pouco de champanhe escorria pela parte de cima e desaparecia na areia. "Ligue para o aeroporto e peça para prepararem o jatinho. Vou subir e fazer as malas. Posso estar a caminho em vinte minutos." Calculei o tempo na minha cabeça. Um voo de cinco horas... Eu poderia estar lá à meia-noite, no horário da Califórnia.

"Obrigado." Sua voz estava embargada com o peso da urgência e do amor. "Eu prometo... vamos voltar para a ilha e aproveitar do jeito certo."

"Eu sei que sim." Fiz um som de beijo ao telefone e subi pela areia macia em direção à casa, ansiosa para fazer as malas e me reencontrar com meu marido. Eu não gostava de ficar longe dele. Sobretudo com Neena por perto. Observando. Esperando. Será que ela sabia que ele estava em casa?

CAPÍTULO 24

NEENA

A galinha estava sem a coxa esquerda. Pela porta aberta do forno, olhei para o pássaro de uma perna só, depois, virei a cabeça e xinguei Matt. Ele continuou vasculhando a geladeira, imperturbado pelo meu grito.

"Honestamente, eu vou te matar." Bati o forno e abri a tampa do lixo, imediatamente avistando a evidência, meio embrulhada em uma toalha de papel suja.

Ele pegou um pote de iogurte e tirou a tampa, me ignorando.

"Você *sabe* que eu gosto de carne escura", eu reclamei, batendo a tampa do lixo de volta e resmungando porque ela não se encaixava corretamente.

Claro que ele sabia. Eu sempre reivindicava as coxas e as sobrecoxas. Provavelmente, ele havia comido por despeito à minha recusa em adicionar algum pacote de futebol à nossa conta de TV a cabo.

"O frango ainda nem está pronto. Ainda faltam mais uns vinte minutos para terminar de assar." Quem sabe, ele pegasse salmonela e morresse. Eu receberia sua apólice de seguro de cinco milhões de dólares e me livraria das dores de cabeça. Eu me afeiçoei a essa ideia e, não pela primeira vez em nosso casamento, a adicionei à lista de possíveis cenários de aposentadoria.

Voltando à minha preparação de fritada de queijo e brócolis, parei ao ouvir o som do telefone zumbindo ao lado da tigela da batedeira. Lambendo um pedaço de queijo da ponta do dedo, agarrei o celular.

Tive que voltar mais cedo. Não se assuste se vir luzes acesas aqui.

Olhei para a mensagem de William. *Ele* teve que voltar? Ele a deixou lá sozinha? Pensei no anúncio presunçoso de Cat de que eles estariam no Havaí aproveitando algum "tempo a sós" para comemorar seu aniversário. Ah! Provavelmente, ela deve ter assoprado as velas de aniversário em um bolo de solidão. Eu me inclinei contra o balcão e mandei uma mensagem de volta.

Eu: Quando você voltou?
William: Ontem, mas fiquei direto no escritório.
Eu: Está tudo bem? Posso levar um pouco de comida?

"Este é o sorriso que eu amo." Matt contornou o balcão, vindo para o meu lado e me puxando para me abraçar. Segurei o telefone numa zona fora de perigo e dei um beijo rápido nele. "O quê? Você encontrou a receita perfeita?"

"Não, eu acabei de receber uma mensagem de um funcionário. Houve um avanço com o dispositivo." Coloquei o celular no meu bolso de trás e sorri para ele. Eu poderia convidar William para comer conosco, mas onde estaria a diversão nisso? Sua atenção estaria focada em Matt, e, embora eu me interessasse por sua estreita união, estava começando a pensar que essa amizade poderia retardar meu progresso com William.

E eu precisava desse progresso. Meu foco nele aumentou dez vezes depois da recente traição de Cat, entregue no papel timbrado da instituição de caridade de vinhos na última segunda-feira. *Lamentamos informar que...*

Como se fossem uma porra de uma universidade da Ivy League. Um bando de mães de lacrosse, viciadas em Zolpidem, isso é o que elas eram. Eu poderia ter levado inteligência para o grupo. Eu era *doutora*. Eles deveriam ter me aceitado, sem perguntas.

No entanto, eu nem tinha chegado à lista de finalistas que foram entrevistados pelo conselho. Minha amizade com Cat deveria ter me garantido *isso*, mesmo que eu não tivesse outros pontos fortes a meu favor.

Estava claro que ela havia me sabotado. Ela não me queria por lá, por isso, cortou meu nome com uma unha perfeitamente bem cuidada. Eu disse a ela o quanto isso era importante para mim. Eu até me ofereci para reduzir minhas interações com William, mas ela não se importou. Egoísta, era isso que ela era. Egoísta e míope.

Cat fez mais do que me remover do grupo de candidatos. Ela traçou uma linha de batalha na areia e adicionou um novo incentivo para minha sedução de William.

"Vá se sentar." Apontei para a poltrona reclinável de Matt, uma peça ridícula de mobília familiar para a qual eu havia perdido a batalha. A coisa horrorosa era irritantemente confortável, seu canto de sereia era quase tranquilizante em dias monótonos. "Se você me distrair, vou queimar tudo de propósito."

Seu sorriso se curvou, revelando o dente lascado em uma briga que ocorrera quando ele estava no sexto ano.

"E estragar seu recorde culinário perfeito? Você não se atreveria", ele insinuou.

Era doce o modo como ele me amava. Aposto que ele me amava ainda mais do que William amava Cat. Ela pensava que era uma rainha, mas seu castelo era feito de areia. Uma onda loira no momento exato e... pronto. Erosão lenta no início, depois, uma cascata.

O telefone vibrou contra meu traseiro. Observando Matt se esgueirar até sua cadeira, peguei o celular e verifiquei a mensagem.

Eu não conseguiria comer. Vou ficar no escritório até chegar o horário de ir buscar Cat no aeroporto, por volta da meia-noite. Mas obrigado.

Eu sabia o que ele queria, suas deixas estavam praticamente escritas em um *outdoor*. Digitei com uma mão enquanto despejava o queijo ralado sobre as hastes de brócolis.

De qualquer maneira, eu tenho que passar em Palo Alto, pois tenho um compromisso lá. Vou deixar um prato aí em algumas horas, supondo que não seja um incômodo.

Isso seria perfeito. Tarde da noite. O escritório vazio. Nós dois, com pratos de papel na mão, curtindo a companhia um do outro. Era uma abertura, e eu seria uma idiota se não aceitasse.

Não é incômodo nenhum. Até mais, então.

Sorri e aumentei o calor do forno.

"Então, a receita deles foi forjada?" Duas horas depois, eu estava apoiada na borda da mesa da sala de reuniões privada e observei William mergulhar na minha comida, seu prazer era evidente. Observei enquanto sua garganta flexionava, seu pomo de Adão oscilando. Ele não se barbeava havia uma semana, observei sua pele bronzeada do tempo que estivera no Havaí, seu cabelo estava precisando de um corte. O conjunto final era hipnotizante, suas feições bárbaras apenas realçavam sua boa aparência esculpida. Sua inteligência, o poder e a aparência... Eu me inclinei para mais perto dele, sentindo-me incapaz de manter uma distância respeitável.

"Pelo menos, parte dela. Estou tendo que refazer o acordo com os dados que podemos verificar e ver se ainda há lucro a ser calculado."

"E se não houver?" Eu me afastei da mesa e peguei sua garrafa vazia. Ele observou enquanto fui ao frigobar para pegar outra água para ele.

"Então, eu me retiro. Esta era uma oportunidade para expandir nossa presença, mas não era necessária. Não vou arriscar tudo em um desconhecido."

Não vou arriscar tudo em um desconhecido. Olhei para ele. Havia um significado oculto nas palavras, ou ele havia acabado de me dar um vislumbre não intencional no funcionamento interno de sua mente? Talvez ele me considerasse um coringa, com uma reação imprevisível, caso tomasse uma atitude.

Foi interessante ver sua evolução nos últimos dois meses. Ele costumava recuar quando eu o tocava e evitava contato visual prolongado. Vomitava o nome de Cat sempre que a conversa se afastava do trabalho.

Agora, eu percebia seus olhos se demorando em mim, seu olhar mais terno quando sorria, sua língua mais solta para confessar. Ele não a mencionava mais com tanta frequência e, quando o fazia, raramente usava o nome dela. Tudo conta. Pequenas setas apontando na direção certa.

Inclinei minha cintura sobre o frigobar baixo, mantendo minhas pernas retas, meu traseiro ressaltado. "Parece que você não quer desistir do acordo."

"Não quero. Se quisesse, não teria voltado aqui, para analisar os números. Estaria transando com minha esposa em uma praia no Havaí."

Eu me endireitei e me aproximei, parando um pouco antes dele, a referência grosseira havia aumentado a minha excitação competitiva.

"Mas, em vez disso, você está aqui."

"Sim." Seus olhos se ergueram para mim. "Com você."

Comigo.

Ele pegou a garrafa, e seus dedos roçaram os meus enquanto eu a soltava. William Winthorpe era um macho alfa, que gostava da perseguição, e eu nutria esse desafio de todas as maneiras possíveis. Um olhar de flerte contra-atacado com um pequeno insulto. Um toque casual seguido de uma menção ao meu marido.

Às vezes, eu me perguntava se ele estava fazendo a mesma coisa comigo. Um elogio ao meu vestido, um longo beijo na esposa dele. Respostas rápidas às minhas mensagens matinais, mas nada tarde da noite. Se era um jogo, ele jogava muito bem e parecia gostar. Eu sorri para ele e pude sentir as linhas do nosso relacionamento se desfocando.

Vizinhos. Chefe. Funcionária. Amigos.

Estávamos circulando um ao outro, a cada rotação, nos aproximando. Será que esse era o momento? Nossos olhos se encontraram, e ele se levantou. "Por que você veio até aqui, Neena?"

"Você estava com fome", eu falei baixinho, sem recuar, nossa proximidade já era avançada demais para ser profissional. Ao nosso redor, o prédio vazio estava adormecido e silencioso.

Ele colocou a água sobre a mesa de conferência e estendeu a mão, com as pontas dos dedos pousando na minha cintura e me puxando para a frente até que eu estivesse nivelada contra ele, minhas coxas contra as dele, quadril com quadril, o calor dele marcado ao longo do meu corpo. *A hora havia chegado*. Sua mão deslizou pelas minhas costas e girou ao redor do comprimento do meu cabelo, puxando-o para trás até que meu queixo se erguesse, com meu rosto virado para o dele. *Estava acontecendo*. Seu olhar caiu na minha boca. Prendi minha respiração.

E então... ele abaixou a boca e seus lábios encontraram os meus. Um toque leve, os pelos ao redor de sua boca fazendo cócegas na minha. Um segundo beijo, este mais profundo, nossos lábios se entreabrindo, a língua dele encontrando a minha. Sua boca era quente, seu beijo, terno, quase hesitante. O grande William Winthorpe em um momento de indecisão moral. Puxei a parte de trás de sua cabeça, intensificando nosso beijo, e ele correspondeu, me empurrando de volta até bater na parede da sala de conferências, suas mãos me explorando e me agarrando...

Então, ele se afastou, com as mãos levantadas como se protestasse contra sua inocência. Eu me desfiz contra a parede, com meu pé incerto, e esperei, sentindo meus lábios formigando por conta daquele contato.

"Isso não deveria ter acontecido." Ele se virou e apoiou as palmas das mãos na mesa, com seus ombros fortes curvados. Uma mão se moveu, um movimento rápido que me assustou, e a garrafa de água voou pela sala e ricocheteou na parede. Ele resmungou. "Você precisa ir."

"Eu... ah." Me esforcei para encontrar a coisa certa a dizer. "Está tudo bem, William. Ninguém nunca vai saber."

"Vai", ele rebateu.

Eu me agachei, pegando minha bolsa, e saí da sala fresca, com meus sapatos batendo suavemente pelo chão até chegar ao elevador, meus ouvidos alertas esperando o som de seu chamado.

Que não veio, mas eu não me importava. Senti a eletricidade entre nós, a paixão, a explosão de sua vontade. Esse não era o fim; era o começo, as linhas tênues entre o profissional e o pessoal, fosse apropriado ou não.

Linhas tênues. Se eu misturasse uma quantidade suficientes delas, seria possível mudar a cor de tudo.

Minha vida.

Tudo.

CAPÍTULO 25
CAT

Fazia uma semana que eu tinha voltado do Havaí, e ainda não havia me adaptado à queda de temperatura. Estava submersa na piscina aquecida, sentada no fundo da extremidade rasa, quando ouvi o som abafado de um grito. De imediato, me apoiei no chão de pedra e rompi a superfície. Piscando com a água nos meus olhos, vi Maria, nossa chefe de paisagismo, ajoelhada ao lado da piscina, acenando freneticamente para mim.

"Qual é o problema?", perguntei.

"É aí ao lado", ela sussurrou. "Os novos vizinhos. Há um homem gritando, pedindo ajuda. Eu não quero ir lá, pois pode ser necessário chamar a polícia."

Saí da piscina e estremeci sentindo o ar frio da manhã. Torcendo o meu cabelo, peguei o roupão que ela me ofereceu. Ao longe, ouvi um grito de dor e virei a cabeça em direção ao som.

"Quem está em casa? ¿Quien está aquí?"

"Ninguém. Só nós duas."

"Está bem." Puxei o roupão e enfiei os pés nos chinelos.

"Aqui está o seu telefone." Ela olhou para mim preocupada. "O que posso fazer?"

"Nada. Agradeço por me avisar." Corri pelo caminho de paralelepípedos em direção à casa dos Ryder, com meus dentes já batendo de frio. Deveria ter nadado na piscina interna, mas tinha gostado da ideia de uma sessão de banheira quente depois do meu mergulho, e possivelmente um aperitivo de *prosciutto* e melão enquanto apreciaria o cheiro de grama recém-cortada e rosas. Avistei a parede baixa entre nossas propriedades e a contornei, encontrando uma abertura nos arbustos que era grande o suficiente para que eu passasse. "Matt!", exclamei. "Matt! Você está bem?"

"Estou aqui!" Sua voz vinha do deque da piscina, e eu corri pelos degraus laterais e fui derrapando até parar, quando o avistei.

Respirei profundamente. "Matt. Não se mexa."

Ele estava deitado de bruços na grama, de forma desajeitada, com o braço dobrado para trás em um ângulo impossível, seu rosto, acinzentado de dor. A seu lado, havia pedaços de um corrimão de ferro. Olhei para cima e vi o buraco na varanda superior.

Tirei meu telefone do bolso do roupão e liguei rapidamente para o 911.

"Vou chamar uma ambulância, Matt. Tente não se mexer."

Envolvi meus braços em volta do peito, enrolando o tecido sobre mim, enquanto dizia ao operador o endereço e o que havia acontecido. Terminei a ligação. "Eles estão a caminho. Disseram que chegam em menos de cinco minutos."

"Ligue para Neena", ele murmurou.

Eu já estava teclando o número dela, e rosnei de frustração quando caiu direto no correio de voz. Encerrei a ligação e tentei outra vez. O mesmo resultado. Olhando para o relógio, liguei para a recepcionista principal da Winthorpe Tech, sentindo-me aliviada quando a assistente de William atendeu ao telefone.

"Ashley, é a Cat. Preciso falar com a Neena. Você sabe onde ela está?"

"Claro, sra. Winthorpe. Ela está em uma reunião com seu marido. Eles me pediram para não os incomodar."

Franzi a testa. "Eles estão no escritório dele?"

"Não, na sala de reuniões."

Na sala de reuniões. O único local no prédio, com exceção dos laboratórios fechados, onde havia privacidade visual. Era uma coincidência? "Peço que você os interrompa. Houve um acidente, e preciso falar com Neena imediatamente."

"Claro, sra. Winthorpe. Poderia aguardar um instante? Vou falar com ela agora mesmo."

CAPÍTULO 26
NEENA

Estava atrás da cadeira da sala de reuniões de William, a pesada peça de couro, afastada da mesa de conferência, pressionando os músculos tensos em seu pescoço. "Isso. Inspire devagar e segure." Contei até três na minha cabeça. "Agora, expire o mais devagar possível."

Encontrei um nó de tensão e o pressionei com o polegar, o feixe apertado de nervos foi se desenrolando. Ele terminou de expirar e gemeu. "Nossa... que sensação maravilhosa."

É claro que sim. Se ele estivesse nu, trabalharia em todo o seu corpo. Ele estaria gemendo meu nome e jurando lealdade a mim por toda a vida. Em breve, prometi a mim mesma. Em breve. Olhei para a porta trancada da sala de reuniões e me perguntei quanto som se ouvia fora dela.

"Incline a cabeça para trás contra a cadeira." Ele obedeceu, acomodando seu longo corpo contra o couro, e eu coloquei minhas mãos no topo de sua cabeça, passando suavemente meus dedos pelas densas mechas de seu cabelo, com minhas unhas raspando levemente contra seu couro cabeludo. "Deixe a tensão sair pela cabeça. Libere qualquer estresse ou medo e envie para o universo." Mantive o ritmo lento e metódico, lhe dando apenas o suficiente e deixando-o desejar um pouco mais. Soltei sua cabeça, girei a cadeira e parei diante dele. "Feche os olhos."

"Sempre me dando ordens..." Ele parecia entorpecido, e eu me congratulei por dar o próximo passo e apresentá-lo à meditação. Eu estava trabalhando com a equipe sobre afirmações positivas e a lei da atração — e William, embora, a princípio, não aceitasse essa ideia, estava começando a consentir.

Puxei seu cabelo suavemente, e seus olhos se abriram. Naquelas profundezas escuras, pude ver a necessidade, uma fissura de química entre nós. Estendi a mão para a frente, arrastando os dedos para baixo em suas pálpebras, um pouco surpresa que não saíssem faíscas onde meu toque pousou. Sua boca ficou ligeiramente aberta, e eu a imaginei deslizando pela minha pele, sobre a nova *lingerie* que eu estava vestindo. Peguei seu pulso e virei sua grande mão sobre a minha, o relógio foi deslizando pelo pulso. Ele ficou meio tenso, senti os tendões em seu pulso flexionando, todos os sentidos sintonizados ao meu toque.

"Mantenha os olhos fechados", ordenei. "Respire superficialmente. Repita seu mantra."

Coloquei a mão dele no braço alto da cadeira e passei os dedos pelas dobras e costuras de sua manga, trazendo mais tensão para as pontas de seus braços. "Libere seu estresse através dos meus dedos. Qualquer preocupação, qualquer medo. Deixe-os saírem. Tudo está como deveria estar, e tudo vai ficar bem."

Repeti a ação com o outro braço, e não havia tensão agora, seus membros estavam soltos e fluidos. O ritmo da sua respiração diminuiu, o peito mal se movia sob os botões de madrepérola em sua camisa azul formal. Bati os joelhos dele contra os meus, abrindo-os. Quando me sentei suavemente sobre sua coxa direita, observei seu rosto, mas não houve resposta, nenhuma objeção — outro limite facilmente cruzado ao recorrer à paciência.

Nessa manhã, eu havia me vestido para ele. Uma saia justa na altura do joelho com uma fenda de um lado. Meias que subiam até a parte superior da minha coxa. Um suéter de malha que abraçava meus seios grandes.

Passei as pontas dos dedos em padrões suaves em seu rosto, traçando as linhas de seu nariz forte, suas feições ferozes, sua mandíbula masculina, os pelos remanescentes ao se barbear. Percorri pequenos círculos em sua testa, fiz movimentos longos e suaves sobre as bochechas e toques sutis nos lábios.

Seus olhos se abriram, e eu pude ver as manchas de escuridão em seus tons castanhos. Escuridão e necessidade. Desejo lutando contra a hesitação. Forcei meus dedos a continuar se movendo, traçando a linha de sua boca, ziguezagueando sobre a textura áspera de seus lábios.

"Não posso...", sussurrei, sabendo que isso o estimularia, lhe daria um desafio, deixaria minha insegurança o distrair da sua.

Seu olhar se aguçou, e eu senti sua mão rastejar do braço da cadeira e se enrolar em minhas costas, me aproximando dele. "Você pode."

Houve um momento de quietude, uma pausa, nossos rostos se aproximando, e então ele me puxou para a frente e eu tirei minhas mãos de sua boca e agarrei sua camisa, o puxando em minha direção. Nossos lábios se encontraram, bateram e se moldaram, sua língua foi cedendo sob a minha, suas mãos, apertando minha cintura enquanto ele aprofundava o beijo.

Era tudo o que eu queria, e deixou nosso primeiro beijo na poeira. Quente e desejoso, meu corpo foi se esfregando no seu enquanto eu ofegava contra sua boca, com minhas mãos agarradas na lateral de sua camisa enquanto eu lutava contra seu beijo, nossa química aumentando à medida que o nível de calor na sala aumentava.

Saltamos com o ruído de uma batida rápida de dedos contra a porta. Respirei fundo, meus pulmões foram se expandindo quando a voz de sua assistente soou, com um tom insistente ao chamar meu nome.

Vadia. Eu me afastei de William e segurei seu olhar, o tranquilizando com meu contato visual enquanto ajeitava minha roupa no lugar. Olhando para o espelho acima de seu aparador, conferi minha maquiagem e meu cabelo. Ainda estavam perfeitos. Tudo em seu lugar. Eu virei a fechadura da porta e a abri com uma carranca. "Ashley, ainda temos quinze..."

"É o seu marido", ela me interrompeu, com suas feições comprimidas de preocupação. "Ele está ferido."

CAPÍTULO 27
CAT

Neena e William chegaram à casa de Matt juntos, o batom na boca dela estava fresco, apesar das notícias traumáticas. Observei enquanto eles saíam do carro dele, Neena passou correndo pela ambulância até chegar ao marido, na maca.

"O que aconteceu?" William perguntou ao se aproximar. Ele franziu a testa olhando para o meu cabelo molhado, desaprovando, enquanto puxava meu robe com mais força e, então, ele me envolveu em seus braços.

"Parece que ele estava apoiado no corrimão, e ele cedeu. O oficial Dan está aqui investigando isso. Ele disse que Matt teve sorte de cair na grama. Um metro para o lado, e ele teria caído sobre o piso."

William estremeceu. "Você está bem?"

"Apenas com frio." Descansei minha cabeça contra seu peito. "E eu tive que ouvir uma bronca de Dan por excesso de velocidade na vizinhança."

"Pobre garota", ele me repreendeu, dando um beijo na lateral da minha cabeça. "Encrenqueira."

"Bem, esse ato heroico deve me garantir um pouco de clemência. Eu disse isso a ele." Olhei por cima do ombro, para o nosso oficial de segurança do bairro, um detetive aposentado que levava seu trabalho muito a sério. "Ele está convencido de que isso é mais do que um velho corrimão. Você conhece Dan."

"Ah, sim. Vou tentar adivinhar... fraude contra o seguro? Ou ele está pensando em tentativa de assassinato?" Ele riu. No ano anterior, Dan estava convencido de que a tela rasgada na janela da casa da sra.

Vanderbilt tinha sido um plano frustrado de invasão domiciliar. Ele encheu nossas caixas de correio com as melhores práticas para evitar invasores, fez uma reunião especial de vigilância com os proprietários e dobrou nossas patrulhas noturnas no bairro. Por trás das portas fechadas, nós pensávamos que, se um assassino em série decidisse atacar os moradores de Atherton, Dan teria um orgasmo espontâneo com a ideia.

"Tentativa de assassinato, eu acho." Eu sorri. "Você sabe... esposa jovem, marido mal-apessoado... Aposto que Neena tem uma apólice de seguro que a deixaria confortável. Acrescente um caso, e ele terá todos os motivos de que precisa."

Era minha imaginação, ou seu corpo havia enrijecido contra o meu? Olhei para cima a tempo de captar a expressão desconfortável em seu rosto, um pouco antes de se suavizar em um sorriso.

"Cat." A voz de aço de Neena surgiu por trás de mim, e eu me virei para ver seus braços cruzados sobre os seios inflados, batendo o sapato de salto no chão. "Obrigada por ter socorrido o Matt. Acho que está tudo resolvido por enquanto. Tenho certeza de que você gostaria de ir para casa e...", seu olhar deslizou em repreensão sobre meu manto fino, "vestir algumas roupas secas."

"Só quero ter certeza de que ele está bem. Graças a Deus, ele não caiu no piso."

"Sim, estamos muito gratos", disse ela, áspera.

"Você precisa de uma carona para o hospital?" Meu marido deu um passo à frente, e eu olhei para ele, surpresa.

"Sim", ela respondeu rápido. "Isso seria..." Ela suspirou, e eu a observei de perto, imaginando se havia uma pessoa de verdade sob todo aquele plástico. "Isso seria maravilhoso. Obrigada, William."

Obrigada, William. Como se ele fosse sozinho levá-la para o hospital.

"Vou voltar para casa e me trocar." Olhei para ele. "Você passa por lá e me pega no caminho?"

"Ah, você se importa de ficar aqui?" Neena olhou para a ambulância. "Não quero deixar a casa aberta com todas essas pessoas em volta. Seria de grande ajuda se você pudesse ficar de olho nas coisas."

Meu olhar disparou entre ela e ele, meu estômago apertou com a ideia de eles irem para o hospital juntos. Seriam horas de tempo de espera, meu marido ao alcance fácil de suas garras bem cuidadas. "Claro." Eu forcei um sorriso. "Qualquer coisa que eu possa fazer para ajudar..." Envolvi meus braços ao redor de William, me enterrando em seu peito, e me ergui nas pontas dos pés, lhe dando um beijo no pescoço. "Se precisar ir para o escritório, é só me avisar. Vou até lá e o libero."

"Eu te amo", disse ele, meio rude. "Não fique mais tempo aqui fora com este cabelo molhado. Vá para dentro." Ele acenou com a cabeça em direção à casa deles. "Você pode observar as coisas de lá."

Neena deu um sorriso rígido. "Obrigada, Cat. Will, estarei no carro esperando por você."

Will? Tentei manter minhas feições suaves ao ouvir ela o chamando pelo apelido. Afinal, o que eram três letras? Empurrando o polegar ao longo do anelar, toquei o diamante, me assegurando de sua presença. Ela se dirigiu para o carro, e eu olhei nos olhos de William.

"Não me olhe assim", ele resmungou. "O que foi? Com o que você está preocupada?"

"Ashley disse que vocês dois estavam na sala de reuniões." Encolhi os ombros. "O que aconteceu com o seu escritório?"

"Eu tive uma reunião antes com um grupo grande. Fiquei na sala. Depois de me reunir com Neena, eu iria encontrar o pessoal do marketing lá." Ele me olhou com uma cara feia. "Você não tem nada com que se preocupar. Você sabe disso."

"O que eu sei é que você tem quatro empresas diferentes para administrar, e há muitas outras pessoas que poderiam levá-la ao hospital. Eu. Maria. Uma amiga, se ela tiver alguma."

"Cat, eu..."

"Veja. Matt é seu amigo. Eu entendo isso, e quero estar aqui para apoiá-los. Mas você tem estado tão ocupado ultimamente, que eu sinto que não tenho tido tempo com você. E, no entanto, agora, você pode largar tudo para ficar esperando em um hospital? Você sabe que vai demorar horas, não é?"

"Eu posso ligar..."

"Já liguei para o hospital. Já estão o esperando. Ele vai ser recebido imediatamente. O melhor e mais rápido possível. Mas, ainda assim, vai demorar um pouco." Envolvi meus braços ao redor de seu pescoço, beijando seus lábios. "Apenas... se cuide."

"Eu sempre me cuido", ele disse, com seus lábios sobre a minha boca. Eu me afastei dele, tentando acreditar em suas palavras.

CAPÍTULO 28

NEENA

Apertei o cinto de segurança me esforçando para ouvir a conversa de Will e Cat, que envolvia muitas caras feias e sacudidas de cabeça. Ela passou os braços ao redor do pescoço dele e o beijou. Observei enquanto a mão dela se enroscava no cabelo dele e ela lutava contra a onda de ciúme que rasgava seu peito. Ele não deveria beijá-la. Ele havia *me* beijado menos de uma hora antes. Não deveria beijá-la quando meu marido estava numa ambulância e a atenção deveria estar focada em *me* levar ao hospital. Ele afastou sua boca da dela, mas permaneceu no lugar, suas cabeças estavam próximas, as palavras eram silenciosas.

Procurando uma distração, estendi a mão para a frente e abri em silêncio o porta-luvas, bisbilhotando para ver o que havia lá dentro. Encontrei alguns colírios e os agarrei, olhando para fora enquanto abria a tampa de um deles. Eles ainda estavam no mesmo lugar, o corpo dela estava agarrado ao dele. Ergui o pequeno frasco, inclinei a cabeça para trás e pinguei a solução salina em ambos os olhos; depois, embolsei o recipiente, fechando o porta-luvas. Eles se viraram para mim, e eu consegui fingir um sorriso dolorido, esperando que pudessem ver as lágrimas falsas. Eu pisquei, e uma gota escorreu pela minha bochecha.

Ele beijou o topo da cabeça dela e se afastou, contornando a frente do veículo e abrindo a porta. "Você está bem?" Ele se acomodou no banco e fechou a porta, ligando o carro.

"Sim", eu respondi. Eu queria estender a mão e agarrar seu braço, entrelaçar meus dedos nos dedos dele e me aconchegar em seu calor, mas não o fiz. Eu olhei para a frente, erguendo uma mão fraca em sinal de despedida enquanto passávamos por Cat. Esse era um papel estranho de se representar: a quase viúva emotiva. Tentei pensar em uma cena que o tornaria querido para mim, que o deixaria com ciúme de Matt. Não era um caminho aberto para navegar, sobretudo se eu considerasse o poderoso caminho que já havíamos trilhado — que estava indo tão bem até sermos interrompidos. O que poderia ter acontecido nos quinze minutos seguintes daquela reunião? Eu teria montado em seus quadris, suas mãos vagariam por baixo do meu suéter? Só de pensar nisso, fiquei meio tonta e apertei os joelhos, me ajeitando no assento.

"Eles te falaram sobre os ferimentos dele?"

Eu precisava decidir o que fazer quando ele mencionasse o beijo. Com nossa interrupção abrupta, não fui capaz de seguir o plano — em que eu diria de forma relutante que não deveríamos continuar com isso, ao mesmo tempo que o estimularia. No final, planejei focar a conversa em manter o segredo e discutir o que havíamos feito. Provavelmente, eu ainda poderia seguir esse plano, mas seria menos eficaz com a mente limpa.

"Neena?"

Olhei para ele.

"Oi!?"

"Você sabe como o Matt está? Qual é a gravidade dos ferimentos?"

"Ah." Engoli em seco e me virei um pouco no banco para encará-lo, esperando que ele percebesse a umidade nas minhas bochechas. Eu deveria ter caprichado mais nas gotas. "Eles disseram que o braço está quebrado e que provavelmente algumas costelas foram fraturadas."

"Graças a Deus, Cat o ouviu gritar."

"Sim." Graças a Deus por Cat. O que eu faria sem ela? Oh, vamos todos elogiar Cat e sua capacidade de nadar em sua piscina de um milhão de dólares e ouvir os gritos do meu marido. Aposto que ela se deitou em cima dele quando o estava ajudando. Ela provavelmente deve ter afrouxado a faixa do roupão e o deixou cair, revelando seu corpo de biquíni. Será que ele olhou para ela? Cravei minhas unhas no cinto de segurança imaginando que era sua garganta. Eu não tinha muito nesta vida, mas

Matt era uma das poucas coisas que eram solidamente minhas. Estava além dos limites outra mulher ficar em cima dele durante um momento em que ele estava ferido e não conseguia se afastar.

E, além disso, ela não tinha salvado a vida dele. Com sorte, eu teria voltado para casa depois do meu encontro com William e o encontrado. Caso contrário... haveria um braço quebrado e algumas costelas fraturadas. Ele poderia eventualmente ter rastejado para dentro e chamado a ambulância por conta própria. Ou, Deus me livre, ter se dirigido ao hospital. Sinceramente, não sei por que ela se encarregou de ligar para o 911 em vez de apenas ligar para mim.

William parou. "Cat conhece a diretora do hospital. Já ligou para ela, então, eles vão cuidar bem de Matt."

Eu não sabia, antes de Cat esfregar na minha cara, que os Winthorpe haviam financiado a construção da nova ala leste do hospital. Ela me garantiu que a equipe se curvaria para Matt se soubesse da "nossa conexão".

Ela não tinha ideia do que eram conexões. Não tinha ideia do que estava acontecendo entre seu marido e eu. William estava preso no anzol. Eu só precisava de um tempo — sem ela nem Matt — para fisgá-lo.

"Olha..." E aí viria... a menção ao beijo. Eu já podia sentir o arrependimento cobrindo suas palavras, um pedido de desculpas pairando em seus lábios.

Eu o interrompi na passagem. "Não se preocupe com isso." Eu o observei virar no semáforo, vi as vitrines e placas de rua passando, o sol da manhã entrando pelo para-brisa dianteiro. Abaixei o visor e resisti à vontade de levantar o assento, a altura estava ajustada para as longas pernas e o tronco de Cat. "Fica entre nós. Ninguém precisa saber disso."

Ele não disse nada, apenas manteve os olhos na estrada. Quando o carro entrou no hospital, soltei o cinto de segurança e me inclinei para a frente, pegando minha bolsa do assoalho. "Se importa de me deixar na frente do hospital? Vou avisar a recepção que estamos aqui."

Ele assentiu, estacionando até a grande entrada da frente e parando no meio-fio. Ele puxou o freio de mão, e eu me inclinei em sua direção, quase rastejando sobre o console central enquanto envolvia meus braços em torno de seu pescoço, o abraçando. "Obrigada", eu sussurrei, na esperança de que ele pudesse sentir meu perfume.

Senti sua mão deslizando pelas minhas costas, me apertando contra ele por um breve instante.

"Vou estacionar e encontro você. Me ligue, se tiver algum problema."

Eu me afastei e abri a porta. "Obrigada. Nos vemos lá dentro."

Houve um instante antes que eu saísse, uma fenda no tempo em que nossos olhos se encontraram, e eu senti a corrente profunda de nossa química ainda tensa entre nós.

Saindo do carro, não pude conter meu sorriso.

CAPÍTULO 29
NEENA

Matt estava estranho no carro. Seu gesso estava grande demais, batendo na porta e emitindo um ruído alto enquanto ele tentava ajustar o cinto de segurança. Do banco de trás, eu o observei e percebi que ele estava bem atrapalhado, e tive que engolir um comentário ácido.

"Obrigado pela carona", ele disse a William; depois, virou a cabeça, tentando olhar para mim. "Neena, por que você não veio dirigindo seu carro?"

Olhei pela janela, sentindo-me grata por ele não poder me ver de onde estava. "Eu fiquei preocupada demais com você. Achamos que seria mais seguro se William dirigisse."

Matt comprou essa ideia com a mesma facilidade que comprava todas as mentiras que eu lhe oferecia. Ouvi sua falação ininterrupta, recriando uma cena digna de bocejo para nós.

Café na mão. Puro, como sempre.
O tempo estava frio demais para ficar na varanda.
Vi um falcão em uma das árvores.
Estava encostado no corrimão, como sempre fazia, quando ele cedeu.

"Juro, nunca amaldiçoei aquele pé-direito do primeiro andar na minha vida. O que você acha que ele tem, uns cinco metros?"

O silêncio pairou sobre nós, e eu percebi que ele estava falando comigo. "Hum, sim. Cinco metros."

Matt riu, e não sei por que ele achou isso engraçado. "Ainda bem que eu caí na grama. Sabe, dizem que você deve soltar o corpo ao cair, e eu *sabia* disso, mas estendi minha mão como um idiota. Ainda bem que não pousei com os pés, primeiro. Eu teria quebrado esses meus tornozelos fracos como gravetos."

De fato, ele tinha tornozelos fracos. Costumávamos rir disso. Uma vez, coloquei uma tornozeleira minha nele e ela se encaixou, embora um pouco apertada, com a corrente de ouro em torno de sua perna peluda.

"O médico me deu três semanas para ficar em casa e deixar minhas costelas sararem."

Fiz uma careta só de imaginar isso. Três semanas tropeçando nele em casa? Eu ficaria louca. E era seu braço direito que havia quebrado, no fim das contas. Ele já demandava uma alta manutenção... daria mais trabalho ainda com uma mão dominante prejudicada. Estendi a mão para a frente e esfreguei seu ombro bom, para que William percebesse aquela ação. "Vou cuidar bem de você, querido. Vou te mimar até você não aguentar mais. Você vai odiar quando, enfim, estiver curado e tiver de voltar ao trabalho."

Ele virou a cabeça e beijou minha mão. Ele realmente era gentil. Seria difícil recriar a quantidade de amor que Matt sentia por mim e sua confiança cega, combinadas com sua capacidade de ignorar todas as minhas falhas.

O celular de William tocou, e eu vi o nome de Cat acender no visor. Ele bateu na tela, e a voz dela atravessou os alto-falantes.

"Oi, meu amor. Onde você está?"

Eu odiava a maneira como ela falava com ele. Eu estava cheia de tanta propriedade, tanta familiaridade e confiança. Eu estava com Matt desde o ensino médio, mas, de alguma forma, sempre que os via juntos, parecia que éramos inadequados. Mal podia esperar para derrubá-la de seu pedestal e destruir aquela arrogância espontânea.

"Estamos indo para a casa de Matt, agora." O semáforo ficou amarelo, e William pisou no acelerador, passando por ele quando ficou vermelho.

"Ótimo! Vou até lá e encontro vocês. Joguei os pedaços da varanda no lixo e coloquei um pouco de fita adesiva entre as hastes."

"Isso é ótimo, Cat." Matt se esticou para a frente, como se precisasse se aproximar do receptor delicado para que ela o ouvisse. "Muito obrigado."

Ah, sim. Muito, muito, muito obrigado. Eu imaginei a cena: ela passando pelo nosso quarto e indo para a varanda. Provavelmente, ela nos julgava a cada passo pela casa. Graças a Deus, eu tinha arrumado a cama.

"Vou colocar um corrimão temporário", William disse. "Posso fazer isso amanhã à noite. Vai quebrar um galho até que você consiga encontrar uma peça de reposição."

"Isso seria ótimo." Estendi a mão para a frente e apertei seu braço, deixando minha mão passar por cima de seu bíceps. "É muito gentil de sua parte, Will."

Do outro lado do telefone, Cat não disse nada, mas eu sabia que isso — o fato de eu estar com nossos dois homens — a deixava irritada. Voltei para meu lugar e sorri. "Will?" Chamei com uma voz doce. "Você se importaria de parar no caminho para pegarmos algo para comer?"

"Já deixei a comida aqui", Cat interrompeu de súbito. "William, Philip acabou de fazer rolinhos de lagosta e aqueles biscoitos de queijo que você adora."

William se animou enquanto ela tagarelava sem parar, falando sobre seu almoço gourmet, e eu estava quase vomitando quando eles encerraram a ligação com seu "eu te amo" e desligaram o telefone. Não era natural a frequência com que diziam isso. Como alguém ligada à área de saúde, eu podia reconhecer a insegurança no gesto, a necessidade constante de adornar os sentimentos com um gigantesco ponto de exclamação vermelho de preocupação. Se eu fosse conselheira matrimonial, diria a eles para conter as palavras e demonstrar mais seu amor com atitudes. Eu também puxaria William de lado e deixaria claro que ele poderia conseguir algo muito, muito melhor.

Começamos a subir a colina, entrando no bairro, e eu olhei pela janela, observando a paisagem passar. Nos bancos da frente, os homens estavam numa conversa acalorada sobre as chances de os 49ers disputarem os *playoffs*. Ouvi enquanto falavam, rindo e se insultando, e me perguntei se William se sentia culpado em relação a Matt, por ter me beijado. Ou será que ele era como eu, que se excitava com a proximidade do risco?

Eu ainda não sabia, mas logo descobriria. Se houvesse culpa, eu a removeria com uma massagem. Inventaria e forneceria uma justificativa para nossas atitudes. E, se isso o animasse, eu também jogaria dessa forma. Elevar o perigo e aumentar as apostas.

De qualquer forma, ele não tinha chance.

NEENA

Presente

"De acordo com os funcionários da Winthorpe Tech, você e William Winthorpe começaram a passar cada vez mais tempo juntos e conduziam a maioria de seus encontros para a sala de reuniões." A detetive ergueu os olhos do caderno. "Vocês estavam se encontrando na sala de reuniões porque era mais particular?"

Pensei na primeira vez em que fizemos sexo, apenas uma semana depois de Matt ter caído da varanda. Minha saia erguida ao redor dos meus quadris. O zíper de sua calça aberto. Uma caneta rolando sobre a mesa. Foi rápido. Sujo. Sexualmente insatisfatório, mas emocionalmente de tirar o fôlego.

"Não sei ao que você está tentando aludir", eu disse de uma maneira rígida. "Você já sabe que tivemos um caso. Se, de alguma forma, você não percebeu, precisa de um novo emprego. Cat garantiu que todos na cidade ficassem sabendo." Dizem que o inferno não tem fúria maior que a de uma mulher desprezada, e Cat tinha sido um exemplo brilhante desse mantra.

"Você tem razão, Neena. Temos provas de que você seduziu Ned Plymouth. Provas de que você seduziu William Winthorpe. Vamos pular direto para o cerne da questão." Ela se sentou na beira da mesa, perto o suficiente para me tocar, e cruzou os braços sobre o peito esquelético. "Quando você decidiu que seu marido deveria morrer?"

PARTE 4

AGOSTO
Um mês antes

CAPÍTULO 30
CAT

"Juro, eu literalmente não conseguiria ouvir mais nenhuma das histórias daquela mulher. Eram repulsivas. Se você tivesse ficado preso ao lado dela em um voo internacional, teria feito a mesma coisa."

William tremeu, dando uma risada silenciosa, o copo nunca chegava aos seus lábios, pois ele o colocava toda hora sobre a mesa. Ele ergueu uma mão e tentou falar. "Eu... eu não teria. Eu teria sorrido de forma educada e ouvido todas as histórias."

"Ah, eu duvido", salivei, me inclinando para trás enquanto o garçom colocava um bolo de morango na minha frente. "Você não faria isso. Durante a história sobre a orgia no parquinho, você teria encontrado uma desculpa. Talvez não a de um fantasma em um avião..."

"Definitivamente, não a de um fantasma em um avião." Ele puxou a torta de chocolate para mais perto dele. "Eu teria ido ao banheiro."

"Eu fiz isso", apontei. "Fui ao banheiro, voltei e ela mergulhou de volta em suas histórias."

Enfiei meu garfo nas seis camadas de bolo e creme, observando enquanto o funcionário de luvas brancas servia mais sobremesas. Depois de dois dias de um detox à base de sucos, jogamos a preocupação pela janela e nos proclamamos merecedores de um encontro com bebidas e sobremesas. Duas garrafas de champanhe depois, estávamos rindo ao nos lembrar de uma avó promíscua com a qual fiquei presa em um voo de onze horas para Londres. Sem opções, comecei a gritar dizendo que tinha visto um fantasma sentado em seu colo. As atribuladas comissárias de bordo da primeira classe me garantiram que não havia fantasma algum, mas eu me mantive irredutível até que elas me transportaram para um outro assento.

Ele ergueu a taça para mim. "Um brinde à inclusão na lista negra da American Airlines."

"Valeu a pena." Bati a minha taça na dele. "Além do mais, isso o levou à compra do jato." Abri um sorriso para ele. "O que pode ter sido meu plano maligno o tempo todo."

Ele sorriu e disse: "Eu te amo tanto...".

Eu me inclinei sobre a mesa e roubei-lhe um beijo.

Estávamos assistindo ao preparo das bananas Foster quando ele soltou a bomba.

"Estive pensando... Eu estou pronto para mudar de ideia a respeito de começar uma família."

Foi uma declaração tão inesperada que eu me engasguei, com um pedaço de morango alojado na garganta. Tomei um bom gole de água e consegui fazer descer. Meu estômago foi se contraindo em protesto contra o que ele estava prestes a dizer. Eu não poderia concordar com uma barriga de aluguel. Não poderia. Ainda não.

"Estou disposto a considerar a adoção."

A contração no meu estômago diminuiu, e eu soltei um suspiro trêmulo, mudando da água para o champanhe enquanto processava aquela informação. "Tem certeza?" Eu o observei. "Você sempre foi contra..."

"Eu tenho sido teimoso. Você sabe, linhagem masculina e orgulho. Mas eu quero ter uma família e, vamos encarar a realidade, estou ficando velho." Ele fez uma careta.

"Você não está velho." Segurei a mão dele, puxando-a por baixo da mesa, e tentei detectar se eu estava feliz ou magoada ao perceber que ele estava desistindo dos meus ovários.

Ele sorriu para mim. "Quero vê-la como mãe. E Neena disse que o processo de adoção pode ser bem rápido."

Todo o meu entusiasmo murchou imediatamente.

"O que Neena tem a ver com isso?"

"Bem, você sabe... ela e Matt, eles não podem ter filhos. Eles consideraram a adoção no passado. Foi ela quem tocou no assunto e me levou a pensar nisso."

"Então, vocês dois discutiram minha infertilidade *de novo*?" Eu afastei o prato, sentindo-me nauseada com aquele pensamento. Ela havia jogado seu bebê fora. Impediu que ele chegasse a uma família que talvez quisesse o adotar. E, no entanto, ele estava discutindo isso com *ela*. Obtendo conselhos *dela*.

"Não, não foi..." Ele parou. "Por favor, não quero estragar nossa noite. Achei que você fosse ficar feliz."

"Acho interessante que ela e Matt tenham pensado em adoção, considerando que ela fez um aborto há oito anos." Apertei a mandíbula, chateada comigo mesma por mostrar o trunfo que deveria ter segurado por mais tempo. Mas não consegui conter as palavras, não quando elas arranharam minha garganta e saíram pela minha boca. Ela havia matado o seu bebê — não tinha o direito de adotar outro.

"O quê?" Ele recuou, e talvez o meu comentário não tenha sido um desperdício, afinal. "Quem falou isso?"

"É verdade. Eu tenho provas." Cruzei os braços e os apoiei na superfície de linho branco. "Então, se Matt está sem munição, quem você acha que era o pai?" Ergui uma sobrancelha e esperei uma resposta.

Ao lado da colher, o telefone acendeu com uma notificação. Ele olhou para a tela, e eu me controlei para não estender a mão e verificar se era ela. "Não vou perguntar por que você está investigando Neena." Seu olhar se voltou para mim. "Mas eu acabei de dizer que estou aberto à adoção, algo que você insiste há anos, e você está transformando essa conversa em uma briga sobre ela."

"Eu quero que você a demita." Eu me endireitei na cadeira, um pouco surpresa com minha própria sugestão, algo que eu havia fantasiado durante semanas, mas nunca pretendi abordar. "Ela não é saudável para o nosso casamento."

"Eu não posso demiti-la", ele argumentou. "Estamos a poucas semanas da aprovação da FDA. Estamos sendo bombardeados com pedidos e ofertas... preciso manter a equipe coesa. Não posso arrancar Neena deles agora."

"Ela traiu Matt. Por que diabos eu iria querer deixar ela perto de você?" Baixei a voz, ciente da proximidade do garçom, nossas bananas Foster estavam quase prontas. "Não coloque a empresa antes de nós."

"Não coloque sua insegurança no caminho de algo pelo qual trabalhei por quatro anos." Ele pegou minha mão e a agarrou, me observando com um olhar que intimidaria qualquer um, mas nunca havia funcionado comigo.

"*Trabalhamos* durante quatro anos", eu o corrigi. "Eu estava bem ao seu lado. Apoiando você. E se eu achasse que a presença de Neena tivesse um efeito mínimo no sucesso da WT, eu..."

"Ela tem um efeito. Não importa se você vê ou não."

Soltei minha mão, desviando o olhar quando o garçom colocou a sobremesa escaldante diante de nós. Ela não tinha efeito algum, nem na Winthorpe Tech nem sobre ele. Três meses de formação de equipe e testes com funcionários não substituiriam treze anos de casamento.

"Cat, vamos nos concentrar no que é importante. Estamos prestes a colocar o dispositivo em um cenário comercializável, então, eu poderei trabalhar menos, me concentrar em nossa família. Uma família com a qual quero seguir em frente, mesmo que seja por meio de uma adoção."

Mesmo que seja por meio de uma adoção. Uma solução abaixo do padrão, mas aceitável para alcançar seu resultado final. Ele sempre foi um homem de negócios em sua essência, alheio à faca que empunhava com tanta precisão descuidada. Eu era um elemento fundamental para essa equação ou um componente que poderia ser facilmente substituído se estivesse com defeito? Eu costumava jurar por nossa lealdade. Agora, com sua recusa em demitir Neena, sua constante atenção ao telefone, seu crescente distanciamento de mim... Eu não sabia. Não sabia de mais nada.

Alisei meu guardanapo no colo e tentei encaixar meus pensamentos em gavetas organizadas que fizessem sentido.

"William, estou feliz por você ter pensado na ideia da adoção, mas sinto que você está se distanciando de mim. Neena está se colocando entre nós. Você acha que está tudo focado na Winthorpe Tech, mas é mais que isso. O interesse dela em você... não é saudável."

"Isso é a sua insegurança e sua paranoia falando. Ela dá a mesma quantidade de foco a todos os outros membros da equipe."

Revirei meus olhos. "Sério? Ela está correndo com os biólogos? Ela está aparecendo na casa de algum outro funcionário com seus biscoitos favoritos? Você não entende. Ela está indo atrás de você."

"Apenas pare." Sua voz saiu mais alta do que deveria ter saído, então, eu olhei para as outras mesas, temendo que sua voz tivesse sido ouvida. "Você pode se concentrar por um minuto? Estou tentando conversar com você sobre o nosso futuro."

"Olha, se você quiser dar início ao processo de adoção, então, eu estou dentro." Suas feições se aliviaram, e eu me apressei para concluir o meu pensamento. "Porém, no minuto em que tivermos a aprovação da FDA, Neena estará fora da Winthorpe. Dê a ela um grande bônus de demissão, se precisar, mas quero a mesa dela vazia e o crachá de segurança devolvido. Quero voltar a ter um relacionamento normal com meus vizinhos, ela em seu lado das sebes, nós do nosso. Ok?"

Ele sorriu para mim. "Claro."

"Estou falando sério", eu avisei. "Ela vai embora após a aprovação da FDA."

Ele entrelaçou os dedos nos meus e me puxou para me dar um beijo. "Combinado."

Deveria ter sentido aquilo como uma vitória, mas não senti.

CAPÍTULO 31

NEENA

Algo estava diferente com William. Senti isso em nossa reunião matinal da equipe, na maneira como seu olhar permanecia obstinadamente em diferentes pontos da sala, mas nunca na minha direção. Percebi em seu rabisco na borda do caderno durante meu exercício de visualização em grupo. Senti na quietude que se seguiu às minhas mensagens de texto, seu comportamento discursivo, de repente, reduzido a um silêncio cavernoso.

Eu o observei com cautela e tentei entender a fonte daquela frieza. Será que era por causa de Matt? Ou ele se sentia culpado por ter me beijado? Seria por causa de Cat? Vasculhei seus perfis nas redes sociais e examinei as postagens, procurando uma dica. Eventos do clube. Bailes de caridade. Fotos de qualidade profissional de seu café da manhã, com seus jardins nos fundos. Um novo par de sapatos, o ângulo não tão inocente, incluindo um vislumbre de seu closet, as prateleiras de sapatos organizadas por cores, iluminadas e exibidas como joias em uma vitrine forrada de veludo.

"Preciso que me encontre na sala de reuniões." William falou da porta do meu escritório, num tom abrupto. Sem esperar uma resposta, ele se virou e caminhou pelo corredor, indo para a sala de reuniões privada.

Fechei o meu navegador na internet, peguei meu celular e meu notebook e segui. Olhei para os dois lados do corredor, para verificar se havia alguém por perto, e então entrei.

"Feche a porta depois de entrar." Ele estava próximo das janelas, com as mãos nos bolsos.

Obedeci e, então, me movi meio hesitante para dentro da sala, me preparando para descobrir o que o estava perturbando. Minha melhor defesa, eu havia decidido, seria colocar toda a culpa em...

"Cat me disse que você fez um aborto. É verdade?" Ele se virou para mim, com seu olhar aguçado, e eu me atrapalhei diante daquela acusação, a qual não havia previsto.

"Hum, sim." De tudo o que eu havia feito, esse procedimento mal estava registrado no meu histórico, e eu tentei decifrar o que ele devia estar pensando e descobrir como aquela vadia intrometida havia descoberto. "Eu..."

"Eu não me importo com o aborto. Faça o que quiser com seu corpo, mas isso deixa bastante claro que você é uma esposa infiel. Eu não preciso ser seduzido no âmbito romântico, Neena. Somos dois adultos aqui. Se você deseja que eu faça sexo com você, é só dizer."

Pigarreei, tentando entender a rigidez em seus ombros, a dureza em suas palavras. Ele era um macho alfa. Ele deveria querer a perseguição, o jogo. Olhei para o chão e procurei reajustar minha estratégia. "Eu... não tenho certeza do que eu gostaria de fazer. Eu nunca senti..."

Ele se aproximou até ficar bem perto de mim e puxou meu queixo para cima, meus olhos mirando os seus. "Pare com essa besteira, Neena. Não vou cair nessa historinha doce e inocente. Ou você *quer*. Ou. Não. Qual é a resposta?"

"Eu quero", sussurrei.

"Tudo bem." Ele tirou a mão do meu queixo. "Levante a saia. Tire a calcinha. E, se você sentir vontade de gritar, não grite."

CAPÍTULO 32
CAT

Eu me animei com o vislumbre dos caminhões e dos outros veículos de entrega na casa dos Vanguard, estava pronta para o fim do meu verão de isolamento. Entrei em nossa garagem, esperei o portão se abrir e liguei para Kelly.

Ela atendeu quase aos gritos, sua voz foi se elevando enquanto ela fazia um sermão para o filho sobre o uso de protetor solar; depois, ela deu um alô.

"Parece que estão preparando a casa para você. Quando vocês voltam?"

"Em seis dias, mas, vou dizer, Cat, estou ansiosa por isso. Cansei da América do Sul. No ano que vem, eu disse a Josh, precisamos ir a Paris. Não falam sempre sobre Paris no verão?"

"Achei que você odiasse Paris."

Ela suspirou, parecendo meio irritada. "Tanto faz, apenas não vamos voltar para a Colômbia. Eles não estão familiarizados com o conceito de leite vaporizado."

"Parece uma vida difícil."

"Ah, cale a boca. Você é tão mimada quanto o restante de nós, apenas disfarça melhor. Mas, sim, voltaremos na sexta-feira, e vamos enviar os cavalos amanhã. Não diga nada sarcástico, porque um deles tem meu nome. Não pude resistir aos seus grandes olhos redondos."

Eu ri, e a pedra fria sobre o meu peito esquentou um pouco com a ideia de seu retorno.

"Estou pensando em, assim que voltar, organizar uma festa. Algo casual, talvez apenas alguns casais para o jogo de Stanford."

"Conte conosco." Passei pela entrada e estacionei na frente, deixando minha chave na ignição. Após eu estacionar o carro, alguém o colocava na garagem depois de o conferir de cima a baixo. Kelly estava certa? Será que eu era tão ruim quanto todos eles, ou até mesmo potencialmente pior? Fazia uma década que eu não entrava em um posto de gasolina, não tinha pisado em uma mercearia por quase o mesmo tempo, e eu não me impressionava com lençóis recém-passados, um banho já preparado para mim quando voltava do jogo de tênis, nem me importava de ter um assistente remunerado.

"O que você vai fazer para o jogo de hoje à noite?"

Gemi e abri a porta da frente, atravessando o interior silencioso do saguão e colocando minha bolsa na grande mesa redonda, ao lado de um arranjo imponente de lírios recém-colhidos. "Vamos para a casa de Neena e Matt. Ao que parece, nossos maridos se uniram por causa do futebol." Outro vínculo havia se formado enquanto eu tentava separar os dois casais.

"Como estão as coisas com a loirinha? Eu estava certa? Ela é mesmo uma sanguessuga social?"

"Você tinha razão sobre isso... e muito mais. Ela se tornou muito mais próxima de William do que eu gostaria."

"Você tem que cortar isso pela raiz antes que se torne um problema. Lembra do Josh e daquela babá? A melhor babá que eu já tinha visto, mas eu não podia deixar aquela garota de rosto lindo morando em nossa casa, não com tudo o que ela e ele pareciam ter em comum. Quero dizer... Fantasy Football?* Como eu acabei com a única mulher na Terra que gostava de Fantasy Football?"

Eu a coloquei no viva-voz e me sentei no sofá, verificando as redes sociais e, depois, meu e-mail. Meus pensamentos desaceleraram quando vi o e-mail com o remetente Tom Beck, Investigador Particular. "Kelly, tenho que ir. O jogo é às seis, e eu nem tomei banho."

---

*   Jogo em que os participantes atuam como proprietários e gerentes de times virtuais de futebol americano. [NE]

"Ok, mas, ouça: traga Neena para o jogo da próxima semana. Josh queria conversar mais com o marido dela, de qualquer maneira, e eu gostaria de passar algum tempo com ela."

Cliquei no e-mail. "Por que isso soa como se eu a estivesse levando para o abate?"

Ela soltou uma risada. "Ah, querida, você me conhece tão bem... Mas vou me comportar. No fim das contas, você precisa conhecer seu inimigo antes de poder destruí-lo."

Sorri com aquele sentimento, que refletia exatamente meus pensamentos. "Tudo bem, vou sobreviver ao jogo de hoje à noite com eles e estender o convite para sua casa na próxima semana."

"Perfeito. Nos vemos, então. Dê um abraço em William por mim."

Encerrei a chamada e percorri o e-mail, que incluía um link para a conta e algumas fotos. Ampliei as imagens.

William e Neena, na trilha do bairro, meio obscurecidos por uma árvore. Eles estavam parados perto do mirante, a mão dela sobre o braço dele, o rosto dele inclinado em direção ao dela. Casualmente inocente, mas aquela proximidade enfiou uma faca no meu estômago.

Uma foto da garagem da Winthorpe Tech. Claramente à noite, a placa de saída brilhando no escuro, apenas dois carros estacionados ao lado do carrinho do segurança. O Porsche dele e o BMW dela. Examinei a foto com os dedos trêmulos, encontrando a hora no canto superior direito — 20h44. Não fazia sentido para mim até eu ver a data: 14 de julho. Meu aniversário. Pensei na minha solidão no Havaí... em seu tempo sozinho no escritório... e olhei para a foto. Não havia nenhuma solidão no escritório.

Eu me sentei na cadeira mais próxima, sentindo meu peito apertado por uma dor aguda. Respirei fundo, tentando me acalmar, mas aquilo era demais. Ouvi o carro de William parando na entrada e fechei meu e-mail.

William sabia sobre o aborto, mas o resto... Verifiquei bem rápido meu rosto no espelho ao lado da porta, me certificando de que meus olhos estavam secos, minha expressão, calma. Eu precisava ser inteligente com o uso dessas informações, com tudo o que estava no relatório de Beck. Segurar meus trunfos até o momento crucial. Alinhar as peças do dominó e deixar que caíssem.

Já havia derrubado a primeira peça, mas ninguém sabia ainda. Abri a porta da frente e sorri para meu marido, admirando seu perfil forte enquanto ele contornava seu carro brilhante, subindo os degraus em minha direção. Ele deu um beijinho na minha boca e me ergueu, me fazendo girar em um pequeno círculo. Apertando seu corpo com força, eu olhei através do gramado verde-escuro, avistei a ponta do telhado dos Ryder, que era visível por cima de nossa fileira de ciprestes, rebaixada no terreno como uma criança de castigo.

CAPÍTULO 33
NEENA

Na minha cozinha, ajustei uma pilha de guardanapos vermelhos e enchi uma taça de vinho. "Você pode abaixar isso?", eu disse. "Mal consigo ouvir meus pensamentos."

Obediente, Matt pegou o controle remoto e ajustou o volume da televisão, não se movendo de seu lugar na sala de estar.

"E coloque esses itens no *buffet*. Eles vão chegar a qualquer momento."

Ele se levantou da poltrona reclinável e se pôs em pé, caminhando lentamente em minha direção. "As comidas e as bebidas?"

"Apenas as comidas. Coloque um descanso por baixo delas."

Olhei para os pratos com um olhar crítico. Almôndegas ao molho. Meu famoso chili. *Bruschetta* de carne e queijo azul. Eu não tinha um *chef* particular, mas não havia nada ali que fizesse Cat torcer o nariz. Abri a geladeira, verificando se havia doze garrafas da cerveja favorita de William alinhadas e disponíveis. No balcão, Matt lutou para levantar a panela pesada de chili com seu braço bom, e eu suspirei, o afastando. "Eu pego essa."

Fazia quatro dias desde o nosso sexo na sala de reuniões. Quatro dias que William ficava em seu escritório e longe do meu. Nossas reuniões de quarta e sexta-feira foram canceladas por ele, sua assistente me enviava a atualização por e-mail sem uma desculpa. Eu quase esperava que eles não aparecessem hoje, mas as mensagens de Cat tinham sido amáveis e amigáveis e não havia sinal algum de cancelamento. Minhas mensagens para William não foram lidas.

O pós-sexo era normalmente a época em que os homens me perseguiam, desesperados por garantias de seu desempenho sexual. William havia fechado o zíper das calças, enfiado a camisa para dentro e se afastado sem dizer uma palavra — então, depois disso, passou a me ignorar por completo. Eu culparia o sexo insatisfatório, mas, embora ele tivesse negligenciado meu prazer, certamente, parecia ter tido o suficiente.

Ou talvez eu estivesse errada. Talvez ele tivesse odiado. Talvez seu final rápido tenha sido uma tentativa apressada de se livrar de um erro. Minha insegurança abraçou a ideia e entrei em pânico, oferecendo sugestões e críticas em uma repetição caótica. Eu tinha que consertar as coisas antes que a dúvida se tornasse uma obsessão permanente.

Coloquei a panela de chili no lugar, centralizada no descanso, e respirei fundo. Era normal, lembrei à mesa, passar por um período de frieza depois de uma grande ação. Não tinha nada a ver com a marquinha de celulite que eu tinha visto ao puxar minha calcinha, ou com a credibilidade do meu orgasmo falso. Não poderia ser. William tinha uma personalidade obsessiva, e os obsessivos fazem parte de uma raça muito previsível, que segue um padrão convencional.

Agir.

Aproveitar.

Arrepender-se.

Afastar-se.

Desejar.

Obcecar.

Justificar.

Obcecar.

Voltar-se contra aqueles que os impedem de seguir sua obsessão.

Obcecar.

Agir.

Meu pai havia experimentado esse ciclo repetidas vezes. Com apostas. Mulheres. Álcool. Abuso. E talvez houvesse mais dele em mim do que eu queria admitir. Afinal, eu tinha desenvolvido uma espécie de vício em William Winthorpe. A construção lenta de elaborar e criar *sua* obsessão por *mim*... esse era um trabalho que não estava terminado, pulando alguns passos cruciais na minha pressa pelo prêmio. Mas não foi tudo em vão. Desempenhei bem o meu papel nos últimos quatro dias. Permaneci distante. Fui inofensiva e tentadoramente distante. Agora, só tinha que fazer a interação de hoje da maneira certa. Seguir suas deixas. Roubar sua estabilidade. Enfiar o anzol em suas guelras fundo o suficiente para que, mais tarde, quando começasse a puxá-lo, ele fosse incapaz de fazer qualquer coisa além de nadar em minha direção.

Ajustei o top dourado e decotado que inocentemente exibia um pouco do meu sutiã quando visto no ângulo certo. Estendendo a mão para o sutiã, arrumei meu decote, o trazendo para a frente antes de pegar o prato de vegetais e molhos. Seguindo Matt até a mesa do *buffet*, observei sua organização antes de acenar com a cabeça em aprovação.

"Toque, toque!" Cat gritou, abrindo aos poucos a porta lateral.

Olhei para cima, sorrindo ao ver William entrar. "E aí? Estava prestes a ligar para vocês. Está quase na hora."

"Ah, você sabe como são as coisas. Ficamos... distraídos." Ela deu uma risadinha coquete e estendeu a mão, agarrando um punhado da bunda de William como se fosse uma prostituta de vinte dólares. Tomei um gole rápido de vinho para não me engasgar.

Ela avançou e me abraçou, e eu retribuí o gesto, fazendo contato visual com William por cima do ombro.

"William." Matt se aproximou, e o rosto de William abriu um sorriso caloroso. "Pronto para ver Stanford perder?"

"Não acho que vá acontecer isso", ele respondeu. "Mas, se perder, pretendo aliviar minha angústia com aquela tequila de 21 anos que você está escondendo de mim."

Meu marido ria como se não fosse verdade, como se não escondesse a Fuenteseca toda vez que tínhamos convidados. "Vamos acabar com isso hoje à noite. Tenho a sensação de que você vai precisar."

Observei Matt levar William para longe, em direção à sala de estar.

"Essa comida está com um cheiro fantástico", Cat observou. "Não almoçamos, então, estamos morrendo de fome. E..." Ela tirou um presente embrulhado do interior de sua volumosa bolsa de grife, a mesma que estava pendurada no braço de todas as celebridades. "Trouxe isso para você. Feliz aniversário."

Fiz uma pausa, atordoada. "Como você sabia que era meu aniversário?"

"Você colocou na sua inscrição para o clube. Meu coordenador social acompanha os aniversários de todos e me envia lembretes. Sinto muito pelo atraso de um dia." Ela o acomodou no topo do bar, colocando a bolsa no balcão de granito.

Será que William também sabia? Será que não disse nada intencionalmente na sexta-feira? Será que tinha visto o enorme arranjo de rosas que Matt havia enviado para o escritório? Com certeza, ele tinha. Eu o coloquei no armário baixo, ao lado da minha mesa, à vista do corredor.

"Você não precisava me dar nada", eu disse, me sentindo impotente, pegando a caixa lindamente embrulhada que ela me ofereceu. "Não comprei nada para você no seu aniversário."

"Ah, cale a boca e abra." Ela sorriu e retirou seu casaco fino. Ela estava vestida como se fosse inverno, completa, com um lenço creme e luvas combinando. "Vamos. Esperei semanas para te dar isso."

Sob o casaco, ela vestia um vestido vermelho vibrante. Em mim, a cor teria destacado minha pele pálida, mas contra seu bronzeado verde-o-liva e suas feições escuras, seu sorriso de comercial de pasta de dente... ela parecia valer um milhão de dólares.

O embrulho era pequeno, e eu tentei adivinhar seu conteúdo. Talvez um relógio? Olhei para o meu próprio — uma réplica de um Cartier que eu havia encontrado na Black Friday, anos atrás. Rasguei o papel cor de creme grosso do embrulho, revelando uma caixa vermelha.

"Balance", ela insistiu. "Adivinhe o que é."

Obedeci, me sentindo como uma criança enquanto algo sacudia por dentro. "Hum..." Tentei algo conservador. "Um peso de papel?"

Ela soltou um som de encantamento. "Ah, você é péssima nesse jogo. Apenas abra."

Deixando de lado o papel, abri a tampa, revelando uma caixa de produto, embrulhada em um papel de seda vermelho. Meus pensamentos pararam na imagem a minha frente. Não era um relógio. *Definitivamente* não era um relógio. Olhei para ela. "Isso é..."

"Meu Deus, você vai adorar", ela lançou um olhar furtivo por cima do ombro para os homens. "Nós chamamos isso de orgasmo de seis minutos."

"Nós?" Virei a caixa, o pequeno dispositivo portátil parecia mais um massageador facial do que um brinquedo para adultos. "Nós quem?"

"Bem, você sabe." Ela pegou o papel de embrulho rasgado e tirou a caixa de presente de mim, e eu olhei para o vibrador, tentando formular uma resposta apropriada.

Quando olhei para cima, com minha mente ainda em branco, ela havia tirado a primeira luva e estava tirando a segunda. Um brilho chamou minha atenção, e eu agarrei seu pulso, dando uma olhada mais de perto no anel gigantesco em seu dedo. "Uau. Este é novo."

Ela corou. "Um presente surpresa. William me deu ontem à noite."

Pensei na ausência de mensagens dele. Em sua culpa. Virei a mão dela, examinando seu novo anel de casamento sob a luz. A pedra central tinha pelo menos dez quilates. Um corte perfeito, com uma faixa cravada de diamantes. "O que você fez com seu antigo anel?"

Ela deu de ombros. "Acho que vou escolher uma pedra que combine e mandar fazer uns brincos." Dito da maneira casual e irritante de uma mulher com mais diamantes do que sabia o que fazer com eles. O ciúme contorceu meu âmago, e lutei contra o desejo de esconder meu próprio anel. Era apenas de dois quilates, um tamanho com o qual costumava ficar feliz, mas estava começando a parecer cada vez menor com o tempo.

"É lindo." Olhei para a pedra e tentei ver o lado positivo — toda vez que a via, conseguia me lembrar do que o justificava. *A culpa dele por fazer sexo comigo.* Era um minitroféu na batalha entre nós. Apenas não conseguia dizer se tinha o meu nome ou o dela. Deveria me sentir triunfante ou derrotada?

"Ele me *pediu em casamento* quando me deu. Perguntou se eu me casaria com ele de novo." Ela piscou, e eu fiquei surpresa ao ver as lágrimas começando a cobrir os cílios sob seus olhos.

Arranquei um guardanapo do topo da pilha e ofereci a ela. "Aqui." *Ele a pediu em casamento?* Isso era um mau sinal. Pensei rapidamente, tentando entender sua mentalidade atual.

"Eu queria te agradecer." Ela agarrou meu antebraço e o apertou, achei a atitude estranha, considerando que eu ainda estava segurando a caixa do brinquedo sexual. "Não sei o que você disse a ele, mas ele falou que está pronto para adotar."

"Sério?" Meu coração se partiu. Talvez ela estivesse mentindo. Depois do que William e eu tínhamos acabado de fazer, eu não entendia como ele estaria conversando com ela sobre filhos. Uma náusea subiu quando eu a imaginei correndo atrás de uma criança, com o rosto cheio de orgulho.

Ele seria um ótimo pai. Presente. Amoroso. Muito divertido. As crianças iriam até ele por qualquer coisa que quisessem, e ele as deixaria ter tudo. Eles nunca conheceriam o insulto de sua voz os ridicularizando, ou o peso de seu corpo, os jogando contra a parede.

Não era assim que aquela conversa deveria fluir. Quando mencionei a adoção na semana anterior, foi com a intenção de apontar a infertilidade de Cat, plantando uma imagem em sua cabeça de um futuro alternativo que ele poderia ter comigo — carregando seu próprio bebê. Um genuíno Winthorpe, não o bebê rejeitado de uma mulher desprezível.

Cat suspirou. "Tenho que admitir, você fez um trabalho incrível... tanto com a equipe quanto com ele."

Algo não estava certo nisso. Cat estava calorosa demais, receptiva demais, e eu não gostei do salto repentino em apoio ao meu trabalho. Ela quase zombava do meu trabalho antes e agora o estava louvando? Tudo isso por causa do anel? Ou era a nova possibilidade de ter uma família?

Seus braços se apertaram ao redor do meu corpo, e eu acrescentei outra probabilidade — ela estava bêbada. Ela se afastou, e eu me senti insegura; de repente, havia muitos fatores se somando a este jogo.

"Enfim..." Cat enxugou os cílios e gesticulou em direção ao vibrador. "Eu realmente amo o meu, e achei que você também gostaria de ter um. Você sabe..." Ela deu um sorrisinho. "Para quando Matt estiver longe de casa."

"Ah." Olhei de novo para ele. "Obrigada."

Ela me observou por um instante, com seus belos traços comprimidos. "Ai, meu Deus. Deixei a situação meio estranha, não foi? Me desculpe."

Eu a interrompi. "Você não deixou nada estranho. Honestamente. É um presente ótimo. Só que..." Dei de ombros, sentindo-me grata por ela ter mudado de assunto. "Obrigada." *Por esse brinquedo sexual desprezível e barato.*

"Ah, não foi nada." Ela se levantou do banquinho dando um imenso sorriso. "Agora, sente-se e me deixe preparar uma bebida pra você. Temos quatro horas de tempo para matar, e tenho as fofocas mais suculentas sobre um dos guardas de segurança no portão norte."

Olhei para os homens e abri nossa gaveta de variedades, colocando o vibrador entre a tesoura, as canetas e a fita adesiva. Seguindo-a na cozinha, observei enquanto ela abria os armários e começava a trabalhar em nossas bebidas. Quando ela abandonava o papel de abelha-rainha, tinha momentos em que era quase simpática.

Ela pegou uma garrafa de vodca, e eu me aprumei.

"Ah, espere... tenho algo refrescante para você." Eu me agachei, abri o refrigerador de vinho e peguei a garrafa de *limoncello* que havia comprado para servir a ela. Abri a tampa. "Eu já abri, tive que experimentar um pouco ontem à noite para ver o que tinha de especial." Ela havia falado sem parar, em um jantar, sobre uma safra de *limoncello* que era — em suas palavras — *de matar*. Matt e William expressaram antipatia pelo licor de limão, que eu nunca havia provado.

"Uau! Não acredito que você encontrou isso." Ela avançou, agarrando aquela edição rara que eu havia passado horas rastreando. Acabei encomendando da Itália; o valor do frete era mais do que o triplo do que a garrafa havia custado. "Você não amou?"

"Tenho que concordar com Matt e William nessa. É azedo demais para mim. Então...", apontei para o licor. "Por favor, beba. É tudo para você."

"Muito obrigada." Ela sorriu e, depois, me apertou em outro abraço. Eu quase me senti culpada pelo que estava fazendo. *Quase*.

Duas horas depois, o jogo parou no intervalo e aproveitamos a oportunidade para nos sentarmos do lado de fora. Era agradável ficar olhando para a piscina iluminada, com as luzes cintilantes acesas, nossa fogueira crepitando. Embora tivesse feito isso devagar e reclamado de suas costelas e de seu braço o tempo todo, Matt realmente levantou a bunda e colaborou. Com a lesão, ele havia se tornado mais carente, como se o seu braço bom fosse tão inútil quanto o ruim. Ainda assim, seu ferimento tinha um lado positivo — suas incapacidades me deram várias oportunidades de pedir a William que viesse consertar coisas ou levantar itens pesados. E, embora meu marido tivesse muitas deficiências, a ignorância ainda era um de seus pontos fortes.

Passei pela abertura arqueada e vi os homens já próximos à fogueira, com os copos na mão, o gelo embebido em um líquido dourado. "É melhor que não seja tequila", avisei os dois enquanto deslizava meus braços em volta de Matt.

"Vamos fingir que não é." Matt sorriu para mim, e eu me ergui na ponta dos pés, dando um beijo gentilmente em seus lábios.

Roubei seu copo e olhei para ele por cima da borda, fingindo ser a esposa *sexy* e tímida. "Vamos fingir que não vou roubá-lo de você." Eu inclinei o copo para trás e fui recompensada por uma risada de William. Uma risada que eu ignorei, virando a cabeça para chamar Cat. "Precisa de ajuda?"

Na cozinha, ela cortava uma fatia da torta de mirtilo e a colocava em um prato, cantarolando a música temática de Stanford. "Não. Apenas me fale quem vai comer."

Olhei para William. "Você vai comer a minha torta?" Mantive minha expressão vaga e inocente, desprovida do tom da brincadeira que fizera com Matt.

Ele me observou, tentando identificar se eu compreendia a insinuação sexual nas palavras. "Claro", disse ele, por fim. "Vou querer um pedaço."

Eu teria preferido um comentário sobre o quanto ele amava minha torta, mas ainda classifiquei a resposta como um passo na direção certa.

Uma rodada de torta depois, eu estava na cozinha lutando com uma garrafa de champanhe quando William entrou, com dois pratos na mão, e me deu um sorriso estranho. "Aqui. Deixa que eu abro para você."

"Obrigada." Suspirei. "Esta rolha é um saco."

Ele pegou a garrafa pesada, nossos braços se roçaram, e eu me forcei a dar um passo para trás. Peguei um pano de prato e sequei minhas mãos enquanto o observava. "Olha. Sobre o que aconteceu aquele dia..." Olhei para a área nos fundos. Cat e Matt ainda estavam envolvidos em um debate acalorado sobre se uma placa de PARE era necessária no cruzamento da Rolling Pine. Ela segurava o copo contra o peito, e eu fiquei satisfeita ao ver a garrafa de *limoncello* ao lado dela, mais da metade consumida. Será que suas palavras já estavam se arrastando? "Foi um erro, e foi tudo culpa minha. Me desculpe. Não vai acontecer de novo, não *pode* acontecer de novo."

Ele assentiu. "Fico feliz em ouvir isso. Eu sinto o mesmo. Eu..."

"Bom. Isso é um alívio." Soltei um longo suspiro e consegui emitir uma risada estranha. "Eu estava preocupada, achando que você quisesse..."

"Querer não deve fazer parte da equação", ele disse, tranquilo, com os antebraços flexionados enquanto removia a rolha, o som adicionando um ponto de exclamação ao final da declaração.

"Não", eu concordei, deixando minha própria voz declinar para combinar com a dele, injetando uma pitada de desejo na única sílaba. Limpei a garganta. "Então, estamos de acordo. Nunca mais."

"Nunca mais." Ele assentiu, retribuindo meu olhar, e eu me senti aquecida com a tensão sexual que crepitava entre nós.

Desejando terminar em bom-tom, eu me virei para o armário e peguei uma taça limpa. Servi o champanhe em meu ritmo, ouvindo os passos de William contornando a ilha e indo em direção ao sofá. O jogo estava recomeçando.

Outra mulher poderia ter interpretado essa conversa como um fracasso, mas eu sabia exatamente o que estava fazendo.

Fui até a porta dos fundos para chamar Matt e parei, sentindo minhas costas enrijecendo quando o vi tomar um gole do copo de Cat. Ele fez uma pausa e tomou outro. Eu a ouvi rir e caminhei até onde os dois estavam. "O que você está fazendo?" Peguei o copo da mão dele e o empurrei para Cat. "Você odeia *limoncello*."

"Ah, eu o convenci a experimentar outra vez. Como eu disse, este é incrível. É como um doce." Ela colocou a mão no braço de Matt, e eu observei aquele contato desejando que seus dedos ficassem pretos e apodrecessem. "Não é? Diga que não gostou."

Ele corou sob a atenção dela, e eu olhei para ele, o desafiando a concordar. Captando meu olhar, ele se endireitou. "Hum, ainda acho que não é para mim. Azedo demais."

"O jogo recomeçou", eu disse bruscamente. "Vamos entrar."

"Ah, claro." Cat se levantou, tentando pegar a garrafa. Ela avaliou mal a distância, e eu me encolhi quando a garrafa se inclinou para fora da mesa e caiu sobre o ladrilho. Houve um som agudo ao cair, e eu pulei para trás enquanto o vidro e o licor disparavam em todas as direções. Cat resmungou e virou para mim com uma expressão angustiada. "Ah, Neena, sinto muito. Tenho que..." Ela balançou para um lado, e eu desejei que William estivesse ali para ver a situação em que ela estava.

"Não se preocupe com isso", eu rebati. "Vou limpar. Vá se sentar na sala de estar e faça companhia a William. Matt, você também. Não quero que você perca o jogo."

"Mas você teve todo aquele trabaaalho para encontrar." Ela arrastou a palavra e afundou em um agachamento vacilante, pegando cacos de vidro e os recolhendo na palma da mão. "Sinto muuuito."

"Sério, pare." Puxei seu braço e a coloquei em pé. "Deixa comigo."

Matt pisou com cuidado sobre a garrafa quebrada, com seu gesso erguido, como se estivesse atravessando água até a cintura. Convencendo Cat a entrar na sala de estar, ele liderou o caminho, parando para a ajudar quando ela tropeçou numa almofada.

Ela realmente deveria ir para casa. Ela não devia estar se sentindo bem. Depois de limpar a bagunça, eu iria sugerir isso.

Demorei um tempo varrendo os pedaços quebrados para uma pá de lixo; depois, limpei o chão com um esfregão seco e então usei um molhado. Quando voltei para a sala de estar, Cat estava enrolada no lado direito do sofá, sem os sapatos, com os pés debaixo dela. Seu rosto parecia quase cinza, e eu a observei com cuidado enquanto pegava a cadeira mais próxima de William. "Está se sentindo bem?"

"Não... muito, na verdade." Ela colocou a mão na barriga.

"Quer se deitar no quarto de hóspedes? Ou ir para casa? Por favor, não sinta que precisa ficar durante todo o jogo." As propostas foram entregues perfeitamente, com a quantidade certa de preocupação.

"Acho que vou mesmo para casa." Ela se abaixou e agarrou os sapatos.

"Sério?" William se inclinou para ela, vi suas feições tomadas de preocupação. "É seu estômago ou sua cabeça?"

"É mais como..." Ela se levantou, e o que quer que estivesse prestes a dizer se perdeu no movimento para a frente de seu corpo, que disparou um projétil de vômito vermelho sangue em toda a frente da camisa de William.

CAPÍTULO 34

CAT

O vômito não parava. Deixei a casa de Neena e Matt com um saco de papel na mão, William correndo até em casa para pegar nosso carro e me buscar na frente. Neena murmurou preocupada quando William abriu a porta para mim e, com cuidado, me ajudou a sentar no banco da frente. Minha visão ficou turva, e eu agarrei seu ombro, aliviada quando ele me ajudou com o cinto de segurança.

"Provavelmente, ela só precisa se deitar", Neena disse a William, tão baixinho que eu tive de me esforçar para ouvir as palavras. "Ela está bêbada. Ela vai dormir e, de manhã, estará melhor."

Ela estava enganada. No meu primeiro ano de faculdade, o recorde de bebedora mais rápida era meu em nossa irmandade. Disputava dose a dose com homens adultos na Valencia Street. Eu sabia como era estar bêbada, e isso era outra coisa. Sentia que, se eu seguisse o conselho da querida Neena e fosse dormir, jamais acordaria. Parecia que meu estômago estava se partindo em dois e apodrecendo de dentro para fora. Tudo aquilo tinha sido um erro. Ir para lá naquele dia. Beber tanto assim. Comer aquele chili horroroso e encher a barriga com almôndegas.

"Vou levá-la ao hospital, para ter certeza."

"Nós iremos com vocês." Matt, amável como era, falou sem hesitar. "Posso seguir em nosso carro."

"Para o hospital?" Neena disse, dando uma risada estranha. "William, ela está bêbada. Ou talvez esteja com um desconforto estomacal. E, Matt, há vômito por toda parte. Preciso limpar isso antes que seque."

"Estamos indo para o hospital", disse Matt, com firmeza. "William, vou trazer uma camisa limpa, a menos que você queira pegar uma do meu armário antes de ir."

"Se puder trazer uma, será ótimo. Quero levá-la para lá o mais rápido possível. Neena, agradeço a comida e as bebidas."

Ela protestou outra vez, mas William já estava contornando a frente do carro e abrindo a porta do motorista, se acomodando no banco ao meu lado. Ele estendeu sua mão e agarrou a minha. "Aguente firme, querida. Vamos chegar no hospital em apenas alguns minutos."

Uma cãibra atingiu meu abdome e eu ofeguei de dor. "Por favor, depressa."

"Envenenada?" Uma hora depois, William cerrou os olhos encarando o médico como se não entendesse a palavra. "Com o quê?"

Eu estava deitada na cama do hospital e olhei para o médico, tentando acompanhar a conversa.

"Saberemos em algumas horas. Enviamos o conteúdo do estômago para teste. Em um caso como este, normalmente, entraríamos em contato com as autoridades antes de compartilhar as informações com você. No entanto, entendemos que esta é uma situação delicada e queríamos lhe indicar a opção de incluir a polícia."

Uma situação delicada. Que maneira interessante de se referir aos milhões de dólares que doamos todos os anos. Se eu tivesse um braço quebrado e um olho roxo, teríamos o mesmo privilégio? William olhou para mim, e tivemos um longo momento de comunicação silenciosa. Voltei minha atenção para o médico. "Você saberia me dizer quanto tempo faz que eu comi... ou bebi... o que me deixou assim?"

"Em algum momento nas últimas horas. Você teve sorte de ter chegado rápido. Conseguimos remover o que você não vomitou antes que seu corpo tivesse a chance de metabolizar os produtos químicos e os transformar em ácidos tóxicos. Se isso acontecesse, você poderia ter entrado em um estado de acidose metabólica."

William assentiu, como se aquele amontoado de palavras significasse alguma coisa, e para ele, poderia mesmo significar.

"Então, nas últimas doze horas..." Olhei para o relógio na parede. Oito e meia.

"Você comeu um bagel no café da manhã", William me lembrou.

"Sim. Com café e frutas." Lutei para me lembrar do conteúdo do prato que eu havia apreciado na varanda do jardim junto ao meu novo livro. "Manga e mirtilos. Tinha... abacate e um ovo *poché* no bagel."

"Nós não almoçamos", observou William. "Eu me lembro de você dizer que estava com fome a caminho da casa dos Ryder."

"Como você se sentiu durante o dia? Alguma perda de coordenação? Cansaço? Dor de cabeça? Náusea?" A máquina ao meu lado começou a soar emitindo uma série de bipes, e o médico estendeu a mão, pressionando botões até que o som cessasse.

Franzi a testa, pensando. Depois de um tempo, balancei a cabeça. "Não estava me sentindo mal até o intervalo do jogo. Me lembro de ir ao banheiro e me sentir enjoada." Dei uma risada triste. "Pensei que era apenas o álcool subindo à minha cabeça."

"Os Ryder... são esses amigos no corredor?"

Nós dois acenamos com a cabeça, confirmando, e o médico fez uma anotação em sua prancheta. "O que você comeu na casa deles?"

"Almôndegas e chili. E *limoncello*." William respondeu por mim e, depois, inclinou a cabeça, pensando. "Você bebeu algo além do *limoncello*?"

"Um copo de água, uma vez."

Neena havia estendido o copo para mim com um olhar astuto, como se eu estivesse fazendo papel de boba e precisasse ir devagar. Pensei em seu sofá novo, agora salpicado com meu vômito, e desejei que estivesse secando nos vincos, que ficasse manchado para sempre.

"Não estou dizendo que o etilenoglicol foi o culpado, mas tem um sabor bem doce. Poderia ter sido na comida, mas provavelmente foi na sua bebida. *Limoncello* teria facilmente mascarado isso."

"Anticongelante?" William empalideceu. "Você acha que ela bebeu anticongelante?"

"Poderemos confirmar o culpado exato em breve. Mas isso é o mais comum." O médico olhou para mim. "Você quer que eu chame a polícia? Eles podem ir à casa dos Ryder e testar a comida lá."

"Não." Balancei a cabeça, pensando na garrafa de licor caída, qualquer evidência estaria perdida. "Vamos resolver isso da nossa forma. Agradeço sua discrição."

O médico saiu, e William afundou na cadeira ao lado da minha cama no hospital. "O que você acha que aconteceu? Há alguma chance de você..."

"Acidentalmente ter bebido anticongelante?" Eu me engasguei com uma risada, depois, estremeci com a dor que isso provocou em meu abdome dolorido. "Não. Mas também não quero acusar Neena e Matt de nada. Quero dizer, Matt também bebeu o *limoncello*. Não muito, mas um gole ou dois. Ele parece estar bem."

"Você tomou muito mais do que um gole ou dois", disse William, com cuidado. "O médico disse que tem um gosto doce. Você acha que pode ter ingerido um pouco?"

"Sinceramente?" Suspirei. "Não sei. Mas, William... se o *limoncello* tinha anticongelante... como? Quem?"

Ele apertou a minha mão. Do lado de fora do corredor, ouvi a voz de Neena.

Fechei os olhos e tentei me mexer na cama do hospital, soltando um grito de dor com o movimento. "Não posso lidar com Neena agora. Você poderia inventar alguma desculpa por mim? Tirar os dois daqui?"

"É claro." Ele se inclinou para a frente e beijou minha testa. "Me dê alguns minutos." Ele apertou minha mão e se levantou, saindo em silêncio da sala, puxando a porta com força ao passar. Ouvi o som abafado de sua voz, depois, a de Neena e Matt.

Queria que ela estivesse longe dali, longe de mim. Eu me lembrei de ter ouvido ela argumentando, dizendo que eu estava bem, dizendo a meu marido que eu apenas precisava dormir. Se eu tivesse dormido, poderia estar morta. Será que Matt estava bem? Será que havia sentido alguma coisa?

Sua voz ecoou outra vez, e eu agarrei o lençol, me esforçando para ouvir o que diziam. A voz de William se elevou e, quando a porta do quarto se abriu, virei a cabeça e encontrei seus olhos.

"Eles estão indo embora agora."

"Obrigada." Eu me recostei de novo na cama. "Quando poderei voltar para casa?"

"Vou enviar um médico particular para nossa casa. Podemos sair a qualquer momento, mas gostaria que uma ambulância a levasse, apenas para continuar a hidratação e o monitoramento durante o caminho."

"Mande prepararem a casa de hóspedes para o médico..."

"Os empregados já estão trabalhando nisso. Não se preocupe com nada. Apenas, fique melhor." Ele olhou para mim, seu rosto estava tenso de preocupação. "Meu Deus, Cat, se um dia eu a perdesse..."

"Isso não vai acontecer", eu prometi e fechei os olhos, reconfortada pelo aperto de sua mão sobre a minha.

CAPÍTULO 35
NEENA

Olhei pela janela enquanto Matt tirava o carro do estacionamento de visitantes. O cinto de segurança pressionava meu estômago, e eu sabia que deveria correr na esteira antes de dormir para queimar as mil calorias extras que nossa pequena reunião havia causado. A *bruschetta* tinha sido um erro. Eu não fui capaz de me impedir de pegar uma após a outra, aquelas bombas calóricas com queijo azul mal contiveram meus nervos enquanto Cat bebia um copo após o outro do caro *limoncello*. William nem *olhou* para mim no hospital. Ele me dispensou como se eu fosse um de seus empregados, como se não tivéssemos compartilhado diversos momentos especiais, um vínculo único, uma história *sexual*. Puxando a faixa do cinto de segurança, fervi com a indiferença.

Matt ligou a seta cedo demais, e o tique-taque preencheu o carro. Ouvi aquele som enlouquecedor por meio minuto, então, eu estendi a mão e a desliguei. "Não há ninguém por perto", eu disse de maneira concisa. "Apenas, vire."

Ele virou e eu olhei pela janela, observando um corredor parar no cruzamento e ficar trotando no lugar. Eu deveria ter corrido naquela manhã. Estava tão estressada com tudo na noite anterior, que não fui. "Eu deveria ter ficado em casa. Poderia ter limpado a bagunça. Agora, o vômito dela vai estar endurecido."

Honestamente, considerando a equipe de Cat, *ela* de fato devia ter enviado alguém para ajudar. Eu não tinha dinheiro nem inclinação para trazer uma equipe profissional apenas para limpar a sujeira dela.

"Acho que você não está entendendo o que aconteceu." Matt falou devagar, como se eu fosse deficiente mental. "William disse que Cat ingeriu algo que a deixou doente. Que ela foi envenenada."

"Ah, por favor", eu gaguejei. "*Envenenada*? Matt, você não deve acreditar nisso. Cat está apenas sendo dramática."

"Você a viu. Ela estava péssima. Ela vomitou em todos os lugares."

"Então, alguém *envenenou* Cat? Quem? Por quê?"

"Acho que William pensa que fomos nós", Matt disse baixinho.

Eu me encolhi. "Ele não pensa isso. Talvez ela pense isso, mas ele não. Ele nunca pensaria isso de... de nós." Quase disse *de mim*, mas contive o pronome bem a tempo.

"Você age como se não importasse o fato de Cat achar que nós a envenenamos!" Meu marido passivo explodiu, e eu me lembrei que... abaixo de seu exterior muito doce e calmo... havia um assassino. "Esse é um grande problema, Neena. Um *grande* problema."

De repente, ele agarrou o volante, com o rosto se contorcendo. "Ai, meu Deus. Acho que vou vomitar." Ele teve ânsia de vômito, e meus olhos se fixaram nele.

"Não se *atreva* a vomitar aqui. Você nem deveria estar dirigindo. Bebeu o dia todo..." Entre ele e Cat, havia um mar de vômito que ia até a minha testa. "E não sei por que você bebeu *limoncello*. Você odeia *limoncello*." Uma nova rajada de raiva me incendiou quando me lembrei dela aconchegada ao lado dele, com a mão em seu braço, da boca inocente do meu marido em sua bebida.

"Você tem algo em que eu possa vomitar?"

"Está falando sério? Encoste, eu dirijo."

Ele puxou o volante com uma força desnecessária para a direita, e eu abri a porta a tempo de ouvi-lo vomitar.

Pisoteei na frente do carro e olhei para ele, esperando enquanto ele esvaziava o estômago na grama densa. "Acabou?"

Ele não respondeu, apenas se endireitou, deu a volta e caminhou até o assento do carona. Depois de passar por cima de uma poça ridícula de vômito, eu movi o banco para a frente e apertei o cinto.

"Preciso saber se você colocou alguma coisa naquele licor." Matt fechou a porta com o braço bom, fazendo um movimento desajeitado com o gesso.

"Não coloquei nada nele."

Passei a marcha do carro e liguei os faróis.

"Neena."

Eu odiava quando ele dizia meu nome daquela forma. Como se soubesse de tudo, quando não sabia de nada.

"Não coloquei", eu insisti.

"Se você colocou alguma coisa e a polícia descobrir..."

"*Não coloquei.*"

"Não vou protegê-la. Não é como no passado. O que eu fiz... Não posso seguir por aquele caminho de novo. Quase me matou."

Voltei para a rua e ultrapassei uma minivan.

"Eu não fiz isso", eu repeti, com minha voz mais calma.

Ele não disse nada. No entanto, dentro daquele carro asfixiante, a desconfiança crescia entre nós.

CAPÍTULO 36

CAT

Dois dias depois, avistei Matt facilmente, com seu gesso laranja fluorescente se destacando no saguão do hospital bem iluminado. "Ei!" Eu sorri de maneira calorosa para ele. "O que você está fazendo aqui?"

"Vim tirar meu gesso." Ele ergueu o anexo volumoso. "Estava contando os dias. E você?"

"Ah, estou fazendo um acompanhamento médico do meu estômago. Na verdade, estou de saída. Neena está com você?" Mantive meu rosto impassível, como se não soubesse da reunião de todos os funcionários que aconteceria nos escritórios da WT, que tomaria o tempo de sua esposa por pelo menos duas horas. Passei a manhã inteira andando pelo saguão do hospital, esperando esse momento, de o encontrar sozinho. Embora eu tivesse mesmo uma consulta de acompanhamento agendada, seria apenas dali a dois dias. Enquanto isso, eu precisava compartilhar algo com ele. Uma coisa importante.

"Não, ela está trabalhando. Você está se sentindo melhor? Parece bem." Ele congelou, um olhar de pânico transpassava o seu rosto. "Quero dizer, você parece saudável. Melhor. Menos doente."

Pobre coitado. Neena provavelmente mantinha um laço em volta de seu pescoço e o apertava automaticamente sempre que sentia o cheiro de flerte.

Sorri para deixá-lo à vontade. "Estou me sentindo muito melhor, obrigada por perguntar. Além disso, perdi seis quilos, então...", encolhi os ombros, "isso é uma ótima notícia. Eu deveria beber *limoncello* todos os dias."

"Pois é." Ele se moveu de um jeito desconfortável. "Sabe, não sei como alguma coisa entrou naquela bebida, mas ligamos para a empresa, e eles vão examinar a instalação para ver se há alguma contaminação..."

"Ah, eu sei que vocês não tiveram nada a ver com isso. Você não passou mal depois daquele gole que tomou?"

"Na verdade, eu também vomitei." Suas bochechas rechonchudas estavam rosadas. "Voltando do hospital para casa. Mas estou bem agora."

"Fico me perguntando se estamos todos amaldiçoados. Sabe, dizem que os problemas vêm em trincas. Com o *limoncello* e sua queda... Só espero que não aconteça mais nada. Ontem à noite, estava pensando naquele corrimão. Vocês chegaram a investigar mais a fundo?" Eu disse como se fosse uma deixa, seu rosto empalideceu.

"Investigar o quê?"

"O corrimão na sua varanda superior. A do seu quarto. Neena não lhe contou?"

"Contou o quê?"

"Bem, a maior parte da estrutura do corrimão estava apertada e segura." Soltei uma risada curta e estranha. "*Excessivamente* segura. Não se moveria por nada. Mas, na outra ponta, por onde você caiu, havia apenas um único parafuso segurando o corrimão no lugar, e estava bem solto."

Ele franziu a testa.

"E era estranho, porque as hastes tinham uns furos, como se houvesse parafusos em algum ponto, mas todos estavam faltando. Achei isso esquisito, então, contei a Neena. Ela me disse que iria jogar fora os itens danificados e que os mostraria a você mais tarde, antes de serem recolhidos pela coleta de lixo." Fixei meus olhos nele. "Você os viu, não foi?"

"Sim", disse ele lentamente. "Sim. É claro. Eu me esqueci." Ele bateu levemente na lateral da cabeça com a palma da mão. "Estive tão distraído ultimamente."

"Ora, você tem trabalhado muito. Pensei que fosse desacelerar com o braço quebrado, mas vejo você saindo para o trabalho quase todos os dias. Você deveria dar ao seu corpo uma chance de se curar. Talvez tirar férias. Sabe, temos uma casa no Havaí. Vocês deveriam passar uma semana lá e aproveitar o restinho do verão."

Ele se encolheu um pouco no lugar. "Você é maravilhosa. E tem razão. Estou trabalhando demais. É que, com essa casa imensa, estamos um pouco estressados com os gastos. Atherton é um lugar caro." Sua expressão enrijeceu. "No entanto, não diga a Neena que eu falei isso. Ela não iria..."

"Sem problemas. Fica entre nós." Dei um tapinha afetuoso em seu braço bom. "Agora, tire esse gesso. Tenho certeza de que seu braço está coçando bastante."

"Obrigado." Ele ergueu o gesso em despedida.

"E tome cuidado", acrescentei, quase como uma reflexão. "Sem mais quedas de lugares altos."

"Pode deixar", ele disse. "Estou tomando meu café dentro de casa, agora."

Acenei para ele e o observei enquanto fazia seu caminho até a mesa da recepção. Ele era um bom mentiroso, mas eu sabia a verdade.

Neena nunca contou a ele sobre os parafusos que faltavam. Ela não podia.

CAPÍTULO 37

NEENA

Quando cheguei em casa, voltando do trabalho, meu marido estava em pé na varanda, com seu braço engessado pálido e flácido. Ele estava olhando para o corrimão rudimentar da varanda que William havia construído para nós. As novas partes de ferro demorariam meses para chegar, mas eu devo dizer que gostei da solução temporária. De fato, gostei da visão dele a montando, a camisa grudando ligeiramente em seu corpo enquanto ele levantava tábuas e martelava as coisas no lugar.

Abri a porta francesa e me juntei a ele na varanda. "O que você está fazendo?"

Matt não se virou, sua atenção ainda estava focada na haste do corrimão. "Por que você não me disse que faltavam parafusos no corrimão?"

"O quê?"

"Quando eu caí, alguém havia removido quase todos os parafusos dessa haste. É por isso que o corrimão cedeu com tanta facilidade."

"Alguém removeu todos os parafusos? Do que você está falando? Esse corrimão sempre foi meio frouxo."

"Sim, um pouco." Ele se virou para mim, e eu me encolhi ao detectar o olhar de suspeita em seu rosto. "Mas, no dia em que eu caí, cedeu quase de uma só vez."

"Então, se soltou. Por que você está me olhando desse jeito?"

"Cat lhe disse que faltavam parafusos na haste. Por que você não me contou?"

"Ela não me disse isso", eu respondi, me endireitando, indignada.

195

"Então, você não disse a ela para jogar fora as partes quebradas?"

Eu hesitei. "Não me lembro do que eu disse a ela, mas sei que ela não mencionou parafusos faltando... Você percebeu o que está dizendo? Parafusos faltando, alguém envenenando Cat?" Dei uma risada dura. "Você está paranoico."

"Não acho que estou paranoico."

Ele passou por mim e entrou na casa, seu ombro esbarrou em mim no meio do caminho.

Uma pontada de medo me atingiu, algo que não sentia havia anos.

"Matt." Eu corri atrás dele. "Matt. Para onde você está indo?"

"Para o escritório. Preciso verificar algumas coisas."

Ele desceu correndo a escada sinuosa, ouvi suas botas batendo nos degraus e emitindo um ruído alto.

"Espere." Eu o alcancei bem na frente da porta dos fundos e passei os braços ao redor dele. "Matt." Eu o puxei para que me encarasse e pressionei meu corpo contra o dele, minhas mãos apertaram seu pescoço, pousei minha boca de uma forma doce e ansiosa em seus lábios. Ele demorou a reagir, mas logo cedeu. Senti suas mãos encontrando minha cintura, sua boca correspondendo ao meu beijo. Pensei em transar com ele, mas descartei a ideia. Minha energia não estava pronta para aquela árdua tarefa. Em vez disso, eu me acomodei em seu peito. "Eu te amo", sussurrei.

Ele retribuiu o sentimento de forma brusca, com sua mão acariciando a parte de trás da minha cabeça, e eu senti, no suspiro de seu abraço, a chance de um pouco mais de tempo. Mas quanto tempo? Eu o apertei com força e reformulei as coisas em minha mente.

CAPÍTULO 38
ELE

Incrível como os portões dos seguranças eram inúteis se você estivesse a pé, vestido de preto, à noite. Bastou uma distração, um carro parando perto da dupla de oficiais, e ele escalou a parte baixa da parede sem ser detectado, protegido por um grande salgueiro. Meio quilômetro depois, passando por casas ridículas e canteiros de milhões de dólares feitos por paisagistas, ele estava descendo a garagem e se acomodando em um canto escuro do quintal.

Lá, ele esperou. Horas se passaram. O coro de grilos e sapos teve início. As luzes da casa foram apagadas, cômodo por cômodo. Quando tudo ficou escuro, ele esperou por mais uma hora e meia; então, se levantou, vestindo as luvas.

Ele destrancou a porta dos fundos e entrou em silêncio, botas cirúrgicas azuis tinham sido colocadas nos sapatos, seus passos no piso de madeira não emitiam ruído algum. Ele foi até a beira da escada e aguardou, evitando pontos fracos que pudessem fazer barulho. Acima dele, como a melodia de um flautista, um homem roncava.

Suas instruções eram claras, e ele as seguiu ao pé da letra. O quarto principal ficava no final do corredor, a porta estava entreaberta. A luz pálida de uma televisão cintilava através da fenda. Seus batimentos cardíacos aumentaram, e ele removeu a pequena pistola do coldre em seu cinto e a segurou diante de si como se fosse uma espada. Empurrando a porta devagar, ele a abriu e parou, observando a cena.

Havia duas saliências na cama: uma grande, que roncava, outra pequena e silenciosa. Na televisão, passava um comercial de uma esteira ergométrica. Ele caminhou de lado, contornando a cama *king size* até que o rosto do homem estivesse visível. Rechonchudo. De boca aberta. Olhos fechados. Feições relaxadas. Ele parecia já estar morto, a ilusão foi arruinada pelos ruídos guturais que saíam dele. Se aproximando, cuidadosamente, ele posicionou o cano da arma na boca do homem.

Os olhos castanhos se abriram, seus lábios se apertaram em volta do cano frio da arma antes de se escancararem outra vez. O invasor virou a trava com o polegar de um modo cauteloso. Enquanto os olhos do homem deitado imploravam misericórdia, ele respirou devagar e apertou o gatilho.

CAPÍTULO 39

NEENA

A polícia chegou em silêncio, com as sirenes desligadas, três carros no total. Do meu esconderijo na janela, os observei se aproximando de nossa casa, sentindo um nó de desconforto crescendo em meu estômago. Isso era ruim. Eu nem sabia o que tinha dado errado, mas isso era *ruim*. Segui Matt enquanto ele abria a porta da frente e os encontrei enquanto subiam os degraus de tijolos largos.

"Sr. Ryder?" Uma detetive mostrou seu distintivo; depois, apresentou os outros oficiais, todos com o traje preto, padrão do departamento de polícia da cidade. "Sou a detetive Cullen. Você disse ao telefone que o intruso escapou?" Ela tinha um forte sotaque nova-iorquino e uma postura agressiva que combinava com ele.

"Sim." Matt se empertigou em sua altura total e inexpressiva de um e setenta e cinco. "Eu o ouvi saindo pela frente e vasculhei a casa. Ele não está aqui."

Ela olhou para os degraus. "Ele saiu por aqui?"

Meu marido assentiu, sem perceber o problema de que três policiais estavam pisando na saída. "Uhum."

"Droga", ela exclamou. "Donnie, para trás. Todos vocês, voltem e olhem por onde estão pisando. Acabamos de nos ferrar em termos de pegadas."

Eu aguardava no calor da casa, o frio da noite se esgueirava pela porta aberta, então, observei enquanto os policiais tentavam manobrar para dentro sem destruir as evidências. "Vou abrir a porta lateral. Podem entrar por ali."

"Obrigada." A mulher ergueu a lanterna, a apontando para minha cara. "Você é a sra. Ryder?"

"Dra. Ryder", corrigi, erguendo a mão para bloquear o brilho da lanterna. "Você poderia desligar isso?"

"Sem problemas." Ela desligou a lanterna e emitiu um sorriso duro. "Vamos nos encontrar ao lado."

Eu me inclinei contra o lado esquerdo da casa, com minhas mãos enfiadas nos bolsos do meu robe, me sentindo uma criminosa. A cena era estranhamente familiar. Olhares suspeitos. Perguntas especulativas. Antes, eles apenas deram uma breve olhada pela casa, depois, me conduziram ao banco de trás de um carro da polícia. Primeiro, me fizeram uma série de perguntas amenas combinadas com olhares simpáticos. No fim, eu estava sendo interrogada. Um exército de oficiais estava entrando na minha casa. Matt e eu estávamos sendo mantidos do lado de fora e sendo investigados como se fôssemos suspeitos.

A detetive apontou para um trecho escuro da nossa garagem. "Seu portão da frente, lá fora... aquela cerca dá a volta em toda a propriedade?"

Sacudi minha cabeça. "Só na frente. Os vizinhos têm cercas que fecham as laterais. Bem, a maioria das laterais. E deixamos o portão da frente aberto. O motor do portão está quebrado."

"E os fundos da propriedade?"

"A parte de trás não tem cerca porque tem uma colina íngreme. Além da linha das árvores, há outras casas."

"Então, alguém poderia ter entrado por esse caminho?"

"Claro, mas também tem essas casas no bairro. Eles ainda teriam que passar pelo portão de entrada principal."

Ela se virou para a porta interna da garagem, examinando a fechadura; depois, acenou com a cabeça para a fechadura de segurança instalada na parede.

"Seu sistema de segurança disparou?", ela perguntou.

"Não funciona. É dos antigos proprietários."

"Você tem algum sistema de segurança? Câmeras? Sensores de movimento? Uma campainha com vídeo?" Sua voz aumentava a cada item, e eu me arrepiei com seu tom incrédulo. Ela provavelmente morava em uma casa na cidade. Algo com aluguel baixo, em um bairro que deveria exigir um sistema de segurança. Ali era Atherton. Estávamos pagando os maiores impostos e taxas sobre propriedade no estado por algum motivo.

"Não." Vendo suas sobrancelhas se erguerem, fui obrigada a recuar. "Sabe, a maioria das pessoas no bairro nem tranca as portas. Os Winthorpe deixam as deles abertas na maior parte do tempo. Tínhamos planejado instalar algum tipo de sistema, mas estamos reformando. Você viu o novo paisagismo?"

Talvez devêssemos ter colocado o alarme como prioridade na lista de compras. A empresa de segurança havia feito uma apresentação completa das diferentes salvaguardas disponíveis. Sensores de janela, câmeras ativadas por movimento, um complexo de luzes internas que dariam a aparência de atividade constante. Vi o orçamento e dei alguns passos gigantescos para trás diante do valor, decidindo investir em um conjunto de poltronas ao ar livre. E o estofado resistente ao clima tinha sido um investimento valioso e impressionante — até que Cat espalhou *limoncello* por toda parte.

Ela apontou para a nossa porta lateral.

"Essa porta estava trancada antes de saírem?"

"Sim. É um ferrolho. Apenas virei para sair."

"Vamos entrar por um instante." Ela abriu a porta com a mão enluvada e foi para o saguão secundário. Soltou um assobio baixo, e eu enrijeci com a forma crítica como seus olhos se moveram pelo espaço.

Grandeza excessiva, era assim que a mãe de Matt a chamava, em sua visitinha da tarde no momento exato em que eu estava exausta por desfazer as malas e emocionalmente desgastada para aquela alfinetada. *Chique demais para pessoas como vocês dois*, ela disse, passando a mão sobre a cadeira de veludo e dando uma fungada, impressionada. *Aquele lustre já estava aqui, ou vocês compraram?* Ela gostava de lembrar a ele de que eu havia crescido em um barraco e tinha sido perfeitamente feliz em meus vestidos de lojas baratas antes de começar a usar linhas de grife. Ela estava errada, é claro. Posso ter sorrido na noite em que a conheci com meu vestido barato, mas nunca fui feliz. Não enquanto meu pai estava em casa, e não até que estivesse longe daquela cidade horrível e experimentasse a estabilidade financeira pela primeira vez. Ela achava que eu havia mudado o Matt, mas foi seu estilo de vida que tinha me mudado. Ele me deu um gostinho da boa vida, e eu comi e saboreei cada mordida da classe média até desenvolver gostos mais refinados.

Atrás de nós, um oficial limpou as botas no meu tapete. "Não há ninguém na propriedade. Vimos luzes se movendo pela floresta dos fundos, mas é como procurar uma agulha num palheiro. Há pelo menos seis direções diferentes em que ele poderia ter ido. Neste momento, os oficiais estão reforçando a segurança e verificando os veículos em cada saída do bairro."

A detetive balançou a cabeça. "Vá até os Winthorpe, na casa ao lado. Pergunte se viram alguma coisa e verifique se estão com as portas trancadas."

Ah, pobre Cat. Ela provavelmente ainda estava fraca por causa de seu "envenenamento". Eu esperava que o atirador não entrasse por sua porta, que estava frequentemente destrancada. Eu esperava que ele não encontrasse o caminho para seu quarto. Eu esperava que a querida Cat não tivesse sido vítima de seu pânico. Que piada.

Ela olhou para mim. "Você sabe alguma coisa sobre a propriedade do outro lado?"

Sacudi minha cabeça. "Os Rusynzk estão em férias de verão."

O oficial assentiu.

"Vou verificar janelas e portas em ambos os lugares," ele disse.

"Procure câmeras. Se tiverem, pegue as imagens."

"Pode deixar."

Ele se virou e fechou a porta atrás de si, com a mão apoiada na coronha da arma.

A detetive adentrou mais na casa, dobrando o corredor e entrando no amplo espaço. Olhando para o bloco, ela virou uma página. "Sra. Ryder, vamos trazer seu marido para dentro e fazer algumas perguntas juntos."

• • •

Meu ombro estava encostado no de Matt, e não sei por que ele não havia trocado de camisa antes de chegarem. Ele vestia uma camiseta apertada, seus peitos masculinos flácidos, a gordura de suas axilas esmagando contra a lateral de seu corpo. Sua pele estava úmida e deslizava contra meu deltoide de uma forma nojenta. Eu me desloquei um pouco para o lado, desejando quebrar o contato, e senti os olhos da detetive seguirem a ação.

"Acordei com a arma na minha boca." Matt engoliu em seco. "Eu estava pressionando contra meus dentes, empurrando minha cabeça para trás."

"Então, ele puxou o gatilho?"

"Sim. Houve um clique, mas nada saiu. A arma travou. Ele olhou para a arma e depois correu."

"Você teve sorte", observou a detetive. "Vocês dois." Ela olhou para mim, e eu tentei exibir um olhar de gratidão.

Ah, sim. Muita sorte. Um tiro, e Matt poderia ter morrido. Eu teria ficado viúva. Em vez disso, estávamos ali, lidando com tudo isso, uma multidão de estranhos pisoteando nossa casa, meu marido totalmente intacto ao meu lado, nem um único fio de cabelo arrancado de sua cabeça. Muita sorte.

A detetive Cullen passou por uma lista de perguntas, e eu fiquei quieta, ouvindo as respostas de Matt.

Um sotaque? *Não.*

Ele parecia familiar? *Não.*

Ele era alto? Baixo? *Realmente não poderia dizer. Eu estava na cama, olhando para ele. Talvez um metro e oitenta? Talvez?*

Como era o cabelo dele? Curto? Longo? Careca? *Ele usava um chapéu. Espere, uma máscara de esqui.*

Ele andava normalmente? Mancava? Tinha alguma característica distinta?

Não.

Não.

Não.

À medida que passavam pelas perguntas, eu ficava cada vez mais frustrada com a inépcia das habilidades de observação de Matt. Eu *sei*, queria me intrometer na conversa. *Você não tem ideia de quantos casos eu tive bem debaixo do nariz dele! Não me surpreende que ele tivesse uma arma em sua boca e ainda não conseguisse prestar atenção.*

"Tem alguma coisa engraçada, sra. Ryder?"

Eu me endireitei no meu assento. "Não."

"Você está sorrindo", ela apontou. "Com certeza, você não deve achar isso divertido."

Matt estava olhando para mim agora, suas feições se contraíram em aborrecimento. Uma explosão de raiva estourou no meu peito. Eram três da manhã! Como alguém poderia manter o juízo a essa hora maldita? "Estou exausta." Eu me levantei. "Podemos terminar essas perguntas pela manhã? Eu nem vi o cara. Nem ouvi."

"Sim...", ela disse devagar. "Porque você 'estava dormindo enquanto tudo acontecia'." Ela colocou aspas ao redor da última parte da frase, e eu fiquei surpresa com a ousadia dela.

"Eu lhe contei o que aconteceu. Acordei com Matt gritando comigo para ligar para o 911 enquanto ele corria escada abaixo."

Olhei para ela e a desafiei a me chamar de mentirosa.

"Sra. Ryder..."

"Dra. Ryder", corrigi, incapaz de deixar outro engano passar.

"Isto pode levar bastante tempo. Talvez você possa tomar um café enquanto termino de falar com seu marido."

"Tudo bem." Eu me afastei antes que ela tivesse a chance de mudar de ideia. Vendo um belo oficial limpando a maçaneta dos fundos em busca de impressões digitais, passei os dedos pelos cabelos e decidi desviar para o banheiro e tirar um tempo para me ajeitar.

Dentro do banheiro, tentei ligar para o celular de William, mas, pela terceira vez naquela noite, ele não atendeu.

• • •

A detetive Cullen me encontrou na sala de jantar, com uma de nossas canecas em sua mão delicada. Olhei para o café e me perguntei se Matt havia oferecido a ela ou se ela havia se servido. Afastando o pensamento, gesticulei para que ela se aproximasse e baixei a voz, me certificando de que Matt não estivesse por perto. "Estive pensando... é possível que Matt tenha imaginado tudo isso. Um estranho na nossa casa no meio da noite? Sem entrada forçada? Ele colocou a arma na boca de Matt e então a coisa falhou?" Agarrei minha própria xícara de café, o conteúdo agora estava morno, e olhei para as equipes de evidências espalhadas por todas as áreas de nossa casa. "Você encontrou alguma prova de que alguém esteve aqui? Algum buraco de bala? Impressões digitais?"

A mulher assentiu lentamente, considerando a ideia. "Então, você acha que seu marido inventou tudo?"

"Ele toma comprimidos para dormir à noite." Encolhi os ombros, encorajada por sua reação aberta. "Talvez ele tenha pensado que aconteceu, mas não aconteceu."

"Na ligação para o 911, você disse que havia um invasor." Sua voz estava endurecendo, a incredulidade começava a cobrir as sílabas.

"Estava escuro no quarto. Acordei com ele gritando comigo para que eu ligasse para o 911. Eu estava meio sonolenta durante aquela ligação. Mas não temos imagens de segurança, nem pegadas, e Matt lhe deu uma descrição nebulosa que poderia caber em qualquer pessoa, de Pee-wee Herman a Arnold Schwarzenegger." Eu me levantei do assento, minha voz foi se enchendo de energia. "Talvez você esteja procurando alguém que não existe. Não prefere ir para casa? E, além disso, você ao menos tem permissão para vasculhar todas as nossas coisas dessa forma? Não precisa de um mandado para isso?"

"Neena."

Enrijeci com o som insípido da voz de Matt e me virei, o encontrando em pé próximo à porta dos fundos, com seu rosto completamente imóvel, seus olhos mortos.

"Posso falar com você por um instante?"

CAPÍTULO 40

CAT

Da varanda do segundo andar, eu observava os carros entupirem o extenso estacionamento dos Ryder, todos em preto e branco com o selo oficial de Atherton, as luzes acesas, as sirenes desligadas. No escuro, figuras negras com amplos feixes brancos de iluminação se moviam, sua movimentação era parcialmente escondida pelos arbustos e árvores, a investigação parecia prosseguir lenta e metódica.

"O que está acontecendo?" William saiu do nosso quarto sem camisa, com as calças de pijama de seda. Ele estremeceu com o ar fresco da noite e cruzou os braços sobre o peito, sua atenção foi imediatamente atraída pela atividade na casa ao lado.

"Não sei. Há uma ambulância, mas não colocaram ninguém nela. Tentei ligar para Neena e Matt, mas eles não atenderam. Estou esperando uma ligação da chefe de polícia."

Como se aproveitasse a deixa, meu telefone acendeu, exibindo o número do celular particular da chefe de polícia de Atherton. Atendi à ligação e coloquei no viva-voz para que William pudesse ouvir. "Ei, Danika."

"Foi uma invasão em domicílio", disse ela, sem introduções. "Ou um assalto à mão armada que deu errado. Ainda não temos certeza. Alguém com uma máscara de esqui entrou na casa e tentou atirar no marido."

Respirei profundamente. "Ele está bem? E Neena..."

"Ninguém foi ferido. A arma falhou, e o marido perseguiu ou assustou o homem, que fugiu da casa. Mas ainda não localizamos o invasor. Portanto, é importante que fiquem dentro de casa e tranquem todas as suas portas. Enviamos uns oficiais para sua casa agora, mas, por favor, ativem seu sistema de segurança, caso não esteja ativado."

William me puxou pelo braço, olhando ao redor enquanto me conduzia para dentro. Ele fechou as portas francesas e travou as fechaduras.

"Vou abrir os portões da frente, para que a polícia possa entrar." Ele me lançou um olhar severo enquanto vestia uma camiseta desgastada de Stanford. "Fique aqui."

Acenei para ele e fui até a janela, abrindo a cortina e varrendo com os olhos o trecho escuro do gramado. Quando a porta do quarto se fechou atrás de William, eu tirei o telefone do alto-falante e baixei a voz. "Danika, há algumas coisas sobre os Ryder que seus detetives devem saber."

Enquanto eu vestia as roupas e descia as escadas, um oficial chegou. Dei a volta na escada e cumprimentei o homem.

"Boa noite, sra. Winthorpe."

Eu sorri, em saudação, mas não o reconheci. Havíamos patrocinado a festa de Natal anual do departamento de polícia, assim como fizemos doações generosas por intermédio do Fundo de Caridade, e eles nos concediam um decalque especial para colocar na placa do nosso carro, nossos nomes estavam no topo de cada lista de doações e havia um convite aberto para visitarmos a delegacia. Todos os oficiais da cidade sabiam nosso nome e as placas dos nossos veículos, então, eles fariam vista grossa se nos vissem embriagados e sonolentos, entrando em algum de nossos carros. No entanto, embora todos nos conhecessem, eu só conseguia reconhecer alguns deles. A chefe McIntyre, é claro. Alguns dos capitães e inspetores. Tim, a principal patrulha do nosso lado da cidade.

"Está tudo bem?", eu perguntei. "Matt e Neena estão bem?"

"Os dois estão bem", ele disse. "Mas não localizamos o intruso, então, queríamos saber se viram ou escutaram alguma coisa."

Passei por ele e saí para a varanda da frente, meus pés descalços se curvaram contra a madeira polida. Esticando o pescoço, tentei dar uma olhada melhor nas atividades lá embaixo, mas a cerca bloqueava a vista.

"Cat", William protestou. "Por favor, entre. Não é seguro ficar aí fora."

O detetive pigarreou. "Vocês viram alguém em sua propriedade esta noite? Ouviram alguma coisa? Aconteceu alguma coisa fora do comum?"

Virei para ficar de frente para ele. "Não. Estava uma noite tranquila. Ouvi a porta da garagem deles se abrir há cerca de vinte minutos. Isso me acordou. Só isso."

Ele olhou para os beirais da nossa varanda.

"Vocês têm um sistema de segurança?"

"Sim." William acenou para ele em direção à cozinha. "Vou mostrar para você."

O oficial assentiu e tirou o chapéu, seu cabelo preto era salpicado de fios grisalhos. "Obrigado", ele disse.

Seguindo os homens para dentro de casa, fechei a porta da frente e a tranquei. Na cozinha, comecei a fazer um café enquanto William acessava o aplicativo de segurança, o conteúdo disponível em seu telefone. "As câmeras são internas e externas e acionadas por movimento ou pelos sensores das janelas e das portas. Desligamos os sensores de movimento interior quando algum de nós desce no meio da noite. É por isso que não dá pra vê-los agora."

"Posso ver as filmagens externas desta noite?"

Fiz uma expressão de lamento. "Deixamos os sensores de movimentos externos desligados a maior parte do tempo. Por causa dos coelhos e dos gambás, além da raposa que gosta de visitar nosso quintal, os alertas eram quase constantes. Agora, apenas acionam se uma porta ou uma janela se abrir... ou o portão da frente." Eu me inclinei e cliquei na pasta de imagens desta noite. "Foi aqui que você atravessou o portão." Havia vários clipes mostrando o carro se movendo pela estrada. Ele saindo e colocando o chapéu. Ajustando as calças antes de subir os degraus e ir até a porta da frente. O momento em que ele olhou pela janela da frente e tocou a campainha.

"Estávamos bem preocupados com segurança quando nos mudamos, mas, com o tempo, ficamos mais confortáveis. Na maioria das vezes, não acionamos os alarmes nem trancamos as portas", William disse.

"Bem, por favor, deixem todas as suas câmeras ligadas e as portas trancadas, pelo menos até prendermos o suspeito." Ele estendeu a mão para William, e eu corri para a cafeteira, querendo pelo menos que ele levasse uma xícara de café para viagem. "Aqui está meu cartão, com o número do meu celular. Se algum de vocês se lembrar de alguma coisa, por favor, me liguem."

"Você sabe como esse cara entrou na casa deles?" Perguntei enquanto pegava uma xícara descartável, corria até a jarra de café e a enchia até o topo, servindo a ele. "Leite? Açúcar?"

"Hum, nenhum dos dois. Obrigado. E não, não encontramos nenhuma evidência de entrada forçada."

"Talvez eles tenham deixado uma porta destrancada", observou William. "E eles não tinham sistema de segurança. Eu me lembro do policial da vizinhança os repreendendo por isso quando Matt despencou da varanda."

"Sim, parece que o sr. Ryder está em meio a uma maré de azar." O homem olhou para mim e eu me perguntei o quanto a chefe McIntyre havia dito a ele.

"Eu vou até lá." Entreguei a xícara de café para ele, fui até o armário de casacos e peguei um casaco longo de caxemira. "Preciso ver Neena. Ela deve estar surtando."

"Não sei se é uma boa ideia", disse William. "Se eles não encontraram..."

"Você viu quantos carros de polícia estão lá fora? Não há um lugar mais seguro em Atherton, neste momento. Onde quer que ele esteja, não vai voltar para a cena do crime."

"Só... me dê um segundo." William deu um passo em direção ao corredor. "Espere eu colocar meus jeans. Eu também vou."

Nós nos aproximamos da casa dos Ryder juntos, eu estava com minhas mãos enfiadas nos bolsos fundos do cardigã. Acima de nós, os holofotes se moviam na escuridão formando círculos brancos de luz que iluminavam as árvores. Eu me aproximei do oficial e olhei para trás, grata por avistar a entrada bem iluminada.

"Onde eles procuraram, até agora?", perguntei.

"Na propriedade dos Ryder e nos terrenos ao redor. A área dos fundos é bem íngreme, e o cara teve uma vantagem de quinze minutos sobre nós, pelo menos."

Olhei para o céu escuro.

"Poderiam enviar um helicóptero? Procurar por ali?", perguntei.

Ele riu. "Não por esse motivo. Se tivesse acontecido um homicídio de verdade, talvez. Mas as tentativas de assassinato meio que caem em uma área cinzenta do orçamento." Ele teve um vislumbre da expressão em meu rosto e se adiantou em me tranquilizar. "O que não quer dizer que não farão tudo o que puderem para pegá-lo. No entanto, coisas como um helicóptero são meio exageradas neste momento. Não se preocupe. Temos alguns cães a caminho. Eles são capazes de rastrear o percurso que ele fez."

Então, ele nos conduziu em direção à entrada da garagem.

William franziu a testa. "Tentativa de assassinato? Pensei que fosse um assalto à mão armada."

"Prefiro deixar que saibam dos detalhes por intermédio da detetive." Ele encolheu os ombros e se desculpou. "Eu não tenho o escopo completo da investigação, até agora."

Caminhei mais rápido, ansiosa para entrar na casa e ter mais acesso a algumas respostas.

Entramos na garagem aberta e eu contornei o Volvo de Matt, indo para a porta interna. O oficial me agarrou pelo braço pouco antes de eu tocar na maçaneta. "Sra. Winthorpe!"

Eu me virei e me deparei com os tecidos azuis brilhantes que ele oferecia para mim. Ele acenou com a cabeça, olhando para os meus sapatos. "São botinhas. Também precisamos que vocês dois usem luvas."

"Ah". Soltei uma risada de constrangimento. "Nossas impressões já estão pela casa inteira. Estamos sempre por aqui."

"Mesmo assim, precisamos preservar a cena do crime da melhor forma possível."

Coloquei as botas sobre meus sapatos e pude ver, através dos painéis de vidro da porta, mais oficiais lá dentro. Neena devia estar enlouquecendo com aquela intrusão. Vesti as luvas e acenei para o homem, erguendo minhas mãos para provar minha cooperação.

Quando entramos, a primeira coisa que ouvi foi a voz abafada de Matt, claramente alterada de raiva.

CAPÍTULO 41

NEENA

Nos últimos dezesseis anos, vi Matt percorrer toda uma gama de emoções. Orgulho. Medo. Dor. Amor. E ele esteve louco, até furioso, em algumas ocasiões. No entanto, eu jamais tinha visto um olhar de ódio em seu rosto igual a esse, quando entramos no escritório e fechamos a porta.

"Acabei de ouvir você dizer a ela que acha que eu *inventei* tudo isso?" Sua voz estava bastante calma, mas o brilho em seus olhos era o de um homem levado ao limite.

"Não foi isso que eu disse a ela", eu protestei. "Apenas disse que eu estava cansada e que não tinha visto nada. Que, até onde eu sei, não havia ninguém em nosso quarto."

"Olhe para mim, Neena."

Eu olhei. Olhei nos olhos do homem com quem me casei aos 19 anos e do qual queria me divorciar aos 22. Não era culpa dele. Nos últimos vinte anos, ele havia ganhado mais vinte quilos e perdido metade dos cabelos, mas era o mesmo cara. Fiel. Confiável. Irremediavelmente apaixonado por mim. Era eu quem havia mudado.

"Eu já inventei *qualquer* coisa que seja?"

Não. Ele era irritantemente honesto. Uma vez, quando ele comprou um carro usado e encontrou cem dólares escondidos no manual, rastreou o proprietário anterior apenas para devolvê-lo. Era bizarro e antinatural, e eu não conseguia deixar de pensar que parte disso se devia a um sentimento de culpa, por causa de um crime que cometera quando tinha apenas 5 anos.

"Eu não disse que você inventou", insisti.

"Sim, você disse. Era exatamente isso que você estava dizendo."

"Eles estão revirando todas as nossas coisas, Matt. Estou exausta e pronta para exigir que todos saiam, e há uma grande diferença entre um psicopata em nosso quarto e um ladrão. Se alguém estava em nosso quarto, não era para nos matar. Ele estava nos roubando. Você está sendo dramático demais, e isso faz com que eles vejam as coisas da forma errada." *Me vejam da forma errada.*

"Cheguei *muito* perto de morrer." Ele apertou o polegar contra o indicador a uma distância de um fio de cabelo meu. "Você nem reagiu a isso. Você nem perguntou se eu estava bem. Para ser franco, não tenho certeza de que você se importa. Você está *exausta*? Será que tudo tem que ser sobre você?"

Eu me encolhi ao ouvir suas palavras, vi o ódio vomitado com um jato de saliva, seu rosto ficando vermelho quando sua voz se elevou. Quando ele parou, eu ergui as mãos em sinal de rendição. "Está bem, me desculpa. Por favor, mantenha a voz baixa. Você quer todas essas pessoas aqui? Tudo bem. Deixe que cubram nossa casa com pó de impressões digitais, mas não se esqueça do que está naquele cofre lá em cima." Dei um passo à frente e sibilei minhas palavras em um volume que apenas ele podia ouvir. "Não *podemos* permitir que revistem a casa. Você está me entendendo?"

Uma conversa soou, vinda do corredor, e eu enrijeci, erguendo a mão para impedir sua resposta. Ouvindo atentamente, reconheci a voz e abri a porta. Um tremor de excitação passou por mim.

William estava lá.

CAPÍTULO 42

CAT

"Sr. e sra. Winthorpe?" A detetive se aproximou de nós. "Sinto muito por interromper sua noite, mas esta é uma cena de crime. Vocês não podem passar desta sala de jantar, para evitar a contaminação da cena."

William seguiu em frente. "Nós entendemos, não há necessidade de se desculpar. Nossa casa é sua, se precisar de alguma coisa. Uma base de operações, um banheiro, um lanche, qualquer coisa. Apenas, venha. Estamos trazendo os funcionários agora, para preparar sanduíches de café da manhã e café para seus oficiais."

Ela recebeu a oferta com um breve aceno de cabeça. "Obrigada, mas isso realmente não é necessário. Esperamos parar de incomodar a todos em breve."

"William." Neena apareceu, seguida de perto por Matt. Eu o examinei rapidamente, sentindo-me aliviada por ele parecer ileso. "E... Cat." A borda de sua boca se curvou em sinal de desgosto. "Que gentileza vocês dois terem vindo. A polícia está quase acabando, então, tudo isso..." Ela gesticulou em direção à bagunça. "Vai se resolver em breve."

"Na verdade", a detetive Cullen se virou para encará-los, "sua casa é considerada uma cena de crime, por isso, vai precisar ser completamente investigada, sobretudo o quarto principal. Também estamos preparando a papelada para um mandado de busca completo, que vai incluir seus computadores e os registros telefônicos."

Neena enrijeceu. "O quê?", ela expeliu. "Pensei que estavam apenas procurando evidências do invasor. Impressões digitais, pegadas, essas coisas. Você me disse que não demoraria muito."

A detetive não recuou e, se eu tivesse que adivinhar, diria que ela não era uma grande fã de Neena Ryder. "Eu... então, recebi uma ligação do meu superior. Aumentamos o foco na situação. Só para ter certeza de que não deixamos passar nada, vamos dar uma olhada mais atenta."

Ligação do superior. Aumento do foco. Veja, era para esse tipo de coisa que havíamos desembolsado uma soma de seis dígitos no ano passado, para enviar ao departamento de polícia. Se um homem invadisse minha casa e pintasse as paredes da sala com o sangue de oito crianças diferentes, o FBI estaria presente em menos de quinze minutos, ou minha casa estaria arrumada uma hora depois. Existem regras e políticas, mas sempre há maneiras de contorná-las e atravessá-las. Foi por isso que, em minha ligação para a chefe de polícia, eu disse a ela para usar todos os meios necessários a fim de investigar a fundo essa situação. Contei a ela sobre meu envenenamento e falei da queda suspeita de Matt, e ela havia prometido tratar da situação como se a segurança de sua própria família estivesse em jogo.

Era uma conversa da qual William não precisava saber, e que enfureceria Neena, mas nossa casa ficava a menos de cem metros da casa deles. Passei parte daquele fim de semana numa roupa de hospital, com gosto de vômito na boca. Não me importava se a privacidade de Matt ou de Neena fosse violada. Era necessário que a polícia encontrasse respostas e verificasse se havia alguma conexão com eles.

Os olhos da detetive Cullen encontraram os meus, e um reconhecimento tácito passou entre nós. Ela sabia da minha ligação para a chefe. Dei um gole no café e engoli trêmula o líquido que agora estava frio.

"Como eu disse para vocês dois antes, esta é uma cena de crime."

"Você não havia mencionado registros telefônicos e computadores!" Neena fervilhava. "Eu tenho arquivos confidenciais de clientes no meu computador. Temos e-mails pessoais... Não vou permitir que você se apodere de nossas vidas por..."

"Isso não está em discussão, dra. Ryder. É um fato. Estamos tratando esta ocorrência com a mesma diligência que trataríamos um homicídio. Sinta-se grata por não ser o caso." Ela fechou o bloco de notas com um estalo, finalizando a conversa.

Neena hesitou e, então, ergueu as mãos. "Isso é ridículo. Vou processar todos vocês por isso." Ela se virou, passando o braço pelo balcão da cozinha e derrubando a coleção de xícaras de café. Observei a minha xícara disparar da borda do balcão e bater na porta do forno gerando um spray de líquido cor de chocolate.

Dei de ombros. "O meu café estava frio, de qualquer forma."

Ela chutou um banquinho para o lado, e Matt estremeceu. De uma forma impulsiva, eu estendi a mão e dei um abraço nele.

"Você está bem?", perguntei suavemente.

Seus lábios se apertaram em uma das expressões mais tristes que eu já tinha visto. "Estou. Obrigado! Obrigado por perguntar." Ele respirou fundo. "Eu estou um pouco abalado. Acordei bem no instante em que ele colocou a arma na minha boca."

"Meu Deus, Matt. Você tem sorte de estar vivo", William murmurou.

"Estou tão feliz que não tenha se machucado." Dei outro abraço apertado nele. "Por que vocês não passam lá em casa e tomam o café da manhã? Temos a casa de hóspedes, se quiserem ter um pouco de privacidade e dormir." Olhei para a detetive. "É necessário que eles fiquem aqui? Eles devem estar cansados."

"Ah, eu não sei." Neena olhou para William. "Tem certeza de que não seremos um incômodo?"

A detetive Cullen assentiu, em aprovação. "Contanto que estejam por perto, não há problema em sair. Sr. e sra. Ryder, por favor, mantenham seus telefones ligados."

Uma técnica forense chamou a detetive Cullen com urgência do topo da escada, então, ela olhou para nós e ergueu a mão. "Esperem um minuto. Podemos precisar de vocês para alguma coisa." Saindo da sala, ela subiu os degraus de dois em dois, desaparecendo no andar superior e indo em direção ao quarto principal.

Percebi o olhar trocado entre Matt e Neena, um gesto furtivo que imediatamente levantou minhas suspeitas.

"Voltem para casa", Neena disse rapidamente. "Encontramos com vocês assim que terminarem aqui."

"Certeza?", William perguntou. "Nós podemos..."

"Certeza", disse Matt. "Estaremos lá logo mais."

Acenamos e nos despedimos.

Antes de sair, olhei de volta para o casal, que estava separado. Seus olhares se evitavam categoricamente.

CAPÍTULO 43

NEENA

O dinheiro estava empilhado em três fileiras organizadas na parte inferior da cavidade oculta. Olhei para aquela exibição e tentei desesperadamente encontrar uma explicação para aquilo.

Estava no piso do nosso quarto principal, o buraco fora habilmente escondido sob um alçapão que se encaixava perfeitamente nas tábuas de madeira, o padrão escondia o contorno dele. Eu o encontrei quando nos mudamos e rapidamente coloquei um tapete sobre aquele achado. Matt... Matt nunca soube de sua existência. Agora, ele estava agachado, testando a tampa do alçapão, mexendo nas dobradiças sem emitir nenhum ruído.

"Encontramos isso há algumas horas." A detetive Cullen acenou com a cabeça em direção ao dinheiro. "Para que todo esse dinheiro?"

"Eu não sei." Levantei as mãos. "Eu nem sabia que esse compartimento estava ali."

Tarde demais, eu vi o pó de impressão digital na parte superior da alça inserida e amaldiçoei aquele descuido.

Matt estendeu a mão para a frente, hesitante. "Posso tocar no dinheiro?"

A detetive Cullen entregou a ele um conjunto de luvas de látex. "Use isso." Ela estendeu um par para mim também, e eu sacudi a cabeça, recuando.

Matt calçou as luvas e pegou a pilha de dinheiro mais próxima, as notas amarradas num embrulho de dois mil dólares. Ele passou o dedo pelas notas que estavam embaixo e, depois, bateu ao longo das fileiras, contando.

Minha mente calculava junto com ele. Havia, pelo menos, oitenta mil dólares ali, supondo que cada fileira tivesse a mesma quantidade. Tudo embaixo do nosso tapete barato da Bernie's Furniture.

"Não é seu?"

Hesitei, pois não sabia se o dinheiro poderia ser tirado de nós, conforme a minha resposta.

"Posso ter colocado lá", eu disse, cautelosa. "E posso ter me esquecido."

Matt virou a cabeça rapidamente para mim; ele cerrou os olhos, em sinal de suspeita. Olhei de volta para ele, sem compreender como ele não via a importância de reivindicar aquela pequena fortuna como nossa. Houve uma longa e silenciosa batalha de contato visual, então, ele olhou para o dinheiro, e seu foco se concentrou na caixa vermelha enfiada entre as pilhas de notas verdes. Eu segui o exemplo, observando o familiar quadrado vermelho.

"O que tem na caixa?", Matt perguntou.

A detetive apontou com a cabeça. "Abra."

Meu peito se apertou quando Matt estendeu a mão para a tampa, e eu quis gritar com ele, dizendo que aquilo era uma armadilha, pedindo que desse um passo para trás, que não tocasse...

Ele se inclinou para a frente e olhou para a caixa. Apesar de tudo, eu me movi para o lado, para ver o conteúdo de seu ponto de vista.

Estava cheia de fotos. Uma pilha delas, variando em tamanho. As fotos originais tinham sido cortadas em tamanhos variados. Ele puxou a pilha e folheou as impressões brilhantes.

Eram todas fotos de William. Algumas desfocadas, outras nítidas. Algumas tinham sido tiradas em nossa casa, por um ângulo estranho, seu foco estava nitidamente em outro lugar. Outras o mostravam em Nova York, sorrindo para a câmera, ou coberto de lama, em algum tipo de evento de corrida. As que estavam por baixo eram as mais difíceis de reconhecer. Vi a tensão nas costas de Matt, o enrijecimento de seu pescoço, seu movimento diminuindo enquanto ele olhava para cada uma delas como se estivesse numa dolorosa câmera lenta.

Uma foto do casamento de William.

Uma selfie com ele e Cat, obviamente na cama.

Ele em um jogo de futebol americano, com o braço em volta dela.

Outra com os dois, rindo em uma praia no Havaí.

Em cada uma das fotos, o rosto de Cat estava rabiscado com um marcador preto, e havia um recorte cuidadoso do meu rosto colado sobre a rasura, meu sorriso brilhante ao lado do rosto de William. Olhando por cima do ombro, parecia o trabalho de uma pessoa louca. *Eu.*

As últimas três fotos eram as piores. Fotos de nós quatro. À beira da piscina no clube. No torneio de golfe beneficente da Fundação Winthorpe. Na festa do Quatro de Julho. Em cada uma delas, Matt e Cat estavam decapitados, com gotas de sangue pintadas de vermelho ao redor do buraco grosseiro onde suas cabeças deveriam estar.

Ele deixou as fotos caírem no chão como se estivessem envenenadas, seus joelhos gordos bateram no chão, sua respiração ficou ofegante como se tivéssemos acabado de fazer sexo. Ele se virou para mim, e a dor e o ódio que emanavam dele me fizeram recuar de forma defensiva. "Você... você está obcecada por ele."

"O quê?" Sacudi minha cabeça. "Não estou. Eu não... Eu não fiz isso, Matt. Ora! Eu te amo!" Despenquei sobre os joelhos diante dele, abandonando qualquer pensamento sobre uma vida sem ele. Eu não podia perdê-lo, não podia deixá-lo me olhar assim, não quando ele era a única pessoa em toda a minha vida a me olhar como se eu tivesse algum valor, a me valorizar como se eu fosse um prêmio.

"Você transou com ele?", ele gritou.

"O quê?" Ofeguei. "Não. Matt." Eu agarrei a mão dele, a segurando entre as minhas. "Matt, eu te amo. Isso... isso é tudo uma armação. Outra pessoa colocou essas fotos aí. Eu não fiz isso. Eu não o amo. Eu sequer gosto dele. Eu te amo!" As mentiras se misturaram com a verdade, e eu rezei para que ele acreditasse em todas elas. Ele tinha que acreditar.

"Por vinte anos, dei meu máximo para ser um marido perfeito", ele gritou. "Lidei com seu ciúme. Apoiei sua carreira, suas cirurgias plásticas, suas inseguranças... e para quê? Oitenta mil dólares debaixo da nossa cama e uma obsessão pelo nosso vizinho? Eu pensei que o problema fosse Cat, todo esse tempo. Que você odiasse Cat. Que você quisesse ser a Cat. Que você estivesse obcecada pela Cat."

"Não estou obcecada pela Cat", eu cuspi. "Eu *odeio* a Cat."

"Então, por que passamos tanto tempo com eles? Por que todos os jantares? Por que as visitas estúpidas? Admita, Neena. Era por causa *dele*." Ele olhou para mim com um olhar do qual não pude escapar duas décadas atrás e estava impotente para evitar agora. "Olhe para mim, Neena, e me diga a verdade."

"Ele é meu chefe", falei baixinho. "Tudo o que fiz foi para manter meu emprego e nos dar novas oportunidades." Como uma erva daninha, a ideia cresceu imediatamente. William poderia ter me forçado. Feito comentários inadequados. Me tocado. Ninguém sabia o que havia acontecido naquela sala de reuniões. Seria minha palavra contra a dele. Eu poderia dizer que tudo o que aconteceu nesta noite tinha sido culpa de William. Talvez ele estivesse obcecado por mim e tivesse contratado um assassino para matar meu marido. Poderia funcionar. E, mesmo que não funcionasse, a ameaça ao império de William seria suficiente para que eu conseguisse algo. Alguma recompensa adicional por tudo isso.

"Também encontramos isso." A detetive se agachou ao lado da cavidade aberta e puxou uma moldura, que estava embaixo da caixa. Ela a estendeu para mim, e Matt se encolheu, reconhecendo a moldura de madeira esculpida que costumava adornar nossa foto de casamento. Como se fosse atraída para o local, eu olhei para a cômoda onde a foto estava antes.

"A moldura é nossa, mas a imagem..." Sacudi a cabeça e menti. "Nunca vi essa foto antes." Era uma foto solo de William, uma imagem espontânea em que ele sorria para a câmera. A foto tinha sido feita em um safári africano do qual ele e Cat haviam participado — aquela foto era uma das centenas de fotos em seu feed do Instagram.

"Essas fotos são todas do seu vizinho." Ela bateu no vidro, com as unhas curtas pontilhando o rosto de William. "William Winthorpe."

Eu pigarreei. "Sim, mas eu não fiz nada disso. Eu nunca tinha visto nada disso."

"Você acabou de dizer que talvez tenha colocado o dinheiro aqui."

"Olha, eu menti. O dinheiro não é meu."

"Você estava ciente deste compartimento no chão?"

Senti um aperto no peito, o pânico correndo como uma febre pelo meu corpo. Minhas impressões digitais deveriam estar naquele cabo. Eu hesitei. "Talvez. "

"Talvez?" Matt repetiu. Ele olhou para as fotos, e eu percebei que precisava ficar sozinha com ele antes que as imagens minhas e de William ficassem gravadas em seu cérebro para sempre. Ele ficou em pé.

"Você está se sentindo bem, sr. Ryder?" As palavras da detetive flutuaram de algum lugar à minha esquerda, e eu olhei para Matt, percebi a preocupação subindo quando vi a palidez acinzentada de sua pele.

"Sinceramente?" Ele segurou a lateral do peito, e eu pensei em seu coração, no espessamento de seus ventrículos que havia aparecido em seu último ultrassom. "Sinto que estou prestes a vomitar. Eu não sabia...", ele passou a mão pela foto, "de nada disso."

"Nem eu", retruquei, frustrada com a incapacidade de todos de acreditar em mim.

A detetive também se levantou, se movendo em direção a Matt com um olhar preocupado. "Quer um pouco de água? Ir ao banheiro?"

Ele balançou cabeça. "Não. Eu só... ainda precisam de mim aqui? Você tem mais perguntas para mim?"

O olhar da detetive Cullen se voltou para mim. "Não...", ela disse lentamente. "Você pode ir. Mas, Neena, temos mais perguntas a fazer a você."

Matt passou por mim, vi seus passos instáveis enquanto ele ia para a porta, e eu o segui. "Matt, você sabe que eu não coloquei isso lá. Você sabe que eu não..."

"Não sei mais nada sobre você." Sua voz estava baixa, mas cada palavra perfurou meu corpo como se fosse uma bala. "Fique longe de mim." Pouco antes de passar pela porta, ele fez uma pausa e olhou por cima do ombro. "E... detetive? Talvez você queira dar uma olhada em nosso cofre."

Eu abri a boca, mas não sabia o que dizer. Dentro de mim, tudo se revirou e se contorceu, meus maiores medos se transformaram em um grito lento e silencioso de agonia.

Meu marido, meu doce e estúpido marido, havia me traído.

CAPÍTULO 44

CAT

Estávamos na cozinha, cercados por um quarteto de empregados que tinham vindo nos atender, fazendo uma viagem de vinte minutos às três e meia da manhã sem reclamar. Havia alguns uniformes por passar, e nosso *chef* havia bocejado duas vezes nos últimos dez minutos, mas já tínhamos torradas dourando nas frigideiras, a geladeira de nossa casa de hóspedes abastecida, as camas preparadas e flores frescas sendo colhidas para os arranjos. Inalei os aromas de café, manteiga e rosas e tive um momento de nostalgia ao me recordar das minhas manhãs no ensino médio. Eu saía de casa às cinco e meia e passava duas horas por dia alimentando cavalos e limpando baias antes de ir para a escola. Meu pai sempre entrava na cozinha antes de eu sair, passávamos alguns minutos tomando café com torradas e manteiga, seu sorriso orgulhoso impulsionava meu ânimo quando eu saía pela porta.

Eu percorri um longo caminho desde aquela mesa de cozinha arranhada e daquelas torradas ligeiramente queimadas e encontrei os olhos de William do outro lado da sala, e ele sorriu, largando o garfo e se aproximando de mim.

Ele me puxou e me tomou em seus braços, e deu um beijo no topo da minha cabeça. "Eu te amo."

Retribuí o sentimento, com minhas mãos rodeando sua cintura.

"Isso é tão louco", disse ele em voz baixa. "E se esse cara tivesse vindo à nossa casa, em vez de ter ido à casa deles?"

"Então, nosso sistema de segurança teria enlouquecido, e estaríamos dentro do quarto do pânico e ao telefone com a polícia antes mesmo que ele entrasse pela porta da frente." Fiquei nas pontas dos pés e o beijei. "Supondo que eu conseguisse impedir que você descesse as escadas e tentasse enfrentá-lo."

"Sou um excelente defensor", ele admitiu. "Mas faz muito tempo desde que consegui usar alguma coisa além da minha língua afiada em um confronto."

"Bem, é uma língua muito talentosa", eu o provoquei, sorrindo para ele. "Posso atestar isso pessoalmente."

Ouvimos um pigarro, e nós nos viramos e vimos Matt parado na porta lateral aberta, com os braços pendentes ao lado do corpo. William franziu a testa e deu um passo em direção a ele. "Você está bem?"

"Há algo acontecendo entre você e minha esposa?"

Meu olhar se voltou para William, que ficou em silêncio. "William?" Eu o indaguei, sentindo o medo revestindo meu coração com a antecipação do que ele diria.

"Não há sentimentos entre Neena e eu", disse ele, por fim.

"Não há *sentimentos*?" A raiva chicoteou repentina e feroz enquanto minhas inseguranças e minhas emoções eram validadas naquela resposta simples, mas terrivelmente evasiva. Dei a volta no balcão e fiquei ao lado de Matt.

"O que isso significa?", perguntei.

"Você já *tocou* a minha esposa?" Matt perguntou. Cada palavra era arrastada como se ele estivesse com dificuldade para respirar.

"Sim." A resposta de William desviou minha atenção do estado de saúde de Matt para ele. "Uma vez. Mas não significou nada."

Não significou nada. Eu me engasguei com as palavras, meio ciente de que tínhamos uma plateia. A equipe de cozinha permaneceu em silêncio enquanto meu marido cagava em todo o nosso casamento. Ele arriscou nosso relacionamento por algo que não significava *nada*? O que isso dizia sobre nós? Sobre nossa vida? O que eu significa para ele? Eu segurei a borda do balcão para não cair no chão, minha tentativa de resposta foi silenciada pelas palavras seguintes de Matt.

"Talvez você queira dizer isso à minha esposa." O lábio superior de Matt se curvou em um sorriso de escárnio, vi uma expressão estranha em seu rosto, concisamente licenciosa. "Pode não ter significado nada para você, mas, pelo que acabei de ver no meu quarto, significa muito para ela."

"Não acredito que ele não nos contou o que havia no quarto deles." William estava diante das janelas laterais da nossa sala de jantar, com as mãos nos quadris, observando o carro de Matt contornar uma van forense e descer a rua.

Eu estava em pé na entrada da sala, esperando que William se virasse, desejando que ele ao menos reconhecesse o que havia feito com nossa vida. Ele continuou na janela mesmo depois que o carro desapareceu, seu perfil, obstinadamente virado, com o rosto oculto.

Costumava pensar nele como um deus. Quando ele havia se tornado um mortal? Quando ele havia mudado, de forma tão definitiva, e se transformado no homem com quem me casei? Ele era realmente tão fraco e indefeso contra os desejos humanos básicos? *Não significou nada.*

"Não era assim que eu esperava que você descobrisse. Se algum dia você descobrisse." Ele virou a cabeça para o lado, agora seu perfil estava visível, mas seus olhos ainda eram evasivos. "Sinto muito que você tenha descoberto dessa forma."

"Então, você... O quê? Você transou com ela?" Eu sabia. Eu sabia antes mesmo que ele abrisse a boca. Eu podia sentir no ar. Podia sentir a presença dela como se estivesse entupindo os dutos de ar. "Me diga que não."

"Cat." Meu nome era uma sílaba quebrada em seus lábios e, ao se virar para mim, seu rosto era uma esfinge de emoções desordenadas.

"Por favor", eu implorei.

"Sinto muito."

Talvez eu tenha me enganado. Talvez...

"Simplesmente aconteceu. Ela..."

Peguei o item mais próximo, uma tigela de vidro que havíamos trazido da África do Sul, e a atirei sobre a mesa, vi a peça delicada se estilhaçando na superfície polida. Era boa aquela sensação de destruir algo.

"Ela *o quê?*"

"Ela tem sido implacável. Tentei afastá-la, mas eu..."

"Eu disse", sibilei, apontando para ele, minha voz subindo o tom. "Eu disse que ela estava obcecada por nós. Eu disse que ela estava se aproximando demais. E você me pediu para confiar em você. Você agiu como se eu fosse louca. Você a deixou fazer isso conosco."

"Eu estraguei tudo", ele disse baixinho, tentando me alcançar. "Não tenho desculpa. Eu..."

Empurrei seu peito. "Ela tentou matar Matt. Você percebe isso, não é? E ela me envenenou na casa deles. Eu poderia ter morrido. Você sabia que ela era uma lunática?"

Ele afundou no assento ao lado da janela e segurou a cabeça entre as mãos. "Eu não sabia de nada, Cat. Eu estava sendo egoísta, inseguro e estúpido."

"E nos arriscando nesse processo", eu disse baixinho. Eu hesitei. "Me diga que usou proteção."

Ele não respondeu, e seu silêncio confirmou o que eu já sabia. *Ele se expôs dentro dela.* E se ela estivesse grávida de um filho dele? Ele pensou em mim alguma vez durante o ato?

Eu me lembrei da maneira como ele entrava pela porta depois do trabalho todos os dias e me beijava nos lábios, como se tudo estivesse normal. "Você a ama?" Essa pergunta era mais suave, e era a que eu tinha mais medo de expressar.

"Não." Ele se levantou e se moveu em minha direção, com uma expressão estilhaçada em seu rosto. "Eu não... nem sei o que diabos estou fazendo... ou estava fazendo... com ela." Ele agarrou meu pulso, e eu dei um passo para trás.

"Eu não posso...", inspirei bruscamente. "Não posso fazer mais do que já fazemos, William. Somos felizes. Temos sido fortes. Se você não puder ser fiel a mim agora, o que vai acontecer em nossos momentos difíceis?" Eu senti as lágrimas antes que descessem e me apressei para terminar antes que eu começasse a soluçar. "Você era *tudo* para mim."

"Cat", ele disse de forma suave, senti sua voz cedendo de um jeito que eu nunca tinha sentido. Nem quando o pai dele morreu, sequer uma vez em nossos catorze anos juntos. "Cat, por favor. Isso foi uma atitude idiota." Ele segurou meus braços, me puxando para perto dele, eu senti meus esforços enfraquecendo quando ele me obrigou a olhar em seus olhos. "Preciso que me perdoe. Não posso viver sem você. Por favor." Era uma súplica brusca e visceral, sua voz tremia com a intensidade daquilo. Ele caiu de joelhos, me apertando contra seu corpo. "Por favor, não me deixe." Era tanto uma ordem quanto uma súplica.

Eu não me mexi. Não respondi. Continuei olhando para ele e, quando ele ergueu o rosto, examinei o fundo de seus olhos e vi o amor e a mágoa brotando neles.

Era óbvio que eu não o deixaria. Era por isso que, no fim das contas, eu tinha feito aquilo.

226

CAPÍTULO 45
NEENA

"O que tem no cofre?" A detetive estava rodeada por três oficiais, todos me encarando, a suspeita pesava em seus olhos. Olhei de novo para a porta. Matt já tinha ido embora, e eu queria gritar, pedindo para ele voltar. Ele não podia me deixar com aqueles policiais, não depois de abrir a caixa de Pandora e me atirar às feras.

"Neena?" A detetive Cullen deu um passo à frente, seus dentes frontais separados surgiram através de seus lábios rachados. Observei seus cabelos oleosos, presos num rabo de cavalo apertado, e fiquei em silêncio. "O que tem no cofre?"

Eu não deveria ter colocado no cofre, a princípio, embora a alternativa, a cavidade escondida no chão, também tivesse se mostrado insegura. Eu me afastei em direção à porta pela qual Matt havia escapado e fui bloqueada por um oficial gordo de uniforme apertado.

"O cofre está no armário." Outro oficial falou atrás de mim. "Está trancado."

"Você pode nos dar a combinação, Neena, ou podemos arrombar a fechadura." A detetive Cullen deu de ombros. "Não faz diferença para nós."

"Ou podemos apenas ligar para o seu marido", sugeriu o oficial gordo. "Ele parecia estar disposto a nos dizer."

Olhei para a detetive. "Seu mandado inclui abrir o nosso cofre?"

"Seu marido acabou de nos dar permissão para revistá-lo. Não precisamos de um mandado."

Cerrei minhas mãos em punhos. "Não vou dizer a combinação. Não me lembro. Ligue para o Matt, se quiser. Ele também não vai saber."

Ele não se lembraria da intrincada combinação de seis dígitos, mas provavelmente se lembraria de onde a anotamos: no post-it colado na gaveta superior do nosso armário do banheiro.

"Nós vamos ligar", prometeu a detetive Cullen, olhando para um dos outros oficiais. "Pegue o número do celular de Matt Ryder e mande por mensagem para mim." Ela apontou para mim. "E você, dra. Ryder, fique aí."

Cinco minutos depois, após uma rápida ligação para meu marido traidor, em que os oficiais receberam sua permissão verbal para abrir o cofre e a tão útil orientação direcionada para o bilhete amarelo que continha a senha, as câmaras do grande cofre se encaixaram e a pesada porta de ferro foi aberta. A detetive Cullen apontou sua lanterna para dentro do cofre e iluminou as profundezas forradas de veludo.

Acho que ela disse alguma coisa, mas eu não tenho certeza. Naquele momento, senti meu corpo enfraquecer, e meus joelhos foram se curvando conforme umas manchas pretas tomaram a minha visão, e eu desmaiei.

"Devo dizer que estou neste negócio há muito tempo e vi apenas dois suspeitos desmaiando na minha frente." A detetive Cullen estava ajoelhada diante da nossa mesa de centro. Ela esfregou um guardanapo branco na boca enquanto comia seu sanduíche de café da manhã, segurando-o com suas unhas roídas. Pisquei lentamente, focando o sanduíche e me perguntando se tinha sido feito pelo *chef* de William. A detetive Cullen tinha visto William? O que ela havia dito a ele? Será que ela havia contado a ele o que tinha no cofre? Olhei para minhas mãos, surpresa ao ver que estavam livres, sem algemas à vista.

"Acho que ela está bem." A detetive Cullen acenou para alguém, e eu segui seu movimento, surpresa ao ver um paramédico agachado ao lado da minha poltrona reclinável. Como eu havia chegado ali embaixo? Aquela era a cadeira de Matt, não minha.

Eu me sentei ereta, e o homem correu para me ajudar.

"Pegue leve. Vai demorar alguns minutos para ela se orientar."

"Você esteve desacordada por um tempo", disse a detetive Cullen, empolgada. "Desmaiou e depois continuou dormindo. Perdeu toda a emoção." Ela bateu na pasta ao lado dela. "Catalogamos tudo o que estava no cofre. Tenho que dizer, Neena, que você me deixou animada com o conteúdo, mas não há muito lá."

Olhei para a pasta, sem saber qual jogo ela estava jogando. Eu não tinha resistência mental para isso. Se ela havia mesmo aberto o cofre, então, ela tinha me descoberto. Eu deveria estar algemada e indo para a delegacia, não sentada ali, a ouvindo triturar um sanduíche de bacon como se fosse seu trabalho.

"Nós analisamos tudo." Ela lambeu a ponta do dedo indicador direito e, depois, limpou outra vez a boca com o guardanapo. "E acho que encontrei a fonte de sua ansiedade."

Ela abriu a aba superior da pasta e afastou algumas páginas.

"Você realmente tem um marido maravilhoso."

Pensei em Matt, em seu rosto vermelho, com traços enfurecidos quando apertou o pescoço do meu pai com suas mãos. Lembrei-me da boca do meu pai escancarada em silêncio. Do movimento selvagem de seus braços. Da protuberância de seus olhos enquanto ele olhava para mim, implorando, até o momento em que voltaram para suas órbitas.

"Sim", consegui dizer, "eu tenho."

"Há quanto tempo você e o sr. Winthorpe têm um caso?"

Aquilo me calou, e eu odiava a maneira como ela dissera a palavra. *Caso*. Como se fosse algo fugaz e sujo. Aquilo era um retorno ao equilíbrio, a colocação de tudo no lugar. Eu *deveria* estar com alguém como William. E, além disso, eu *gostava* do jogo de xadrez emocional que implicava o roubo do marido de Cat Winthorpe. Eu conseguiria que ele se tornasse meu marido ou eu dormiria sobre seu dinheiro — antes daquele dia, qualquer um poderia ter olhado para o tabuleiro e visto tudo.

Ponderei de qual ângulo eu deveria atacar.

"Você está confusa", eu disse, por fim. "William Winthorpe é meu chefe. Qualquer relacionamento que tenhamos é estritamente profissional."

"Como fica claramente evidente pela sua montagem de fotos no andar de cima", disse ela, rude. "Agora", ela folheou outra página, "cinco milhões de dólares. É um belo presente de despedida para se deixar para uma esposa."

Demorei um pouco para entender que ela estava falando sobre a apólice de seguro de vida de Matt. "E daí?" Dei de ombros.

"E... quando concluímos que você tem uma obsessão por William Winthorpe, e vimos aquela apólice de seguro de vida, e *isto*, chegamos a um motivo."

Isto parecia se referir ao papel que ela deslizou para a frente. O testamento e a herança de Matt. Ao contrário do meu, era um documento simples, de uma página, desprovido de confissões e segredos. Ele estava totalmente focado na distribuição de todos os seus bens, de sua empresa de demolição e da sua apólice de seguro de vida. Tudo ficaria para mim, o que fazia sentido, lógico.

Fiz uma pausa, esperando mais. Eu esperava que meu próprio testamento fosse apresentado ao lado do dele, a culpada ao lado do inocente. Nada disso veio, então, eu olhei fixamente para ela. "É só isso?"

A detetive deu um leve sorriso, e havia um ponto de pimenta entre seus dentes. "Sinto muito, dra. Ryder. Parece que você tem dificuldade para acompanhar o que estou dizendo, então, vou explicar os elementos do motivo." Ela ergueu o dedo indicador da mão esquerda. "Dinheiro. Você herda uma apólice de seguro de vida de cinco milhões de dólares e ativos significativos após a morte de Matt. Isso por si só seria poderoso, mas você é impressionante o suficiente para ter um segundo motivo." Ela virou o dedo do meio para se juntar ao primeiro, fazendo um sinal de paz. "Sua obsessão e sua busca por William Winthorpe. Com seu marido fora do caminho, você poderia ir atrás de um homem mais rico e mais bonito, embora eu deva dizer que você está latindo para uma árvore formidável, que é protegida por Cat Winthorpe."

"Mas..." Olhei para os papéis diante dela, ainda atordoada, porque aquilo parecia ser tudo o que eles tinham. "Mas você não tem nada que prove o que está dizendo."

Ela soltou uma risada abafada. "Acho difícil afirmar isso. É claro, pela deliberada declaração de seu marido e sua resistência em abrir o cofre... eu esperava algo *um pouco* mais incriminador, mas isso é mais que o suficiente para que eu a leve à delegacia para responder a algumas perguntas."

"Perguntas sobre *o quê*?" Eu ainda não estava compreendendo. Onde estava o envelope dourado com meu testamento? Por que ela não o estava lendo linha por linha? Se não tinham achado o envelope, por que estavam me prendendo?

"Sobre a tentativa de assassinato do seu marido." Ela inclinou a cabeça olhando para mim como se estivesse confusa. "Deveríamos interrogá-la a respeito de mais alguma coisa?"

CAPÍTULO 46

CAT

Kelly me ligou duas vezes. Suas mensagens de voz estavam permeadas de preocupação e uma intriga leviana relativa à presença da polícia ocupando a propriedade dos Ryder. Aquilo era a coisa mais emocionante que acontecia em Atherton desde o desaparecimento dos Baker. Acrescente o fato de que isso estava ocorrendo na mesma propriedade, e oficialmente tínhamos o quarteirão mais famoso do bairro. Achei que deveríamos comprar e demolir a casa apenas para manter o valor da nossa propriedade.

Apaguei suas mensagens de voz e observei enquanto o carro da polícia que transportava Neena saía para a rua. Ela tinha sido colocada no banco de trás, algemada, na postura rígida dos detidos. A porta da garagem ainda estava aberta, seu SUV ainda estava no lugar, o carro de Matt ainda estava desaparecido. Para onde ele teria ido depois de confrontar William? Nossa casa de hóspedes tinha sido preparada para eles e ficara vazia, mas eu tive a sensação de que ele preferiria dormir na rua a ter de dormir sob o teto de William. Peguei meu telefone, procurei entre meus contatos e encontrei o nome dele e o número para o qual eu nunca havia ligado. Digitei uma mensagem.

Não sei onde você está, mas, se quiser tomar um drinque, me avise.
— Cat

Enviei a mensagem e me virei para a mesa da sala de jantar, onde Randall James estava sentado. Nosso advogado do Tennessee tinha uma papelada à sua frente e estava mergulhando com entusiasmo em um crepe coberto de mirtilo e chantili. Diante dele, William estava ao telefone com o diretor de Recursos Humanos da Winthorpe Tech, discutindo as tratativas da rescisão do contrato de Neena. Demiti-la tinha sido minha primeira demanda, junto à exigência imediata de que ele nunca mais falasse com ela. Sem mensagens, sem e-mails, sem ligações. Uma dissecção completa dela de nossas vidas. Ele concordou prontamente e, então, tentou me puxar para um beijo — mas eu recusei. A punição por esse crime ainda levaria muito tempo para ser concluída. Neena estava experimentando uma avalanche. William mal teve de lidar com um probleminha.

"Nenhuma indenização." Meu marido deslizou a cadeira para trás da mesa e encontrou meus olhos. "Sim, com efeito imediato. Quero que ela perca o acesso a tudo."

Randall bateu em um pedaço de papel e o deslizou em sua direção. William olhou para o documento e assentiu.

"Sim, estou ciente do risco. Se ela fizer alguma ameaça, mande ligar para Randall. Ele vai lidar com isso. E temos um formulário de liberação que ela precisa assinar. Diga a ela que seu último salário depende disso."

"Não até segunda-feira", eu disse baixinho. "Retire seu acesso agora, mas não a demita até segunda-feira. Enquanto isso, envie um e-mail que pareça ser direcionado para toda a equipe, mas que só chegue a ela, informando que o escritório estará fechado hoje e amanhã."

"Ela vai acreditar nisso?" Randall se recostou na cadeira e se empertigou, com sua gravata laranja quadriculada apoiada na generosa barriga.

"Ela não terá energia mental para questionar", eu respondi, me virando para a janela e olhando para a casa deles, do lado oposto do nosso quintal. À luz do dia, havia apenas dois carros de polícia de plantão. A van forense e os cães de caça tinham partido, seu trabalho fora concluído. Os cães seguiram o rastro do intruso por três metros e num ponto baixo ao redor do bairro; depois, perderam o rastro, quando ele entrou em um veículo. Puf! Se foi.

"Por que esperar até segunda-feira?", William perguntou, com o telefone afastado de sua boca.

"Ela foi atingida por muita coisa", eu disse. "Perder o emprego no meio de uma investigação policial pode ser demais para ela." Eu disse isso com um ar de bondade, mas meus motivos estavam longe de ser altruístas. Ela precisava saber, de forma adequada, quais eram as consequências de suas ações, portanto, nesse momento, sua demissão seria apenas mais uma pedra lançada. Seria melhor que esse golpe viesse quando ela pudesse sentir a dor de seu impacto.

Encontrei o olhar de William e ergui as sobrancelhas, o desafiando a me questionar. Ele manteve o contato visual por um instante e, depois, retransmitiu as instruções.

Um movimento em nosso pátio da frente chamou minha atenção quando uma suv da polícia fez a curva para a entrada da nossa casa. Pigarreei. "Randall, eles chegaram."

A campainha tocou, e o advogado se levantou e limpou a boca.

"Vocês dois, fiquem aqui."

Eu me apoiei contra a parede e silenciei meu telefone, que estava tocando; era outra ligação de Kelly, que devia estar observando a movimentação com seus binóculos. O sotaque suave de Randall explodiu pelo corredor de entrada enquanto ele flertava descaradamente com a chefe de polícia de Atherton.

"Cat. William." A chefe Danika McIntyre apareceu na porta aberta. "Boa tarde."

Dei a volta na borda da mesa e sorri, retribuindo ao abraço daquela mulher esguia. Fazia oito anos que Danika McIntyre era nossa chefe de polícia e, durante esse tempo, ela havia coordenado várias campanhas de doações de brinquedos e projetos de caridade por meio de nossa Fundação Winthorpe.

"Desculpe-me pela ligação no meio da noite", eu disse.

"Não precisa se desculpar. Eu é que peço desculpas por ter demorado tanto para chegar aqui. Mas não se preocupe, estamos muito ocupados com este caso. Pedi que um juiz assinasse os mandados assim que os tribunais abriram, então, conseguimos fazer muita coisa nas últimas dez horas."

Falei com ela antes de avisar William, esperando que ele não questionasse o propósito dos mandados. "É ótimo ouvir isso. Por favor, sente-se. Você já comeu? Posso servir um prato para você, o que você quiser." Avistei dois oficiais atrás dela, parados no saguão, então, fiz uma pausa.

Seguindo meu olhar, ela deu um sorriso de lamento. "Infelizmente, esta não é uma boa hora. Sr. e sra. Winthorpe, esta é a detetive Cullen e este é o oficial Anders."

Apertei as mãos de ambos. William fez o mesmo.

"Eles precisam falar com você, sr. Winthorpe. Em particular. Se você quiser que seu advogado se junte a nós, isso certamente está dentro do seu direito."

"Você pode me interrogar aqui, na frente do Randall. E eu gostaria que Cat ficasse. Não temos segredos." Ele hesitou. "Não mais."

Que declaração patética. Ele podia não ter mais nenhum segredo para esconder de mim, mas eu tinha uma montanha de segredos escondida dele.

"Muito bem." A chefe de polícia puxou uma de nossas cadeiras forradas de linho e se sentou, gesticulando para que os outros oficiais fizessem o mesmo. "Precisamos perguntar sobre seu relacionamento, ou a ausência dele, com Neena Ryder."

"Nós tínhamos uma amizade que parecia inapropriada, às vezes. Ela deixou claro que estava interessada em ter um relacionamento físico comigo. Eu recusei suas investidas, na maioria das vezes."

"Na maioria das vezes?" A detetive Cullen perguntou. "O que isso significa?"

"Não responda a isso", Randall disse, calmo. "A extensão do relacionamento de William e Neena não tem relação com esta conversa."

"Neena chegou a falar com você sobre um futuro entre vocês dois?"

"Não."

"Você acha que ela acreditava que existia uma chance de haver um relacionamento real entre vocês dois, se Cat ou Matt estivessem fora de cena?"

Ele franziu a testa. "Não sei no que Neena acreditava, mas eu nunca a levei a pensar que havia alguma possibilidade de ter um relacionamento comigo. Eu amo minha esposa, e me certifiquei de que Neena entendesse isso."

Ah, sim. Tenho certeza de que ele estava *falando sem parar* sobre mim naquela sala de reuniões privada. Com certeza, Neena jamais havia considerado a possibilidade de roubá-lo de mim. Ahã.

"Encontramos alguns itens questionáveis no quarto dos Ryder. Fotos de William, algumas, de vocês dois." O outro oficial apresentou um arquivo e tirou algumas fotos adesivadas de uns envelopes de proteção. William e eu nos inclinamos para a frente, examinando as fotos.

Eram fotos familiares, de nossa vida, então, eu olhei para os nossos visitantes. "Todas essas fotos são do meu perfil no Instagram. Fui eu que postei todas. Ela deve ter impresso."

William inspirou fundo enquanto observava aquele imenso volume de fotos.

"Você disse que havia algumas fotos de nós dois?", perguntei.

"Sim." Ele puxou um segundo bloco de fotos do arquivo expansível. Quando esse segundo grupo foi colocado sobre a mesa, William ficou espantado.

Recortes das minhas fotos favoritas. Uma de William olhando com ternura para mim, meu rosto substituído por um recorte do rosto de Neena, com um sorriso radiante. Uma do nosso casamento, meu vestido coberto com uma imagem muito grande de Neena, seu sorriso inclinado em direção ao belo rosto de William. E a pior de todas — a foto de nós dois com minha sobrinha, ainda bebê. Ela substituiu todo o meu corpo pelo dela, os três formando uma família Frankenstein desvairada.

"Tem isso aqui, também." A chefe puxou mais três fotos para fora da pilha, cada uma delas tinha uma arte infernal sobre uma foto de nosso grupo, em que a minha cabeça e a de Matt estavam cortadas.

"Isso é um comportamento psicótico", William disse baixinho. "Precisamos solicitar uma medida de segurança para Cat. Também vou pagar pela proteção de Matt, pelo menos até que Neena seja presa de forma definitiva." Ele me encarou. "Você estava certa a respeito dela. Sinto muito por não ter te escutado."

Eu observei suas feições tensas, vi a culpa e a emoção inundando seus olhos. Mas ele queria dizer isso mesmo? Ele estava arrependido? Eu acreditava que estivesse, mas eu seria capaz de confiar nele de novo?

Limpei a garganta. "O que exatamente aconteceu dentro da casa? Alguém tentou atacar Matt? A casa foi invadida?"

"Ou o invasor tinha uma chave, ou uma porta estava destrancada. Parece ser algo feito por um profissional. Não há impressões digitais, nem pegadas, nem fios de cabelo. Ele entrou por volta das 2h45 da manhã e colocou uma arma na boca do sr. Ryder enquanto este dormia. O sr. Ryder acordou, então, o intruso puxou o gatilho."

William falou um palavrão baixo.

"A arma falhou, Matt tentou agarrar a arma, e o homem fugiu. Não conseguimos localizá-lo."

"Mas você acha que ele foi contratado? Você acha que pode ser alguém que poderia voltar e tentar matar Matt de novo?"

"Vamos manter dois carros posicionados na frente da casa dos Ryder nos próximos dias, mas achamos que a sra. Ryder... ou outra pessoa... contratou o assassino. Estamos fazendo uma auditoria nas contas bancárias e comerciais do sr. Ryder, mas não encontramos nenhuma evidência de jogo, dívida ou contatos suspeitos. Ele parecia ser muito amável e honesto, então, a lista de pessoas interessadas em sua morte seria pequena."

"Ele é um cara legal", William disse baixinho, e eu me ressenti da expressão de culpa em seu rosto. Matt era um cara legal, mas eu também tinha sido uma boa esposa. Ele havia jurado me amar, honrar e me proteger, e é aí que sua culpa deveria ter se concentrado.

Eu me endireitei no assento. "Onde está Neena, agora?"

"Ela está sendo interrogada na delegacia. Estão repassando todas as evidências com ela. Gostaria de dizer que vamos mantê-la lá, mas, para ser franca, temos muitas evidências especulativas, mas nada concreto. Embora este tenha sido um incidente muito assustador para Matt, não houve um crime real, apenas uma tentativa. E vamos seguir o depoimento de Matt em busca disso... nada mais."

William ergueu uma sobrancelha para mim, e eu sabia no que ele estava pensando — em minha viagem para a sala de emergência. O veneno no meu corpo. No dia anterior, tínhamos recebido uma ligação do hospital confirmando a presença de anticongelante no meu estômago. Balancei a cabeça para ele, indicando que ficasse quieto.

"William é um suspeito oficial?" Randall falou, do outro lado da mesa.

A detetive e a chefe trocaram um olhar. "Neste momento, ele nem é um suspeito não oficial. Avisaremos se isso mudar."

"Nesse caso", disse William, "acho que podemos encerrar, por ora." Ele empurrou os braços da cadeira e se levantou, passando a mão pelos cabelos. "Por favor, levem essas fotos. Olhar para elas me dá nojo."

A chefe foi a primeira a se levantar, e ela fez um breve aceno de cabeça. "Agradecemos seu tempo, sr. Winthorpe. Voltaremos a entrar em contato se tivermos mais alguma dúvida."

"Me chame de William", ele a corrigiu, contornando a mesa e estendendo a mão para ela. "E agradeço sua discrição."

"Bem." Ela fez uma careta. "Não posso prometer que durará muito tempo." Ela abriu sua grande bolsa de couro e deslizou o arquivo e as fotos para o seu interior. "Talvez você tenha de ir à delegacia em algum momento, mas tentarei conter tudo, da melhor maneira possível, a partir deste ponto."

Esperei até que ela apertasse a mão de Randall; depois, lhe dei outro abraço. "Obrigada", sussurrei em seu ouvido. Ela retribuiu ao meu abraço.

Enquanto se dirigiam à porta, meu telefone tocou, era uma resposta de Matt.

Estou no White Horse. De péssimo humor, mas a angústia adora companhia. Vou guardar um banquinho para você.

CAPÍTULO 47

CAT

O White Horse era o tipo de lugar em que eu costumava encontrar meu pai nas noites de sábado, durante a temporada de futebol americano. A garçonete tinha seios gigantes, um *piercing* na sobrancelha e um símbolo do infinito tatuado no interior de seu pulso. Passei por uma família de cinco pessoas, uma dúzia de mesas vazias e um velho roendo uma asa de frango, então, vi Matt, quase escondido atrás de uma coluna coberta de pôsteres. Coloquei minha bolsa no balcão e subi no banquinho ao seu lado. "Ei."

Ele virou a cabeça e ergueu o queixo. "E aí?"

Olhei para a coleção de copos vazios diante dele. "Uau. A situação não parece nada boa por aqui."

Ele riu e deslizou uma bebida em minha direção. "Quer se juntar a mim?" Ele apontou para um cardápio, preso na parte de trás do bar. "Estou percorrendo a lista de bebidas. Faltam apenas cinco."

Olhei para a lista, um pouco preocupada, porque ele já havia bebido três drinques fortes. "Topo experimentar alguns. Mas eu tenho um motorista. Prometa que vai pegar uma carona de volta comigo."

"Tudo bem." Ele deslizou a bebida para mais perto de mim e olhou para o conteúdo. "Vou pegar uma carona para casa com o dinheiro de William Winthorpe. Ele me deve pelo menos isso."

Não respondi. Chamei a garçonete enquanto ela se movia em nossa direção. "Vou querer o mesmo que ele."

"Pode deixar." A morena estalou o chiclete e pegou dois de seus copos vazios. "Aqui está." Ela colocou uma tigela de salgadinhos variados na minha frente, e eu prometi comer para não ficar muito bêbada.

"Quem é o grandalhão no canto? É o seu motorista?" Matt acenou com a cabeça para minha nova sombra, um enorme irlandês ruivo que poderia eliminar qualquer ameaça apenas se sentando sobre ela.

"Na verdade, ele é um segurança particular, emprestado da Winthorpe Tech. O motorista ficou no carro. William está um pouco paranoico com tudo o que aconteceu." Eu franzi o rosto, como um pedido de desculpas. "Desculpe-me, se estiver incomodando..."

"Não", Matt deu um sorriso sarcástico. "Eu é que deveria me desculpar. Fui eu quem se casou com a lunática."

"Falando nisso... Eu os vi colocando Neena em um carro de polícia. Você teve notícias dela?"

"Não desde..." Ele bateu na tela do celular. "Duas horas e meia atrás." Ele virou a tela para que eu pudesse ver a fileira de chamadas perdidas.

"Eles nos mostraram as fotos que encontraram em seu quarto. É assustador."

"Eles falaram sobre o dinheiro? Pacotes empilhados embaixo do nosso piso." Ele arrotou e, então, se desculpou. "Cerca de oitenta mil. Vai saber onde ela conseguiu isso." Ele olhou para mim. "Você acha que William pode ter dado a ela?"

Balancei a cabeça. "Acho que não. Posso verificar nosso cofre e nossas contas, mas não acho que ele teria feito isso."

"Bem, ela sabe voltar sozinha da delegacia para casa." Ele tomou outro gole de sua bebida. "E ela não vai ficar em casa. Vou deixar que faça as malas, mas vai ter que encontrar um hotel."

"Bom. Espero que ela acabe em um motel de beira de estrada." Peguei minha bebida da mão da garçonete e ergui o copo. "Um brinde ao erro do gatilho."

Ele estremeceu e, então, assentiu, batendo o copo dele no meu. "Às falhas de gatilhos." Nossos olhos se encontraram, e eu levei a bebida à boca e tomei um gole.

Era forte, a mistura era quase licor puro, e eu engoli tossindo um pouco. "Nossa, isso é forte."

Ele acenou com a cabeça para a morena que estava enxugando os copos na pia.

"Amber é a melhor. Ei, Amber!"

Ela olhou por cima do ombro, com um copo ainda na mão.

"Esta é a Cat." Ele agarrou meu ombro. "Ela é a única pessoa no mundo que entende minha dor."

"É verdade", eu concordei, sorrindo para ele. "Somos gêmeos torturados."

"Gêmeos torturados!" Ele gargalhou como se fosse a coisa mais espirituosa do mundo. "Amber, Cat é casada com o homem que estava transando com minha esposa."

"Uau", disse ela lentamente, colocando o copo na prateleira. "Vocês são um par inusitado. Onde estão os canalhas traidores?"

"Bem, minha esposa está na cadeia", disse ele, como se fosse uma coisa grandiosa, e eu esperei seu exagero passar. "E o marido dela está..." Seus olhos se estreitaram quando ele olhou para mim. "Bem, não sei onde William está. Em algum lugar caro."

"Meu marido está conversando com o advogado dele e tentando descobrir a melhor maneira de demitir sua esposa." Tomei outro gole da bebida e estremeci.

"Ah." Ele girou o copo em círculos sobre o balcão do bar. "Você sabe... Estive pensando sobre o que teria acontecido se a arma não tivesse falhado."

Eu o observei com atenção. "Se a arma não tivesse falhado...", eu disse lentamente. "Você estaria ferido ou morto."

"Sim." Ele assentiu. "Mas...", ele levantou um dedo em sinal de dúvida. "*Será* que ela teria se safado?"

Franzi a testa. "Eles teriam feito a mesma investigação, certo? Ainda descobririam as fotos e o dinheiro. E as fotos foram o que realmente os levou a descobrir o caso, não é?" Minha voz deu uma travada, e ele estendeu a mão e deu um tapinha no meu braço de uma forma inofensiva, de um homem que não sabia o que fazer.

"Sabe...", disse ele, cautelosamente. "Eu não sei por que ele fez alguma coisa com ela quando tinha você. Não faz o menor sentido."

Eu engoli uma explosão de emoção que ameaçava me trazer lágrimas. "Obrigada", eu disse baixinho. *Obrigada, mas e daí?* Não importava se eu era mais bonita ou mais jovem. Mais doce. Menos psicótica. Ainda assim, ele foi atrás dela. Se eu não tivesse intervindo, até onde aquilo teria ido? O que poderia ter acontecido?

Ele encolheu a mão. "Você já falou com ele sobre isso? Descobriu como começou? Ou por quê?"

"Sim. Ele..." Eu respirei fundo. "Ele disse que apenas aconteceu. Que foi um erro. Que ele não sabe dizer como chegou a esse ponto, mas chegou."

"Soa como lorota", ele rosnou.

"Verdade."

Ele se curvou em minha direção. "Você suspeitava de algo? Imaginava que havia alguma coisa entre eles?"

Franzi o rosto. "Não sou fã de sua esposa já faz algum tempo. Eu achei que estavam passando muito tempo juntos, mas ele dizia que minhas preocupações não tinham fundamento."

A garçonete parou perto de nós. "Prontos para o próximo da lista?"

Matt assentiu e, então, olhou para mim. "Você vai ficar com ele?"

Tive que mentir. Se dissesse a verdade, eu poderia lhe dar permissão para seguir o exemplo. Hesitei e, então, lentamente, balancei a cabeça. "Não." Eu olhei em seus olhos. "Não posso perdoar o que ele fez. Você acha... que a teria perdoado? Se ela não tivesse..." Eu acenei com a mão no ar como se tentasse indicar sua situação em geral. "Você sabe. Tentado matar você."

Ele riu de uma forma inusitada. Era uma risada contagiosa, que começou como uma gargalhada e se tornou ofegante através de seu corpo, seu peito foi subindo e descendo, as lágrimas pontilharam os cantos de seus olhos. Eu me juntei a ele, e foi triste sentir o quanto ele precisava da minha aprovação. Sua expressão foi clareando quando eu comecei a rir.

Assim, tão de repente quanto havia começado, ele parou. "Não sei o que eu teria feito", ele admitiu. "Mas esta não foi a primeira vez que ela me traiu." Ele olhou para sua bebida e, então, tomou metade em um gole só. "Da última vez, eu sequer a confrontei por isso. Descobri, e nunca fiz nada a respeito."

"Uau." Meu falso choque soou genuíno, mas eu não fiquei surpresa. Eu achava que Neena era infiel desde o início. E enquanto Matt interpretava o marido ingênuo com perfeição, eu concluí que ninguém seria tão estúpido. Todos nós temos nossos instintos. Ele devia saber, em algum momento de seu casamento, que estava sendo feito de bobo.

"Tenho todas as mensagens de texto entre eles", ele confessou. "A detetive está me repassando. E os registros de chamadas. Caso você queira."

"É muito gentil da sua parte. E da detetive." Olhei para ele. "Você acha normal? Compartilharem tudo isso?"

"Não sei. Eles..." Ele enfiou a mão nos salgadinhos e pegou um punhado; depois, me ofereceu a tigela. Sacudi minha cabeça. "Eles estão meio que colocando isso nas minhas mãos. Eles não conseguem... pelo menos não ainda... encontrar provas de uma conexão entre o atirador e Neena, sobretudo porque não têm ideia de quem é o atirador."

Franzi a testa. "Como assim, eles estão colocando em suas mãos?"

"Os próximos passos. Temos uma reunião com o promotor amanhã para discutir minhas opções."

"Você e Neena?"

"Não, eu e a detetive Cullen." Ele olhou para mim. "Estava pensando que você poderia vir."

Hesitei. "Isso seria apropriado? Não tenho certeza de que..."

"Seria bom ter um rosto conhecido lá. Alguém em quem confio. Eu..." Ele fez uma pausa, como se estivesse tentando encontrar as palavras certas. "Você já passou por isso. Bem ao meu lado. Talvez não ontem à noite, mas, como você foi para o hospital por envenenamento, acho que estamos quites." Ele me deu um sorriso fraco, e eu retribuí o gesto.

Queria estar lá quando decidissem seu destino. Mais que tudo. Mesmo assim, fingi apreensão. "Sinceramente, não sei se a detetive Cullen permitiria que..."

"Cat", ele me repreendeu, "se existe alguém nesta cidade para quem eles abririam uma exceção, essa pessoa é você."

"Eu ou William", eu disse em voz baixa, com meu olhar flutuando pelo bar enquanto eu matava uma dúzia de segundos. "Está bem", disse da forma mais relutante que pude. "Eu estarei lá."

CAPÍTULO 48

NEENA

Dez horas depois de um carro da polícia ter me tirado da minha própria casa, saí do táxi e fiquei olhando para ela. A luz da varanda estava acesa, iluminando a fita amarela brilhante que se estendia entre cada coluna e as estacas no quintal. Dei um passo à frente, sentindo meus tênis esmagando o cascalho enquanto eu colocava minha bolsa sobre o ombro dolorido.

Deveria ser um crime estar tão exausta assim. Minhas emoções e meu corpo tinham sido distendidos além dos limites razoáveis. Dez horas de espera, de perguntas, de ter que explicar minha história repetidas vezes. Constantes acusações e fotos e especulações e mentiras. Dez horas em que me mantiveram convencida de que alguém estava por trás de tudo isso e de que essa pessoa queria me pegar. Enquanto eu subia os degraus, minha bolsa escorregou de um ombro e bateu no meu joelho. Consegui subir o último degrau e cambaleei até a porta da frente. Girei a maçaneta, que não abriu. Toquei a campainha e pensei em procurar minhas chaves, que estavam enterradas em algum lugar no fundo da minha bolsa.

Olhei para os recortes de vidro da porta, o interior escuro. Matt deveria estar aqui. Abri a parte superior da minha bolsa e me encolhi quando a pesada porta se moveu, oscilando para dentro, vi a luz da varanda iluminando uma fina brecha, que revelava meu marido.

Eu me encolhi ao ver Matt, seus olhos vermelhos, seu cabelo desgrenhado. Ele parecia não ter se barbeado hoje, suas bochechas redondas estavam cobertas de uma fina camada de pelos. Sua camiseta larga estampada, que eu poderia jurar que havia jogado fora, ostentava as palavras *Aula de Inglês*, seguidas por imagens de um peixe, uma bola e um gato. Eu odiava aquela camiseta idiota. Ele a comprou em uma loja turística barata na Duval Street e insistiu em usá-la no navio de cruzeiro, de volta para casa, apesar da minha firme oposição.

Então, esse era o caminho que ele estava tomando. Uma camiseta infantil, me fazendo pegar um táxi para casa. Eu o prendi com o olhar e dei um passo adiante.

Ele não se moveu, seu corpo estava bloqueando a porta.

Eu o encarei. "Você vai *sair* daí?"

"Você tem dez minutos para tirar tudo de que precisa desta casa." Ele falou devagar, com suas palavras arrastadas. "Se passar disso, farei aquele oficial te acompanhar até a saída." Ele apontou para um dos carros de polícia estacionados à frente da nossa entrada, com as lanternas baixas.

Fiquei surpresa com a atitude dele. Foi ele quem me deu uma rasteira, foi ele quem revelou a combinação do cofre, e ainda assim estava me expulsando? "Você está brincando comigo? Você tem ideia do que *passei* nas últimas vinte e quatro horas? Tive que pegar um *táxi* para cá. Por que você não está atendendo as minhas ligações?"

"Eu te amava." Ele decaiu um pouco contra o batente da porta, mas eu sabia que ele me perdoaria pelo caso. Ele só precisava de um tempo. Um pouco de tranquilidade. Um lembrete do quanto me amava e do quanto precisava de mim.

"Saia do caminho." Eu o empurrei para a frente, usando meu ombro para o forçar a recuar. A alça da minha bolsa prendeu na maçaneta da porta, e eu puxei, quase tropeçando em Matt na tentativa de entrar totalmente. "O que você está..." Eu o empurrei e me levantei. "O que há de *errado* com você?"

"O que há de *errado* comigo?" Ele agarrou a porta com uma mão e a fechou com uma ferocidade que sacudiu toda a parede. "Você contratou alguém para *me matar*."

"Ai, meu Deus." Abracei o meu peito, observando enquanto ele passava por mim e entrava na cozinha. Eu o segui, puxando seu braço. "Matt. Você não pode acreditar nisso, de verdade."

"Eu acredito", ele gaguejou. "Sua *puta* idiota."

Meu queixo desabou, e houve um instante em que não consegui nem formular uma reação. Matt não falava com ninguém assim, muito menos comigo. Não conseguia me lembrar de uma ocasião em que ele tivesse dito algo remotamente rude para mim. Ele sabia o que estava fazendo. No entanto, agora, depois de tudo o que eu havia passado e de ter sido acusada, ele estava piorando as coisas. Engoli em seco. "Você não ligou para Mitchell, ligou?"

Tinha sido tão constrangedor esperar receber nosso advogado e então ver um defensor público entrando. O homem demorou muito para chegar, e ele não sabia nada sobre mim, sobre Matt ou sobre nossa história. Mitchell saberia que eu era inocente. Mitchell me conhecia. Eu poderia ter contado tudo a Mitchell e não ter soado como uma... uma... uma *puta idiota*.

A acusação de Matt ecoou, as palavras eram adequadas para descrever o modo como eu havia me sentido na frente daquele defensor público. Fui forçada a contar a ele os detalhes íntimos do meu relacionamento com William, e vi o julgamento cintilar no rosto sulcado daquele homem. Eu contestei calorosamente suas perguntas sobre eu ter contratado alguém para matar Matt, e percebi que ele não acreditava em mim.

"Ah, eu liguei para Mitchell", Matt zombou. "Liguei para Mitchell e deixei bem claro onde sua lealdade deveria estar."

Minhas bochechas queimaram quando percebi que Matt era a razão pela qual o defensor público havia sido designado para mim. E eu acreditei nele o tempo todo na delegacia. Presumi, embora ingenuamente, que ele tinha voltado para casa acreditando em mim.

Soltei uma gargalhada estranha e tentei entender por que aquilo tudo tinha dado tão errado. "Mas... é tudo besteira, Matt. Eu não contratei alguém para matar você. Você *sabe* que não fiz isso."

"Então, eu sou azarado?" Ele ergueu os braços ao lado do corpo, e eu não podia acreditar que estava sendo submetida a tantas acusações. Eu deveria estar tomando um banho quente nesse momento. "Acho que os parafusos do parapeito onde gosto de me apoiar todas as manhãs sumiram por acaso. Acho que o licor que você comprou especificamente para a Cat *por acaso* continha anticongelante. Acho que, de todas as casas desta cidade, algum psicopata entrou na nossa casa de forma aleatória, sem quebrar uma única janela ou uma fechadura, e enfiou uma arma na minha boca."

"Você não pode estar falando sério", eu gaguejei.

"Cat foi parar no *hospital*, Neena. Eu estive a uma falha de gatilho da morte. Valeria a pena matar nós dois por William?"

Meu Deus, eu odiava aquela mulher. Dane-se o atirador que veio atrás do meu marido. Ele deveria ter entrado naquele mausoléu incrustado de diamantes e atirado em seu lindo rostinho, bem entre os olhos. Então, estaríamos em nossa casa, felizes como porcos em um chiqueiro, e seria a vida *deles* sendo destruída agora.

"Você teve sorte de Cat ter impedido a polícia de investigar aquele *limoncello*. Nós te *protegemos*", ele cuspiu.

"Você estava me protegendo quando disse a eles para olharem o cofre? Você sentiu prazer de me estressar, não me deixando esquecer daquilo?" Eu podia sentir lágrimas queimando nos cantos dos meus olhos, meu fio muito tênue de autocontrole se desgastando até o ponto de ruptura. "Eu *desmaiei*, Matt. Desmaiei quando pensei que iriam encontrar meu testamento. Por que você me fez passar por isso?"

"Ah, por favor." Ele balançou a cabeça. "Você já o tirou de lá. Provavelmente, o destruiu. O que havia lá para fazer você desmaiar?"

Congelei com a implicação de suas palavras. "Eu não o removi, Matt. Eu..."

"Falei com Cat esta manhã e decidimos..."

"Decidimos? Onde você falou com Cat? Você a viu? Ela esteva aqui?"

Ele conhecia as regras. Fui muito clara durante as duas décadas de nosso relacionamento e demarquei os limites com tinta vermelha, da cor de sangue. Ter uma mulher em nossa casa, sozinha com meu marido, era contra todas as regras do jogo, *e ele sabia disso.*

"Você não vai dar uma de ciumenta louca pra cima de mim agora." Ele ergueu a mão, e eu quis agarrá-la pelo pulso, apertar o interruptor perto da pia e enfiá-la no triturador de lixo. "O que importa é que ela concordou em não mencionar o envenenamento ao detetive e nem compartilhar a história da grade quebrada com eles."

"Ah, que *gentileza* da parte dela", eu zombei. "Tão generosa... Eu deveria escrever um maldito cartão de agradecimento a ela. Você acredita nesse fingimento? Provavelmente, ela envenenou a si mesma."

"Sente-se, Neena."

Ele já havia dito o meu nome de uma forma tão fria? Ele apontou para um banquinho. "Vou explicar isso para você uma vez e, juro pela minha vida, se você disser uma palavra antes de eu terminar, vou lhe dar um tapa na cara."

Eu abri a boca e, então, a fechei, atordoada ao me deparar com o estranho que estava diante de mim e com as palavras que ele acabava de cuspir. Atordoada com a forma como ele falava. Se ele tivesse mostrado esse lado de si mesmo antes, eu poderia realmente tê-lo respeitado. Permanecido *leal* a ele. Eu me sentei.

"Vou pedir ao pessoal do escritório de Mitchell que prepare os papéis do divórcio. Vou dar entrada na segunda-feira."

"Você vai fazer *o quê*?" As palavras explodiram de dentro de mim quando meu pânico veio à tona.

O impacto de sua mão me atirou para trás, o banquinho foi inclinando. Eu me esforcei para agarrar a borda do balcão e falhei, o caro banquinho de três pés foi atirado para o lado, as solas dos meus sapatos deslizaram ao longo do ladrilho enquanto estrelas pontilhavam minha visão.

Ele me bateu. Matt me *bateu.*

Se ele tivesse puxado a camisa e mostrado um terceiro mamilo, eu não teria ficado tão surpresa.

Eu me apoiei na borda do balcão e recuperei meu equilíbrio, sentindo que minhas pernas estavam ficando fracas enquanto eu lutava para ficar em pé. Minha visão foi clareando. Matt estava na minha frente, parado e em silêncio, me encarando como se eu fosse uma estranha. Eu.

Ele apontou para o banquinho, que estava de lado, com a madeira batendo no chão enquanto balançava um pouco no lugar. "Volte ao seu lugar. Cale a boca. Se você falar de novo, vou bater em você de novo."

Era pura tortura manter minha boca fechada. *O que ele estava pensando?* A maçã do meu rosto latejava. Ficaria um hematoma. Como explicaríamos *isso* à polícia?

Eu levantei o banquinho e o endireitei. Me movi devagar para me sentar em cima dele, minhas mãos suavam enquanto eu agarrava o balcão e prometia a mim mesma ficar em silêncio. Na minha cabeça, uma imagem em câmera lenta de Cat Winthorpe surgiu. Rindo da minha prisão. Dando carboidratos e açúcar a William em uma lingerie *sexy*, o levando a se apaixonar outra vez por ela. Eu era a única que deveria ganhar este jogo. *Eu*.

Matt continuou falando como se tudo estivesse bem, como se não tivesse acabado de me agredir. "Você não vai contestar o divórcio, e vai abrir mão de todos os bens do nosso casamento, incluindo minha empresa." Ele olhou para mim, se certificando de que eu estava acompanhando seu monólogo ridículo.

Ele podia estar dizendo isso agora, mas não deveria estar falando sério. Apesar de tudo, Matt era meu alicerce. O único que me amou apesar das minhas falhas. O único que olhava para mim como se eu tivesse valor. Aquele que me sustentou desde o momento em que perdi meu pai. Essa segurança emocional tinha sido a única constante na minha vida nas últimas duas décadas. Tinha sido a base da qual eu dependia quando saí de casa. Seu amor por mim... Ele não ia a lugar algum. Não podia ir a lugar nenhum. Ele me abandonar nunca foi parte desse plano.

"Vou dar a você mil dólares por mês como pensão alimentícia por dois anos. Isso é tudo o que você vai receber. Nem um dólar do bônus de Ned Plymouth. Nem um dólar de nossas ações ou de nossas economias ou o patrimônio desta casa."

Eu jamais concordaria com isso. Ele estava louco se achava que eu iria concordar.

"Você vai assinar o acordo e me deixar em paz, porque, se não assinar, se chegar *perto* de mim, vou contar a eles sobre seu pai. Vou contar a eles a história que você detalhou em seu testamento. E eles vão acreditar, sobretudo se Cat estiver ao meu lado, compartilhando tudo sobre o licor que você deu a ela e os detalhes da minha queda. Eles vão acreditar na confissão dela, vão desenterrar o corpo do seu pai, e você vai para a prisão."

Eu vou matar Cat. Não sabia como ou quando, mas eu iria matá-la. Cortaria os freios de seu carro, a empurraria de uma montanha, ou a embebedaria e a afogaria em sua gigantesca piscina ridícula.

Arrisquei um olhar sobre o rosto de Matt e suspirei diante do desprezo e do ódio transmitidos pela expressão que ele me dirigia.

Em algum lugar lá dentro, ainda deveria existir amor. Precisava existir.

Eu me levantei do banco e corri para o andar de cima, sentindo que precisava me afastar daquele olhar antes que ele me partisse ao meio.

CAPÍTULO 49

CAT

Eu estava no deque do telhado. Agarrei os degraus finos da escada que tinha sido construída na extremidade do deque. Ela permitia que alguém subisse no telhado, onde era possível caminhar ao longo das superfícies inclinadas e ver quase 360 graus ao redor. Os binóculos estavam pendurados no meu pescoço por uma alça grossa.

Caminhei até o pico e cuidadosamente desci pelo lado oposto, me acomodando em uma das cumeeiras, onde o telhado mudava de direção. Encontrando uma posição confortável na telha, observei o quintal da frente da casa de Matt e Neena.

Perdi a chegada dela, o táxi indo e vindo, enquanto eu discutia com William. Perguntei mais uma vez por que razão ele havia feito aquilo, e recebi uma montanha de explicações que se resumiam a uma coisa: porque ele podia. Ela o perseguiu, e ele não conseguiu resistir à massagem de seu ego.

Eu esperava que esse confronto se desenrolasse de maneira semelhante ao que aconteceu com a história da secretária desleixada. Eu gritaria por causa de Neena, e ele zombaria de mim e me ridicularizaria. Eu estava preparada para isso, mas este era um William totalmente diferente, alguém que me olhava com uma devoção quase visceral, o que contrastava completamente com o fato de que ele havia transado com ela na sala de reuniões da nossa empresa.

William tinha se desculpado diversas vezes, e eu já estava cansada de ouvir aquilo. Eu não queria suas desculpas. Queria que ele a odiasse, que ficasse enjoado com o som de seu nome, que associasse constantemente esse caso com sofrimento, dores de cabeça e horror. Queria que ele se comprometesse conosco e fizesse um voto de nunca mais olhar para outra mulher.

Eu rejeitei suas desculpas e disse a ele que precisaria de algum tempo para mim. Depois de duas horas no bar com Matt, eu mergulhei na banheira, seguindo com um jantar tranquilo na biblioteca e, agora, o ar fresco no telhado.

Eu precisava de tempo para pensar e queria esse momento final para mim.

Pensei no anúncio de Matt, de que ele expulsaria Neena, e me perguntei se eu chegaria a esse ponto. Precisei dizer a ele que eu estava deixando William, tive que definir aquela trilha falsa para lhe dar algo para seguir, a princípio. Eu sabia que ele precisaria de um empurrão. Nunca tinha visto um marido com tanta devoção e aceitação cega. Eu não podia permitir que Neena e William tivessem um caso e ela fosse perdoada e amada como se nada tivesse acontecido.

Matt provou isso em nossa conversa no White Horse. *Da última vez, sequer a confrontei com isso. Descobri e nunca fiz nada a respeito.* A confirmação do que eu já sabia me aqueceu, a tequila foi borrando as bordas de minhas ações com um tom de rosa com o qual eu já estava bastante acostumada.

Ele teria perdoado a traição, mas assassinato? Algum cônjuge poderia perdoar isso? Algum marido ainda poderia amar sua esposa sabendo que ela o queria morto?

Não.

Não.

Não.

E foi por isso que *tive* que fazer o que fiz. Tive que mostrar a ele o quão terrível era sua vida com ela. Tive que *forçar* a separação, ou ele nunca teria feito isso por conta própria, e ela nunca sofreria as consequências por suas ações horríveis.

Levei os joelhos ao peito e me esforcei para ouvir qualquer coisa da casa dos Ryder. Desse ângulo, eu podia ver as janelas do quarto deles, mas estava escuro, sua atividade ainda estava restrita ao andar de baixo.

Neena deveria estar sobrecarregada agora. Confusa. Provavelmente, ela estava se tornando hostil. Dizendo que ele estava louco. Imaginei os dois gritando, o rosto dela tomado de raiva, suas feições cirurgicamente aprimoradas se contorcendo em padrões horríveis enquanto ela negava os crimes dos quais não sabia a origem.

Ela realmente tornou tudo muito fácil para mim. Tão focada no meu marido. Tão ávida por um tempo com ele. Ela estava tão preocupada em destruir meu casamento que nunca prestou atenção no dela.

As luzes se acenderam na grande janela da frente, e eu me inclinei o mais para a direita que pude, observando a progressão de seus movimentos enquanto a escada se iluminava, depois, o corredor do segundo andar. Agarrei meus joelhos ansiosa, rezando para que, quando a luz do quarto se acendesse, as cortinas estivessem abertas.

As quatro janelas explodiram em ação, brilhando em amarelo brilhante contra a noite escura. Levantei os binóculos e ajustei o foco, soltando um suspiro de alívio ao avistar a parte da cortina que estava aberta o suficiente para me permitir uma espiada.

Neena atravessou o quarto, com os braços se agitando, a boca se movendo. Ela parou e virou, apunhalando o ar com o dedo enquanto gritava algo. Eu me esforcei para ver Matt, soltando um suspiro suave quando ele apareceu na porta, seu próprio rosto vermelho, sua boca tagarelando enquanto ele respondia algo de volta.

Eu quis gritar diante da presença de sua força de vontade. *Eu dei isso a ele*. Observei enquanto ele apontava para o chão. Ele devia estar falando sobre o dinheiro.

O dinheiro tinha vindo do nosso cofre, as pilhas de notas tinham sido embrulhadas com presilhas novas, para o caso de as originais terem as impressões digitais de William ou as minhas. Eu tinha usado luvas quando manuseei o dinheiro, embora tivesse certeza de que as impressões digitais não poderiam ser retiradas de moeda suja — e por que eles tentariam? As impressões digitais de Neena estariam em todos os outros itens no buraco.

Pensei na caixa vermelha que coloquei no buraco e no momento em que ela desembrulhou o presente de aniversário e virou o recipiente vermelho. *Balance*, eu disse, e quase ri ao pensar nela seguindo minhas instruções, em sua encenação estúpida pelas minhas mãos. Ela abriu a caixa e olhou fixamente para o vibrador que peguei de uma prateleira de descontos na *sex shop* do bairro. Ela não havia percebido que eu tinha acabado de me dar o melhor presente de agradecimento possível — evidência. Juntei a caixa e o papel de embrulho, os guardando de volta na minha bolsa e a distraindo com conversas, o roubo da embalagem passou despercebido no restante das festividades da noite. Afinal, William estava lá. Eu poderia ter me cortado da virilha ao pescoço, dançado nua em meio ao jorro de sangue, e mal teria recebido um olhar de soslaio de Neena.

Foram seus olhos que me deram o primeiro indicador de que havia problemas. Seus olhos o observavam sempre que ele saía da sala. Se iluminavam sempre que ele falava com ela. Acariciavam seu rosto quando ele sorria. Eu tinha visto aqueles olhos e sabia, desde o início, que ela seria um problema.

Agora, eu observava enquanto ela se agachava diante da cômoda do quarto, puxando gavetas e arremessando itens sobre a cama. Ela foi ao antigo cofre dos Baker e passou os dedos pelo teclado, inserindo a combinação — a mesma combinação que eu havia encontrado no bilhete, anos atrás. Ela desapareceu atrás da porta, e eu a imaginei olhando através dos itens escassos, procurando desesperadamente o envelope que os policiais nunca haviam encontrado. Enfiei a mão no bolso do meu roupão e fechei os dedos ao redor do envelope que eu havia removido do cofre. Aquele que estava marcado como *Testamento e Herança de Neena*. Quase o ignorei durante a minha exploração do conteúdo. Afinal, quão interessante poderia ser um testamento?

Mas, como se viu, o de Neena era um verdadeiro espetáculo.

Imaginei o pânico dela, folheando frenética os papéis uma, duas, três vezes. Ela realmente deveria ter usado um cofre de um estabelecimento seguro. Toda essa configuração tinha sido uma moleza. Na manhã da queda de Matt, passei algumas horas sozinha percorrendo a casa deles e vasculhando suas gavetas, seu armário, sua vida. Enquanto William e Neena esperavam Matt no hospital, eu testei minha chave antiga na porta dos fundos da casa e descobri que ainda funcionava. Verifiquei o cubículo vazio no chão e tentei imaginar como poderia ser usado. Encontrei a foto que tirei do bilhete que continha a senha do cofre e experimentei a combinação, sorrindo ao perceber que eu ainda conseguia abrir o cofre. Examinei o conteúdo e li tudo, inclusive o testamento dela.

Lembro de minha boca se abrindo, meus olhos percorrendo o quarto vazio, procurando alguém com quem compartilhar aquilo. Lembro de ter lido uma segunda vez e, depois, o dobrado com cuidado em três partes, o deslizando de volta para o envelope. Lembro de ter colocado sua casa em ordem e de ter jogado fora os restos do corrimão e, depois, de ter voltado para minha casa e me deitado no sofá, com o envelope quente no bolso de trás da minha calça.

Fiquei deitada e pensei em tudo. Lembrei da conversa com William e o oficial Dan sobre o corrimão quebrado. A possibilidade de tentativa de assassinato que tínhamos acabado de ignorar. Movi as peças do quebra-cabeça em minha mente até que elas se encaixassem. Alertas plantados. Pistas falsas enganando a todos. A destruição cuidadosa de uma vida, uma interação por vez.

Elaborei o plano e depois refleti sobre ele por um longo tempo. Um momento em que a observei se esgueirar. Um momento em que monitorei a atividade de chamadas do meu marido, li seus e-mails e mensagens de texto e coloquei uma câmera escondida no único lugar da Winthorpe Tech onde algo poderia acontecer — a sala de reuniões. Eu me comportei até a tarde em que assisti ao vídeo dela sentada na pesada mesa de mogno, com os joelhos abertos, as mãos agarradas à camisa de William. Ela curvada, com o rosto contorcido de prazer.

Pausei o vídeo logo após o ato, quando ela estava pegando sua calcinha e ele estava afivelando o cinto. Ela estava olhando para baixo e sorrindo. *Sorrindo*. Cambaleei para longe da tela, com minhas mãos trêmulas, meu estômago embrulhado, quase não conseguindo chegar ao banheiro para vomitar. Eu me tranquei lá e liguei o chuveiro, tirando a roupa e afogando meus soluços sob o jato de água.

Cheguei ao fundo do poço.

Mulheres nessa situação não podem ser responsabilizadas por suas ações.

Eu precisava ter meu marido de volta. Precisava que ela fosse punida. Então, coloquei meu plano em prática e consegui o que queria.

CAPÍTULO 50

CAT

William estava dirigindo, o Maserati, zumbindo ao longo da estrada. Abri o botão mais alto da jaqueta e liguei o ar-condicionado, liberando as saídas de ar.

"Falei com a chefe McIntyre esta manhã", ele anunciou, com os olhos na estrada. "Ela vai estar presente na sua reunião."

Observei enquanto passávamos pelos portões de segurança do bairro, a mão de William se erguendo para acenar aos policiais uniformizados que protegiam a entrada. Depois do invasor na casa de Matt, minha confiança neles diminuiu, e eu passei a evitar o contato visual. Nós serpenteamos pelas curvas de Atherton, indo para a delegacia de polícia, e descansei a cabeça na janela, observando as casas ficarem menores e depois mais próximas umas das outras conforme nos aproximávamos do centro da cidade.

"Neena me ligou esta manhã." William deu a notícia de forma sombria, e eu levantei a cabeça e me virei para encará-lo, fingindo surpresa. Durante meses, monitorei sua atividade de chamadas por intermédio de nossa operadora e sincronizei meu laptop com sua conta do celular, então, todas as suas mensagens de texto também chegavam lá.

"É a primeira vez que ela liga desde que tudo aconteceu?" Esperei para ver se ele passaria no teste. Se ele mentisse, o que eu faria? Qual seria a utilidade de tudo isso se ele continuasse por um caminho de falsidade?

"Não." Ele suspirou. "Ela me ligou algumas vezes no meio da noite, mas eu não atendi. E, assim que soube do invasor, pensei que pareceria suspeito se eu ligasse de volta."

"Seria", eu concordei. "Além disso, você não vai falar com ela de novo." *Nunca* mais. Estabeleci várias regras inegociáveis, sendo a principal que ele fosse completamente honesto comigo e cortasse toda a comunicação com ela.

"Claro que não." Sua mão se fechou sobre a minha, e eu lutei contra minhas emoções para permitir uma conversa final entre William e Neena. Parecia que precisava haver algum encerramento. Queria que ela soubesse que ele me escolheu não porque precisava de mim, mas porque me desejava.

Mas será que era verdade?

Isso fazia parte do problema de desencadear os "atentados" contra a vida de Matt. O caso foi encerrado antes de morrer por conta própria. Até onde Neena sabia, William poderia estar ansiando por ela e apenas estava sendo mantido a distância por mim.

Era um problema para o qual eu ainda teria que encontrar uma solução. O polegar de William passou pelas costas da minha mão e eu o afastei.

Quando contornamos a curva, Ravenswood Preserve apareceu diante dos meus olhos. O sol fluía sobre as cores do pântano, a água brilhava. Ele acenou com a cabeça para a vista. "Lembra o que você disse quando nos mudamos para cá?"

"Que era mágico?"

"Que criaríamos magia aqui." Ele se inclinou, dando um beijo na minha testa. "Nós conseguimos, Cat."

"E então você estragou tudo."

Ele saiu para o acostamento e parou diante de um grande sinal de PROIBIDO ESTACIONAR. Ele se virou para mim, e eu pude ver a dor em seus olhos. "Eu vou consertar as coisas. Vou reconquistar sua confiança. Não sei como, mas vou passar todos os dias da minha vida tentando."

Balancei a cabeça e disse a verdade. "Não sei se você vai conseguir."

"Não diga isso", ele implorou. "Eu..."

"Você o quê? Você *transou* com ela. Você a *beijou*. Abriu mão do tempo e da atenção que deveria ter gastado comigo para ficar com ela. E você mentiu para mim a respeito de tudo." Comecei a chorar, minhas palavras foram grudando, minha respiração, sugando pequenos soluços molhados que eu não conseguia controlar.

Já fazia algumas semanas que eu havia descoberto, mas a ferida ainda parecia fresca, como se as emoções reprimidas estivessem incubando no meu peito e agora estivessem saindo para o mundo.

Ele tirou meu cinto de segurança e me puxou em sua direção, me erguendo sobre o apoio de braço e contra seu peito, minhas pernas eram muito longas para aquela posição. Eu me agarrei a ele, e ele beijou minha testa, minhas bochechas, meu nariz, meus lábios. "Por favor", ele implorou, sua voz era irregular. "Eu não posso viver sem você. Fui fraco e estúpido. Não significou nada."

Eu estava rígida sob seu toque, tentando não ser influenciada por suas emoções.

"Ela precisa ser punida, William." Eu me afastei de seu peito e olhei em seus olhos. "Ela não pode fazer o que fez com você com mais ninguém."

Ele assentiu, pronto para concordar com qualquer coisa. Era o momento pelo qual eu esperava, o último prego preparado e pronto para o caixão dela.

"Ligue para Nicole, das Relações Públicas. Vaze a tentativa de assassinato e sua demissão para os jornais locais."

Ele hesitou. "Cat, eu só quero terminar o que tive com ela. Para sempre."

"E eu *preciso* que você faça isso. Para mostrar a ela que tudo acabou. E para que seja punida pelo que fez conosco."

Ele não gostou disso. Eu podia ver em seus olhos, pela maneira cautelosa que assentiu e, depois, pressionou os lábios contra minha testa. "Tudo bem", ele sussurrou. "Vou ligar para ela assim que eu lhe deixar na delegacia."

"Peça para ela fazer isso hoje", eu exigi. "Precisa estar na primeira página até amanhã."

"Vou pedir."

Encontrei sua boca e me derreti em seu beijo, senti a conexão sendo alimentada por sua emoção. Naquele momento, eu não o perdoei, mas a crosta sobre minha ferida ficou um pouco mais grossa.

● ● ●

Encontrei Matt na delegacia, sentado no final de uma longa fila de cadeiras. Ele se levantou e me puxou para um abraço que cheirava a suor e pizza. Eu o abracei e dei um beijo suave em sua bochecha. Ele ficaria bem sem ela. Ele tinha dinheiro e era gentil. Ele encontraria uma nova esposa, jovem, que riria de suas piadas, ficaria ótima em seu braço e poderia dar partida em uma Harley.

Sorri para Matt. "Parece que você sobreviveu à noite passada."

"Bem mal." Ele se sentou na cadeira e olhou para o relógio. "Minha cabeça tá me matando."

"O que aconteceu com Neena ontem à noite?"

"Ela voltou para casa, ficou cerca de meia hora. Arrumou as coisas dela e depois foi embora. Não sei onde ela passou a noite."

Sim, eu estava curiosa, queria saber onde Neena tinha ido parar. Passei a noite na cama com William, ainda fria e distante, estendendo seu castigo enquanto observava o fogo crepitar na lareira do nosso quarto, e eu gostava de pensar em uma Neena solitária fazendo check-in em um quarto de hotel barato.

"Onde está William?" Matt acenou para a janela da frente da delegacia. "Eu vi quando ele te deixou aqui."

"Ele foi para o escritório, vai ficar lá por algumas horas. Eu disse a ele que ligaria quando terminasse."

Ele assentiu, e eu vi o aperto de seus lábios, o lampejo de raiva em seus olhos. Não o culpava por estar bravo com William. Os homens eram amigos, e não da maneira distorcida e traiçoeira de Neena e eu. Lutei tentando encontrar algo para dizer. "William foi egoísta, mas não foi manipulador. Ele teve um momento de fraqueza, um dia. Não estava a seduzindo, e eu sei que ele não queria o machucar intencionalmente, assim como não queria me machucar."

Ele deu de ombros. "Ainda o odeio. Ele teve um caso com ela e, apesar do que você disse ontem à noite, parece que ele ainda está com você. Simplesmente não parece justo."

Concordei com um aceno de cabeça, parte de mim lutava contra as mesmas emoções. No entanto, esse evento nos mudaria para melhor. Se saíssemos disso com um casamento mais leal e com diálogo aberto, eu não precisaria puni-lo por despeito. E eu tinha essa ficha, essa história, para usar em qualquer ponto futuro do nosso relacionamento, se eu precisasse.

Meu estômago roncou e instintivamente coloquei a mão na barriga para encobrir o som. Os olhos de Matt seguiram o movimento. "Você está se sentindo bem?"

Eu forcei um sorriso. "Sim. Meu estômago ainda está um pouco temperamental." Peguei minha bolsa e tirei o pacote de biscoitos salgados. Eu havia pulado o café da manhã, reclamando de dor de estômago, na tentativa de lembrar sutilmente a William do veneno de Neena. Havia funcionado, seu rosto foi ficando sombrio, suas maneiras foram mudando, e ele me preparou um pouco de canja de galinha e me fez prometer voltar para casa e relaxar depois dessa reunião. Como resultado, eu estava faminta. Entre minha visita ao hospital e o estresse com a "tentativa de assassinato" de Matt, eu havia perdido dois quilos em três dias. Estava começando a sonhar acordada com cheeseburgers e bolo caseiro.

Matt se recostou na cadeira e cruzou os braços. "Você não acreditaria em Neena. Ela não quer admitir nada. Ainda está negando que havia algo naquele *limoncello*."

Aposto que sim. Eu teria pagado um milhão de dólares para ver a expressão em seu rosto quando Matt a acusou de me envenenar. Enfiei o biscoito na boca para não sorrir. Beber uma dose de anticongelante tinha sido arriscado, mas valeu a pena. Eu sabia que William me levaria ao hospital. Colocar algumas gotas na bebida de Matt foi uma decisão rápida, fácil, assim que o convenci a também experimentar o *limoncello*.

Matt olhou para o relógio e, depois, se inclinou para a frente em seu assento, seu joelho bateu no meu. Ele baixou a voz. "Ela a acusou de envenenar a si mesma."

Claro que sim. Neena não era estúpida, apesar de me subestimar completamente. Eu me encolhi, como se estivesse surpresa. "Por que eu faria *isso*?" Pressionei meus lábios e rosnei, imaginando se ele havia acreditado em alguma parte da acusação.

Ele não acreditaria. Foi por isso que cheguei a um ponto tão perigoso e corri risco de vida.

"Então, você também fingiu sua queda, certo? E o atirador?" Eu me engasguei com uma risada amarga. "Todos nós. Uma conspiração contra ela."

Ele assentiu. "Sim. Uma conspiração. Acho que ela até usou essa palavra."

Considerei dar um abraço nele, mas ofereci meu pacote de biscoitos, em vez disso. Ele pegou um e o quebrou ao meio antes de comer.

"Sr. Ryder? Sra. Winthorpe?" O oficial no final do corredor sorriu para nós. "Eles estão esperando vocês."

As evidências estavam divididas em três pilhas, conforme explicou rapidamente a detetive.

"Isso", afirmou a detetive Cullen, com a mão apoiada na pilha menor, "é o que podemos associar a Neena de uma forma que se sustentaria no tribunal. Inclui o dinheiro e as fotos encontradas em seu quarto, os registros telefônicos e as declarações em juízo que comprovam seu relacionamento sexual com William Winthorpe e o ganho financeiro que teria obtido com a morte do sr. Ryder."

O promotor público estava sentado à minha esquerda, enfiado em um terno listrado que mal servia nele. Ele meneou sua cabeça calva, assentindo, como se abençoasse aquela designação.

Ela se moveu até a segunda pilha. "Estas são evidências circunstanciais. São suspeitas por si só, mas permitem mais de uma possibilidade. Uma pessoa inteligente poderia verificar todos esses fatos e afirmar que Neena é responsável por todos eles, mas..."

"Também permite uma dúvida razoável", disse o promotor, se recostando na cadeira e abrindo o botão superior do terno. "E a dúvida razoável é a morte de todos os casos criminais."

Eu podia sentir — no tique nervoso de suas mãos, evitando meu contato visual — sua preocupação com seu histórico. Nos casos trazidos pelo escritório do promotor, ele teve catorze vitórias e um julgamento anulado. Estive analisando esse histórico, e era por isso que eu estava confiante, não importava a opinião que Matt expressasse nesta sala, de que havia apenas um resultado possível. Eles abandonariam este caso e "aguardariam mais evidências". Evidências que nunca apareceriam, porque não existiam.

Mas estava tudo bem para mim. Eu não sou um monstro. Nunca quis que Neena fosse a julgamento, nem que fosse sentenciada ou fichada. Tudo o que eu queria era que sua vida fosse sistematicamente destruída.

Adeus, reputação.

Adeus, carreira.

Adeus, marido.

Nem tinha sido tão difícil. E foi completamente inesperado. Quem suspeitaria da armação de um crime intencionalmente fracassado, projetado com o propósito de sabotar um casamento? Eu me recostei no meu assento e cruzei meus sapatos Manolo Blahnik no tornozelo, ouvindo enquanto o promotor justificava a Matt por que sua "quase morte" ficaria impune.

"O que tem na outra pilha?", Matt o interrompeu, apontando o queixo em direção à terceira pilha.

"Evidências que descobrimos que não se ligam a Neena e que podem convencer um júri de sua inocência."

Meu olho se contraiu, minha atenção se concentrou no pequeno grupo de pastas empilhadas no final da mesa. Como eu estava do lado de fora, mantive minha expressão de tédio, escondendo um bocejo atrás de uma mão perfeitamente cuidada.

"Evidências como o quê?", Matt perguntou.

Era uma pergunta pela qual eu estava frenética e aterrorizada. Afinal, pensei em cada detalhe. Usei luvas ao manusear qualquer coisa importante. Visitei sua casa o suficiente para que meu DNA fosse ignorado. Coloquei minha própria vida em perigo para enganar Matt.

A detetive Cullen puxou as pastas em sua direção e abriu a aba superior. "Vejamos... Há o homem que entrou em sua casa, obviamente. Temos pouco ou nada sobre ele. Sem impressões digitais, sem DNA, sem entrada forçada. Ele recebeu uma chave ou você deixou as portas destrancadas, o que..." Ela olhou para Matt. "Você disse que não fez."

"Eu não deixei."

Claro que não. Dei ao homem uma cópia da minha chave da porta dos fundos. A entrada fácil fazia parte do acordo, junto a quatro sacos de cocaína dos Baker. Para o antigo traficante da minha escola, tinha sido um negócio sensacional. Tudo o que ele precisava fazer era passar cinco minutos em uma casa silenciosa com uma arma descarregada. A arma não falhou na boca de Matt. Nunca houve uma bala a ser disparada. Um gatilho puxado, e ele escapou, seguindo minhas instruções cuidadosas para sair do bairro e correr um quarto de milha até a estrada principal, onde um carro estava parado em um dos únicos estacionamentos de restaurante sem câmeras de segurança.

"E não há nenhum sistema de segurança em sua casa", ela suspirou. "Então, não temos quase nada sobre ele. Examinamos as contas comerciais e pessoais da dra. Ryder e não encontramos grandes saques em dinheiro nem cheques suspeitos."

"Mas ela estava escondendo dinheiro", protestou Matt. "Ela não poderia ter usado um pouco daquele dinheiro?"

"Claro." A chefe McIntyre enrolou um pouco, para justificar seu salário. "É provável que tenha sido assim. Mas não podemos comprovar."

"Minha preocupação é que o atirador tente outra vez." Eu falei em seguida. "Neena já chegou aonde queria?"

Todos olharam para Matt. "Acho que ela está no gerenciamento de crise agora. E ela não parece *querer* me matar, embora eu aparentemente seja um péssimo juiz para esses assuntos."

Me inclinei para a frente e toquei seu braço com delicadeza. "Você deveria instalar um sistema de segurança. Trocar as fechaduras." Especialmente agora que minha parte estava concluída, e que não havia necessidade de eu voltar.

"Troquei as fechaduras esta manhã." Ele assentiu, impassível. "E um sistema de segurança será instalado esta semana."

"Isso é bom", acrescentou a detetive Cullen, retornando à pasta. "Embora, neste cenário, com os holofotes sobre a vítima, seja raro uma segunda tentativa." Ela folheou algumas páginas. "O resto disso é apenas lixo. Embora haja um fato interessante. As impressões digitais de Neena não estavam em nenhuma das fotos de William na caixa, nem na foto da moldura."

Eu estremeci por dentro. Era um detalhe para o qual não consegui encontrar uma solução, não sem potencialmente levantar as suspeitas de Neena mais tarde, quando revisasse as evidências contra ela.

"Ela poderia ter usado luvas quando as manuseou..." A detetive Cullen olhou para Matt e, depois, para mim. Era minha imaginação ou seu olhar se deteve? "Mas isso seria estranho."

Insegura sobre qual seria a reação adequada, balancei a cabeça em concordância. Eu queria ressaltar que suas impressões digitais estavam por toda a caixa das fotos, mas eu não tinha certeza de que esse era um fato do qual eu deveria estar a par. Tinha plantado o dinheiro e as fotos em um dia em que sabia que Neena e Matt estavam comprando móveis, minha missão de entrada e saída foi realizada em menos de cinco minutos.

"Novamente, esta é uma evidência que poderia ser usada contra nós no tribunal", observou o promotor. "Sempre tem um teórico da conspiração no júri." Ele se levantou, e eu pude senti-lo se aquecendo diante da multidão, um artista pronto para fazer sua declaração de abertura. "Veja, sr. Ryder, todos nós sabemos o que aconteceu aqui. Mas o importante não é conhecer os eventos, é prová-los. E não temos evidências concretas suficientes para provar nada, especialmente quando um crime não chegou a ser cometido. Tentativa? Claro. Mas é um alvo pequeno demais para se acertar, se é que me entende." Ele fez uma pausa e olhou de Matt para mim.

"Então, continuaremos cavando neste buraco, e estou confiante de que encontraremos algo mais, em breve. Mas, por enquanto, se formos ao juiz com isso cedo demais, acabaremos de mãos vazias e sob as risadas de todos. Isso não seria bom para seus níveis de estresse, não seria bom para o escritório da promotoria e, pior ainda, se Neena se safar uma vez, não poderemos ir atrás dela de novo." Ele uniu suas mãos. "Agradeço por vocês dois terem vindo aqui. E os manterei atualizados. Vocês serão avisados quando estivermos prontos para avançar para o julgamento."

Quando eles estariam prontos para avançar para o julgamento? *Nunca*, pensei, enquanto nos levantávamos, cumprimentando uns aos outros ao redor da mesa, com as pastas de evidências gritando comigo enquanto eu me dirigia para a porta.

CAPÍTULO 51
NEENA

Acordei no sábado de manhã em uma cama dura de hotel, com o som de um aspirador batendo ao longo do corredor. Rolando de costas, olhei para o teto e sufoquei com uma onda de ansiedade quando os eventos da semana anterior voltaram de repente.

O envenenamento de Cat, combinado com os olhares suspeitos de William.

Minhas mensagens de texto e ligações para ele, todas sem resposta.

O conflito barulhento no meio da noite. Matt perseguindo alguém no andar de baixo.

As horas e horas de perguntas.

Inúmeros policiais, repassando os detalhes mais íntimos de nossas vidas.

O compartimento oculto. O dinheiro. As fotos.

O cofre — meu testamento perdido, minha confissão por escrito.

Eu tinha certeza de que Matt cederia, que me deixaria ficar em casa ontem à noite, que aceitaria minhas desculpas vazias e me receberia em nossa cama. Mas ele agiu como um completo estranho. Ergui minha mão e toquei levemente minha maçã do rosto, a área sensível por ter recebido um tapa. Vinte anos juntos, e ele nunca havia me agredido, nunca havia agredido ninguém, exceto naquela noite.

Eu poderia ameaçá-lo. Ameaçar expor o que havia ocorrido naquela noite, se ele não me aceitasse de volta. Mas seria preciso que a polícia acreditasse mais na minha história do que na dele. E, uma semana atrás, eles provavelmente teriam acreditado. Agora, no entanto, depois da nuvem de suspeita flutuando ao meu redor... quem acreditaria em mim? Deixei minha mão despencar de volta sobre a cama e tentei encontrar uma solução.

Se Matt quisesse mesmo dizer o que disse... um divórcio sem divisão de bens, mil dólares por mês de pensão alimentícia... eu teria que conseguir outro emprego. Tinha uma mensagem de voz no meu telefone, do diretor de RH da Winthorpe Tech, que eu não tive estômago para ouvir. Eu imaginava o que ele iria me dizer. *Agradeço o seu tempo conosco, mas não há necessidade de que retorne.* Minhas coisas provavelmente já deveriam estar empacotadas, aguardando minha retirada na recepção. Talvez eu pudesse processá-los por demissão injusta. Assédio sexual. Eu ainda tinha a carta de recomendação de Ned. Poderia conseguir outro emprego em outra empresa que não estivesse sob a influência de William Winthorpe.

Eu me levantei da cama lentamente, sentindo minhas costas protestando. Eu precisava ir a uma academia, talvez aquela minúscula que tinha visto do saguão. Não tinha coragem suficiente para enfrentar os rostos plastificados no centro atlético de Atherton. Muitas mulheres de Atherton frequentavam o local, e provavelmente a notícia havia se espalhado entre algumas delas. Mas qual versão dos eventos? A do invasor mascarado? Meu envolvimento em potencial?

Era tudo ridículo. Eu era inocente! Talvez não completamente inocente, mas meus crimes estavam focados na sedução — não no assassinato. Eu não precisava envenenar Cat Winthorpe — ela poderia ser derrotada de outras maneiras. E por que eu contrataria alguém para matar Matt? Eu amava Matt. De verdade. Apesar do dente podre em seu sorriso e de seu abdome crescente. Apesar do fato de, uma vez, ele ter chamado o caviar de "sementes de molusco" em uma festa. Apesar de tudo isso, eu o *amava*. Quem mais me desejaria de forma tão completa e inabalável? Mesmo que tivesse pensado em deixá-lo, eu jamais teria levado a ideia às últimas consequências. A menos que William Winthorpe tivesse me pedido, o que poderia ter feito, caso tivesse passado mais tempo com ele.

Tudo estava indo perfeitamente até a curva fechada que me jogou no inferno. No inferno e em um quarto de hotel com cama *queen size*, ar-condicionado barulhento e opções questionáveis de *pay-per-view*.

Vesti minhas calças de ioga e um sutiã esportivo, amarrando meus Nikes enquanto repassava mentalmente minhas afirmações diárias. Abri a porta do meu quarto, com meu cartão-chave na mão, e parei ao ver o jornal jogado na frente da minha porta, uma cópia idêntica em cada quarto adjacente.

ESPOSA LOCAL TENTA ASSASSINAR O MARIDO, ALEGAM AUTORIDADES

A manchete não poderia ter sido grafada em fonte maior, em negrito sem serifa, competindo com a minha foto — uma imagem horrível, em que minha boca estava aberta, com um olhar de lado. Peguei o jornal e analisei a foto, que era da festa de comemorações do Quatro de Julho. Eu estava horrível. Terrível, *velha* e brava. *Esposa local tenta assassinar o marido?* Quantas pessoas tinham visto esse pedaço de lixo? Imaginei todas as minhas novas amigas, suas feições se contraindo de desgosto, pegando seus telefones com suas unhas feitas, frenéticas para compartilhar a notícia. *Ai, meu Deus... ficou sabendo? Neena Ryder tentou matar o marido. Matar.* Chegaria às redes sociais, aos grupos de mensagens, textos compartilhados. Estaria em todos os lugares em menos de uma hora.

Voltei ao meu quarto de hotel, virei a trava da porta e afundei na cama, lendo o artigo na íntegra enquanto meu intestino se retorcia em um nó apertado.

Terminei de ler e li de novo. Tentei uma terceira vez, mas fui parar no banheiro, com meu estômago arfando em protesto. Vomitei e, depois, caí de joelhos no tapete branco, abraçando a beira do vaso sanitário sujo.

A matéria incluía uma citação de William, na qual ele me chamava de "uma mulher profundamente perturbada". Como ele poderia dizer isso? Ele não sentiu nossa conexão? Nosso beijo, nosso sexo, não significava nada? Entre todas as faíscas e os subterfúgios, pensei que houvesse uma conexão genuína entre nós.

Eu tinha oito mil dólares na minha conta bancária e nenhum emprego. Nenhum ativo que não fosse controlado ou tomado por Matt. Isso deveria ter seguido um caminho simples — um caso secreto que levou William Winthorpe a me pagar ou a se apaixonar por mim. Dois resultados muito claros, nenhum dos quais teria arriscado tudo pelo que trabalhei tanto.

Nossa casa no bairro certo. *Agora, uma cena de crime*. Meu trabalho na empresa certa. *Eu seria demitida*. Minha posição social nos círculos certos. *Destruída por essa matéria*. Um marido que me adorava e me amava. *Que me expulsou da minha própria casa. Mencionando divórcio.*

Como tudo havia desaparecido no decorrer de alguns dias? Embora, se realmente pensasse... tinha sido no decorrer de alguns minutos e uma arma que falhou.

Quase desejei que a arma não tivesse falhado. Matt estaria morto, e eu teria tudo. A casa. O seguro de vida. O dinheiro no banco. Sua empresa. Eu poderia ter sido investigada, mas, pelo menos, teria dinheiro para contratar advogados, uma equipe de elite que poderia esclarecer essa investigação de má qualidade e encontrar o verdadeiro assassino. Eu me confortei com a ideia de ser uma viúva rica, com olhares simpáticos ao redor. Finalmente, eu seria capaz de assistir ao que quisesse na televisão. Me livrar da mobília de couro feia que pertencia a ele. Viver sem toalhas sujas no chão ou revistas esportivas na mesa de centro ou comida processada enchendo nossa despensa.

Se a arma não tivesse falhado, o atirador poderia ter me acertado. Mas, honestamente, a morte seria melhor que isso. Repensei a precisão dessa declaração dramática e fiquei horrorizada ao compreender que era verdade.

A morte *seria* melhor do que a vida como uma pária social divorciada e sem dinheiro.

E ainda assim... poderia ficar ainda pior, porque o envelope do nosso cofre ainda estava desaparecido. Quem poderia ter feito isso?

Só poderia ser Cat a pessoa que estava por trás de tudo isso. Cat, que provavelmente tinha simulado seu envenenamento. Cat, que colocou mentiras na cabeça de Matt sobre o parapeito. Cat, que provavelmente tinha contratado alguém para matar Matt — tudo para salvar seu casamento abalado.

Mas como ela tinha conseguido abrir o cofre? Quando plantou as fotos? Há quanto tempo planejava isso?

E se era ela quem estava com meu testamento, o que ela planejava fazer com ele?

CAPÍTULO 52
NEENA

Duas semanas depois

Minha nova vida era uma droga. De alguma forma, eu estava subindo os degraus de um prédio, minhas chaves tilintavam na minha mão como se eu fosse um zelador. Quando abria a porta, eu via uma sala de móveis alugados e me lembrava dos cinquenta dólares adicionais compensados com meu aluguel mensal como parte de um especial de Natal sem fim.

Eu não pertencia a este lugar. Nem a esse apertado apartamento de um quarto, nem a essa parte de baixa renda de San Francisco, nem ao deplorável extremo dos processos de divórcio, que pareciam me esvaziar cada vez mais a cada reunião.

Eu nem reconhecia Matt. Por um lado, eram seus dentes. O homem que nunca havia se importado com a aparência agora usava *lentes*. Elas brilhavam em sua boca toda vez que ele a abria, e de repente ele estava a abrindo *muito*, cheio de opiniões sobre tudo, desde pensão alimentícia até qual carro eu deveria estar dirigindo. Ele sabia que eu tinha um problema com carros americanos, mas esta acabou sendo minha opção — ele me compraria um sedã barato, ou eu poderia comprar o meu.

Peguei o sedã com seus assentos de tecido e design sem graça, baixando minha cabeça de vergonha sempre que entrava e saía dele. Meu antigo carro, a BMW que sempre menosprezei, agora me provocava de um ponto à beira da estrada na concessionária de carros usados, seu para-brisa estava coberto por uma etiqueta de um preço que eu não podia pagar.

Não podia pagar. Três palavras das quais fugi minha vida inteira. Três palavras que enterrei depois de subir ao altar com Matt. Três palavras das quais me esqueci no instante em que peguei meu diploma. Três palavras que tinham retornado para me morder.

Passei pela porta e coloquei a sacola de meu laptop na mesa de jantar redonda, esfregando meu ombro e dando um suspiro. Voltei para a porta, girei a trava e coloquei a corrente de segurança no lugar.

Me arrastando para o sofá estreito, afundei no poliéster barato, sem me preocupar em tirar os saltos. Eu podia sentir minhas novas perspectivas de emprego sumindo aos poucos. Talvez fosse o desespero na minha voz. Talvez fosse o artigo no jornal, que aparecia como primeiro resultado nas pesquisas de internet pelo meu nome. Ou talvez fosse a fofoca. A notícia do meu caso havia se espalhado, e eu tinha um novo apreço por Ned Plymouth, um indivíduo reservado e quieto que mantinha seu dinheiro (e seus negócios) para si mesmo. O acordo secreto de rescisão foi a única ondulação no lago sereno da existência de nosso caso.

Cat e William Winthorpe, por outro lado, foram um *tsunami*. Os comitês de voluntários em que trabalhei arduamente de repente excluíram meu nome de suas listas e enviaram cartões educados dizendo *"Você não é mais necessária!"*. Meu clube do livro, do qual Cat nem fazia parte, pediu que eu não participasse mais dele. Minha consultora de compras da Neiman's, do outro lado do país, na cidade de Nova York, me deixou uma mensagem de voz malcriada que expressava sua opinião. O julgamento e o ódio vinham de todas as direções, e qualquer pedra que Cat achasse pesada demais para virar, William virava com facilidade.

Os piores foram meus antigos empregadores. Tive que reduzir meu currículo a praticamente nada, pois os Winthorpe voltaram todas as referências passadas contra mim. Matt se recusou a me dar uma recomendação positiva da Ryder Demolition, e Ned Plymouth não estava retornando minhas ligações, então, risquei o nome dele do meu currículo, temendo o desconhecido.

Eu me sentia como se estivesse afundando. Me afogando. Na faculdade, eu havia experimentado esse sentimento, esse desapego impotente, enquanto observava meu mundo desmoronar. Claro, naquela época, era causado por um rumor de irmandade sobre DST, um acontecimento minúsculo que poderia ser facilmente superado por uma réplica maliciosa e por uma simples manipulação. Mas eu não era a dra. Neena Ryder naquela época. Eu era jovem e insegura, tinha um nariz muito grande e seios muito pequenos. Desanimei, abandonei o curso e me apaixonei por Rivotril e pelas constantes garantias de Matt.

Eu não poderia voltar para aquele buraco. Vinho era uma coisa. Comprimidos eram outra.

Eu me ajeitei até que minha cabeça estivesse no apoio de braço e tentei não pensar nos locatários antes de mim, em seus braços sujos descansando na mesma borda. Comida derramada, gotas de cerveja, tudo encharcando o tecido azul-marinho. Tive sorte por não ter escorrido em meus ouvidos.

Soltei um suspiro e tentei me lembrar do motivo que me levara a pensar que William Winthorpe seria uma boa ideia. Me arrastando para cima, me estiquei para a frente, passando o dedo pela alça da minha bolsa e a puxando em minha direção. Abri o zíper, peguei a garrafa de vinho e a coloquei sobre a mesa; depois, olhei em volta, procurando uma xícara.

O chão me incomodava, mas eu não conseguia mexer as pernas. Era o vinho. Muito vinho. Já tinha bebido tanto assim? Fazia uma década que eu não ficava assim. William — não, Matt — tinha me levado para a cama. Trouxe um balde para mim e limpou meu rosto depois que eu vomitei. Ele cuidou bem de mim. Tão amoroso. Tão indulgente. Naquela noite, ele se sentou ao meu lado na cama e passou os dedos macios pelos meus cabelos até eu adormecer.

Agora, não havia ninguém para acariciar meu cabelo ou me carregar para a cama ou me trazer um balde quando eu vomitasse. O vômito estava vindo. Podia senti-lo, se revolvendo na direção errada do meu corpo.

Eu me esforcei para virar de lado e olhei para o celular, o dispositivo prateado quase tocando minha cabeça.

Eu teria que decretar falência. Teria que encontrar um novo emprego. Fazendo o quê? Influencer de saúde? Meu Deus, eu me tornaria uma *daquelas* mulheres. Trinta e poucos anos, andando de lycra de um lado para o outro o dia inteiro, postando mensagens no Instagram sobre controle de carboidratos e inspiração, usando hashtags como #saúdeaos40 e #persistência.

Eu me estiquei para pegar o celular. Precisava ligar para William. Com certeza, ele se lembrava de como éramos bons juntos. Ele não havia percebido aquilo? Não tinha sentido?

Disquei seu número, mas, como todas as outras vezes, ele não me atendeu.

EPÍLOGO
WILLIAM

Um ano depois

A casa dos Ryder desabou em três partes. Primeiro, o lado com a suíte principal, com aquela varanda de onde Matt havia caído. O quarto e o banheiro principal foram ao chão sob a bola de demolição, despencando para o interior da casa como uma abóbora podre.

Em seguida, a frente caiu. A varanda que Neena decorou tão meticulosamente para o Quatro de Julho, tudo em uma tentativa desesperada de competir com minha esposa. O grande saguão, onde a polícia procurou os rastros de sapatos. O escritório de Matt, onde Neena assinou os papéis do divórcio. Tudo foi destruído, desmantelado e jogado em caçambas de lixo. Encheram dez caçambas, que foram levadas pela entrada de serviço do bairro, apenas para fazer a viagem vazia de volta.

O resto da casa foi destruído depois. A cozinha onde Neena e eu sussurramos nosso acordo de ficar longe um do outro. A sala de estar, onde todos nós brindamos à nossa amizade. A piscina, a cabine, a banheira de hidromassagem. As equipes passaram uma semana removendo tudo. Cat se sentava em nossos jardins dos fundos, com uma xícara de chocolate quente na mão, e ficava observando, com um sorrisinho brincando em seu lindo rosto.

Minha mãe disse, uma vez, que eu tinha uma queda por mulheres loucas. Ela disse isso quando eu estava na terceira série, quando desenvolvi uma queda por Sylvia Pinket, a garota que trotava pelo perímetro de nossa área de recreio fingindo ser um cavalo. Nos dias em que o vento estava forte, ela relinchava e empinava, depois, colocava as mãos na terra e chutava com os pés. Eu a achava linda. Oito anos depois, quando ela fez xixi na tigela de ponche no banquete de Natal do Rotary Club, um psiquiatra confirmou todas as nossas suspeitas e a mandou para o hospício, eliminando quaisquer fantasias que eu tivesse sobre a paixão desenfreada por Sylvia.

Minha propensão por mulheres loucas, ao que parece, nunca chegou ao fim. Embora eu pensasse que tivesse ocorrido um hiato com Cat, eu estava errado.

Minha esposa, assim como Sylvia, também era louca.

Sempre suspeitei, mas finalmente confirmei. Não que um pouco de loucura fosse uma coisa ruim. Honestamente, me excitava saber quanto trabalho minha querida esposa havia dedicado ao nosso casamento, ver as mentiras suaves que saíam de sua boca, a falsa preocupação que demonstrava pelo bem dos outros, a orquestração de eventos que conseguiu dirigir sem esforço, tudo pelo bem do nosso casamento.

Se Cat fosse Sylvia, ela teria feito com que todos naquele baile fizessem xixi em seus próprios copos e, depois, apontaria o dedo para os outros convidados. E era por isso, entre outras coisas, que eu a amava.

E eu realmente a *amava*. Ainda mais nesta semana do que na última, e mais neste ano do que no anterior. Acho que é raro os casais ainda estarem *apaixonados* depois de uma década de casamento, mas nós estamos. Essa é uma das razões pelas quais ainda não consigo entender *por que* prestei atenção em Neena Ryder.

Talvez porque eu goste de mulheres loucas, e ela cumpre todos os requisitos da lista.

Talvez porque eu estivesse confortável com meu amor por Cat, e Neena representasse um risco que eu desejava correr.

Talvez porque parte de mim quisesse saber se eu seria descoberto e o que minha doce e perfeita esposa faria quando descobrisse o que eu havia feito.

Talvez porque observar a reação de Cat pacificasse a parte insegura de mim, que foi tranquilizada quando a vi lutar por nosso casamento.

Eu queria ver essa loucura. Ansiava por ela. Fui desleixado, imprudente e esperei para assistir à explosão dela.

Mas não aconteceu. Misteriosamente, não havia acontecido, e eu continuei além da linha com Neena, uma masoquista ansiosa por uma surra, convicta de que certamente, a qualquer dia, eu voltaria para casa, para uma esposa com níveis extremos de irritação. Segui em frente e perdi completamente as migalhas de pão que Cat espalhou, até que eu me vi sentado em frente a ela, assinando a papelada para comprar a casa de Neena e Matt.

Fechei a aquisição no piloto automático, pensando em todos os eventos que nos levaram até este ponto, ainda lutando contra minha confiança de que Neena Ryder não poderia ter tentado matar Matt. E se não tinha sido ela... Encontrei os olhos de Cat do outro lado da mesa de conferência, nossos olhares foram se conectando e eu percebi, antes mesmo de abrir um sorriso, que ela estava por trás de tudo isso.

Foi brilhante da parte dela, habilmente conduzido, um gato silencioso à espreita nos arbustos, observando todos os seus ratos dançarem até a morte. Graças a Deus, ela me poupou da batalha. Se ela quisesse, poderia ter me queimado na fogueira ao lado de Neena.

Mas ela não o fez, e eu a amava ainda mais por sua misericórdia.

Ouvi a porta do escritório se abrir e me virei para vê-la entrando na sala, com seus olhos brilhantes, um grande sorriso. "Acabei de vir de uma reunião com o arquiteto", disse ela alegremente, deixando cair um rolo de papel sobre a minha mesa e o desdobrando pela superfície. "Veja."

Rolei para a frente na cadeira e revisei os projetos. "Parece bom."

"Bom?" Ela arqueou uma sobrancelha para mim. "Vamos. Me dê seu feedback."

Eu me esforcei mais, me levantando e contornando a mesa para ficar ao lado dela. Curvando meu corpo sobre os desenhos arquitetônicos, tentei imaginar o espaço. Haveria uma segunda casa de hóspedes na área onde costumava ficar a casa dos Ryder. Uma cozinha espaçosa ao ar livre e um spa com vista para o vale. Jardins que se estenderiam pelos dois terrenos, fontes que rodeariam a piscina e um pavilhão ao ar livre para festas e jantares.

Não precisávamos do espaço, mas também não precisávamos da lembrança constante de nossos antigos vizinhos, da irritação e da ansiedade de Cat florescendo a cada novo casal que visitava o imóvel. Também acho que ela gostou do ato de literalmente destruir a casa que Neena nunca teve a chance de realmente desfrutar.

"A nova fogueira vai ficar aqui." Ela apontou. "E eles vão expandir nossa piscina e adicionar uma borda infinita. Vamos manter a pequena banheira de hidromassagem em nosso terreno, mas isto... Ela arrastou o dedo para onde ficava o gazebo dos Ryder. "Esta será a nova banheira de hidromassagem, com uma piscina aquecida saindo dela."

Sorri para ela. "Vou querer saber o que tudo isso vai me custar?"

"Não." Ela sorriu de volta, se levantando sobre a mesa e colocando as mãos em volta do meu pescoço, me puxando entre suas pernas abertas. "Você gostou?"

"Amei", eu sussurrei. "E amo você."

"Para sempre?", ela perguntou, inclinando a cabeça e esperando minha resposta.

"Para sempre", eu prometi, avançando e pressionando meus lábios nos dela, louco para provar isso.

CAT

Estava em frente ao estacionamento da loja de eletrônicos, observando Neena empurrar uma fileira de carrinhos. Ela usava uma camiseta de gola azul brilhante com calças cáqui baratas que batiam nos tornozelos. Enquanto eu observava, ela fez uma pausa, apertando o cabelo no rabo de cavalo, antes de retomar sua tarefa.

Quando ela passou por mim, gritei seu nome. Ela me viu e, no mesmo instante, congelou. Balançando a cabeça de um lado para outro, ela olhou em volta procurando ajuda e, depois, me encarou, apreensiva. "Não se aproxime", ela exclamou. "Você não pode se aproximar de mim."

Dei um passo à frente, erguendo as mãos, enquanto observava cada parte dela ficando tensa. "Não estou aqui para causar problemas. Estou me aproximando de você no seu trabalho, e as câmeras do estacionamento provarão isso. Não é uma violação da nossa ordem de proteção contra você."

"O que você quer?" Sua mandíbula tremia, então, eu desviei o olhar daquela reação de fraqueza, me concentrando em seus brilhantes olhos azuis.

Um ano atrás, eu teria me deleitado com seu medo, mas, agora, com tudo o que eu sabia, sentia apenas culpa. Culpa por torturar uma mulher que tinha um evidente desequilíbrio mental. Culpa por arruinar seu casamento com o único homem que poderia conviver com seus defeitos. Ela se propôs a destruir meu casamento, mas eu consegui destruir sua vida.

"Quero entregar isso a você." Estendi o envelope dourado, o papel manchado com o uso, o documento no interior que eu havia lido uma centena de vezes. Não era apenas um testamento — também era uma confissão de um assassinato que havia ocorrido vinte anos atrás. "Nunca compartilhei isso com ninguém, e nunca vou compartilhar."

Ela relaxou e, então, se apoiou no carrinho de compras mais próximo. Pegou o envelope com cuidado, quase com reverência, e o segurou contra o coração.

"Encontrei sua casa de infância e a comprei. Há uma escritura aí dentro que a coloca em seu nome, junto com o testamento. Se você assinar e enviar para o meu advogado, ele vai preencher a papelada. Acho que você deveria ficar com ela."

"Eu não quero aquela casa", ela sussurrou. "Você não sabe as memórias que tenho daquele lugar."

"Mesmo assim..." Sacudi minha cabeça. "É muito arriscado que outra pessoa a possua. Se alguém resolver instalar uma piscina ali, podem desenterrar o corpo."

Ela me observou, e foi a primeira vez que tivemos contato visual desde a noite em que o invasor apareceu. "Você viu Matt?"

Não sei o que eu esperava. Um agradecimento pelo presente generoso? Um reconhecimento de que eu estava encobrindo seu crime? Havia algo diferente do nó em sua voz quando ela disse o nome dele. Era possível que ela o amasse? Em algum momento? Até hoje?

"Matt se mudou para Foster City. Eu falo com ele, às vezes, quando ele está na cidade."

Da última vez que Matt esteve em Palo Alto, ficamos bêbados em um bar mexicano, e ele confessou seu amor eterno por Neena. Ele também me contou a verdade sobre o pai dela, uma verdade que entrava em conflito com a confissão em seu testamento.

Eles não tinham sido namorados no ensino médio. Em vez disso, Matt tinha sido vizinho de Neena — o cara gordinho para quem ela nunca tinha olhado duas vezes, o pária social que ouvia os sons abafados das agressões físicas e verbais que ela sofria, o cara que não fez nada até a noite em que não conseguiu mais se controlar. A noite em que ele a resgatou. A noite em que ele a ouviu gritar, pedindo ajuda, e, então, espancou e estrangulou seu pai até a morte, depois de ter encontrado o homem bêbado e nu em cima dela.

Naquela noite, ele se tornou seu herói, e, quando eles cavaram um buraco e enterraram seu pai no quintal da casa, com roseiras frescas plantadas sobre o túmulo, ele estava apaixonado, e ela estava tropeçando em si mesma de gratidão. Sentia-se grata o suficiente para ir ao baile com ele. Grata o suficiente para ir à escola com ele. Grata o suficiente para assumir publicamente o namoro com o garoto gordinho de cabelo engraçado, até o ponto em que ela se apaixonou por ele. Casou-se com ele. Aceitou sua aliança e seu sobrenome e, em seguida, de forma gradativa e metódica, se transformou na mulher que tentaria roubar meu marido.

Engoli o gosto amargo que ainda estava na minha língua e me lembrei de que, há uma década, Neena havia feito a coisa certa. Ela se encontrou com um advogado e escreveu uma confissão que fornecia detalhes íntimos do crime, colocando todo o peso do assassinato sobre ela, livrando Matt de toda a culpa. Ela deu a Matt uma cópia pelo décimo aniversário de casamento e arquivou cópias de segurança com seu advogado. Com essa troca, a cópia de Matt agora estava de volta às mãos dela — provavelmente, a única coisa com a qual ficou no divórcio.

"Se falar com Matt de novo, pode dizer a ele que eu o amo?" Ela olhou para baixo e corou de vergonha. "Ele mudou de número. E, quando eu ligo para o telefone comercial dele, não transferem a ligação. Eu só quero que ele saiba que eu o amo. Que eu vou... eu sempre vou amá-lo."

"Tem certeza?" Soltei uma risada estranha. "Neena, você nunca demonstrou gostar dele, muito menos..." Minha voz despencou quando eu vi a dor em seu rosto, e acho que foi a reação mais honesta que já vi da parte dela. "Sim", eu disse com calma. "Vou dizer isso a ele."

"Tudo bem. Obrigada." Ela ergueu o envelope. "E, ah, obrigada por isso. Embora você não devesse ter pegado, a princípio."

Balancei a cabeça e observei enquanto ela dobrava o envelope em dois e o enfiava no bolso de trás de suas calças cáqui.

Se inclinando para a frente, ela empurrou a alça do carrinho e fez uma pausa.

"Foi você, não foi? Tudo isso?"

Não respondi. Eu tinha planejado, ao dirigir até ali, mentir, se fosse confrontada, mas, agora, olhando em seus olhos, eu não era capaz.

Ela soltou uma risada baixa, e seu olhar disparou para longe de mim, de volta para a loja. "Eu teria feito a mesma coisa se tivesse pensado nisso." Ela olhou para mim e deu um passo à frente, empurrando a longa fila de carrinhos. "Adeus, Cat."

"Adeus."

Esperei até que ela entrasse, vi as portas do hipermercado a engolindo, e então voltei para o carro e entrei. Fechei a porta e demorei um bom tempo para organizar meus pensamentos. Por dentro, minhas emoções se debatiam entre o que eu esperava e o que eu tinha visto. Por fim, soltei um suspiro e me virei para encarar Matt. "Ela perguntou de você."

"Sério?" Havia uma esperança tão dolorosa em sua voz. Como ele ainda a amava, um ano depois? Um ano cheio de encontros às cegas e casos de uma noite, comendo o que quisesse, pura liberdade, mas, ainda assim, ele a queria de volta. Ansiava por ela. Ele me ligava no meio da noite, bêbado e de coração partido, dizendo que estava com saudades dela.

"Ela me pediu para dizer a você...", suspirei, com medo de abrir as comportas emocionais dele, "que ela te ama."

Ele congelou no assento, com os olhos fixos em um ponto no painel do meu carro. Eu podia sentir sua mente trabalhando, podia sentir a guerra emocional das decisões em conflito dentro de sua cabeça. Ele olhou para mim suplicante, e talvez a maneira ditatorial dela fosse o que ele precisava em sua vida. "O que eu faço?"

Estendi os braços e dei um abraço longo e apertado nele. "Vá buscar sua garota", sussurrei em seu ouvido. "Mas deixe ela o reconquistar."

Naquela noite, rastejei para a cama ao lado de William e permiti que ele me puxasse para seu peito, seus braços me envolveram, sua perna foi deslizando entre as minhas. Descansei minha cabeça em seu ombro e relaxei em seu abraço caloroso, sentindo sua respiração em meu pescoço, a batida de seu coração, sólida e segura, em meu ombro.

Pensei em nossos pedidos de adoção, que ainda estavam pendentes no sistema. Nas crianças cujas fotos examinamos, nas entrevistas que tivemos, no berço a três portas dali, onde eu ainda não havia colocado um bebê.

Não consegui puxar o gatilho. Não consegui assinar a papelada. Não consegui adotar uma vida. Minha terapeuta diz que não acredito que sou digna de uma criança, e acho que ela está certa. Acho que nenhum de nós é. William estava pronto para jogar tudo fora por causa de seu ego. Eu estava pronta para destruir a vida de uma mulher por conta do meu rancor possessivo. Como posso criar um bebê se nem consigo me controlar?

Eu esperava, neste momento, me sentir feliz. E, às vezes, eu me sentia. Breves momentos com William, quando ele dizia que me amava, e eu realmente sentia isso em seu olhar. Breves momentos em que eu olhava para nossos jardins e ouvia o silêncio em nossa vida, o pulsar da paz que parecia prenunciar outra tempestade.

Breves momentos. Para ser honesta, não sei se mereço mais alguma coisa.

NOTA E AGRADECIMENTOS DA AUTORA

Escrevi este livro para todos aqueles que já foram traídos. Aqueles que já sentiram raiva dos outros e desejaram puni-los de cem maneiras diferentes, mas se sentiram impotentes para fazer qualquer coisa.

Diferentes mulheres e diferentes homens vão ler este livro de diferentes maneiras e se identificarão com personagens diferentes. Alguns de vocês podem odiar. Alguns de vocês vão adorar. Se eu tiver despertado algum sentimento em você, então, eu fiz meu trabalho. Vou dizer uma coisa: eu amo cada um desses personagens. Conheci cada um desses personagens. Embutidos em suas personalidades e em suas histórias, há momentos de interações contínuas, e eu espero que você tenha gostado de viver em seu mundo e experimentar suas emoções.

Este livro mudou consideravelmente em seus diversos rascunhos. Eu o mudei de uma pequena cidade montanhosa da Carolina do Norte para Atherton, na Califórnia. Mudei o trabalho de Neena de psiquiatra para coach de vida e negócios. Adicionei o enredo do pai de Neena e ajustei seus traços de personalidade para que ficassem menos obsessivos e mais evidentes.

Agradeço imensamente a Megha Parekh da Thomas & Mercer e Maura Kye-Casella da Don Congdon & Associates, por resistirem a inúmeras discussões sobre as jornadas desses personagens e os seus destinos. Obrigada, Charlotte Herscher, por ajustar os elementos da história e os elevar ao nível necessário para dar o grande salto. Além disso, agradeço a Susan Barnes, Amy Vox Libris, Terezia Barna e Tricia Crouch — todas vocês leram e dissecaram os primeiros rascunhos e deram a este livro o amor e a atenção de que ele precisava para chegar a uma das maiores casas editoriais do mundo.

Um agradecimento adicional à equipe da Thomas & Mercer: Gracie Doyle, diretora editorial; Sarah Shaw, gerente de relacionamento com autores; Laura Barrett, editora de produção; Oisin O'Malley, diretor de arte; e Erin Mooney, gerente de marketing.

Sigo em dívida com muitas pessoas, mas, acima de tudo, com você, leitor. Eu agradeço por ter escolhido este romance e por ler esta história. Por favor, considere deixar sua opinião e recomendar a outras pessoas. Seu apoio constante é mais apreciado do que você pode imaginar.

Até o próximo livro,

Alessandra

Case No. #02 Inventory
Type 3ª temporada
Description of evidence coles

Quem é ELA?

A. R. TORRE é um pseudônimo da autora *best-seller* do *New York Times* Alessandra Torre. Escritora premiada, com mais de vinte romances no currículo, ela também já colaborou para publicações como *Elle* e *Elle UK* e escreveu como convidada nos *blogs* do *Huffington Post*. Além de escrever, Torre é criadora do Alessandra Torre Ink, que é um site, uma comunidade e escola *on-line* para aspirantes a autores e escritores já publicados. Dela, a DarkSide® Books publicou *A Boa Mentira* (2024). Saiba mais em alessandratorre.com.

E.L.A.S

**QUEM GOSTOU DE
O ÚLTIMO SEGREDO
TAMBÉM VAI GOSTAR DE:**

Focado na criação de perfis de criminosos e nos dilemas éticos da psiquiatria forense

Protagonizado por uma psiquiatra especializada em mentes perigosas

Explora as zonas cinzentas da mente humana, mostrando que ninguém é inteiramente inocente ou culpado

Narrativa com múltiplos pontos de vista e ritmo ágil, que alterna tensão, mistério e reflexão moral

Autora premiada e best-seller do New York Times

TUDO PARECIA PERFEITO ENQUANTO A VERDADE APODRECIA

A BOA

UM SERIAL KILLER REAL

MENTIRA

1

A.R. TORRE

DARKSIDE

**A. R. TORRE
A BOA
MENTIRA**

Seis adolescentes assassinados. Um suspeito preso. Uma psiquiatra com uma questão ética. Um pai desesperado. Todos buscam a verdade, mas também a ocultam.

"A escrita é rápida e dinâmica, com pontos de vista se alternando a cada capítulo, o que só melhora a trama."
BRUNA MANFRÉ, *Shelter*

E.L.A.S ESPECIALISTAS LITERÁRIAS NA ANATOMIA DO SUSPENSE **EVIDENCE** TO BE OPENED BY AUTHORIZED PERSONNEL ONLY /// ESPECIALISTAS LITERÁRIAS NA ANATOMIA DO SUSPENSE **EVIDENCE**

3ª temporada
E.L.A.S EM EVIDÊNCIA.

Centrado em um casamento conturbado, cheio de segredos, traições e reviravoltas

Protagonista feminina forte e inteligente

Narrativa viciante e tensa que mistura drama conjugal com mistério e investigação

Best-seller com mais de 2,5 milhões de cópias vendidas no mundo

Em processo de adaptação para o cinema

"Rose é uma das grandes rainhas das reviravoltas."
Colleen Hoover, autora de VERITY

CASAMENTO PERFEITO

SUA AMANTE ESTÁ MORTA.
A ESPOSA É A ÚNICA ESPERANÇA.

JENEVA ROSE

DARKSIDE

2

JENEVA ROSE CASAMENTO PERFEITO

Um livro viciante que vai se desvelando aos poucos e mantém o leitor preso até a última página, enquanto trilha pelas suspeitas e intimidades de uma intensa relação conjugal.

"Rose é uma das grandes rainhas das reviravoltas."
COLLEEN HOOVER, autora de *Verity*

Capture o QRcode e descubra.

Conheça agora todos os títulos do projeto especial **E.L.A.S — Especialistas Literárias na Anatomia do Suspense**, que integra a marca Crime Scene® Fiction, da DarkSide® Books, para apresentar uma seleção criteriosa das mais criativas e inovadoras autoras contemporâneas do suspense mundial.

CRIME SCENE
FICTION

DARKSIDEBOOKS.COM